馬医

上

キム・イヨン［原作］
チョン・ミョンソプ／パク・チソン［著］
米津篤八［訳］

馬医

上

A HORSE DOCTOR
by
Yi Young Kim, Myung Seob Choung

馬医上巻

目次

主な登場人物

姜道準（カン・ドジュン）――医官。両班《ヤンバン》の名家の出身

李明煥（イ・ミョンファン）――内医院《ネイウォン》の医官。姜道準の学友

張仁珠（チャン・インジュ）――恵民署《ヘーミンソ》の医女。姜道準の学友

舎岩（サアム）――伝説の鍼灸医

李馨益（イ・ヒョンイク）――鍼灸医

仁祖（インジョ）――朝鮮王朝十六代王（在位期間1623〜1649）

昭顕世子（ソヒョンセジャ）――仁祖の長男

鄭成調（チョン・ソンジョ）――吏曹《イジョ》の官吏。のちに左議政《チャウィジョン》

ペク・ソック――奴婢。楊花津《ヤンファジン》を縄張りとするならず者

白光炫（ペク・クァンヒョン）――姜道準の息子。馬医
知寧（チニョン）――ペク・ソックの娘。李明煥の養女
チュ・ギベ――箭串《サルコジ》牧場の馬医
ファン氏――箭串牧場の牧者頭
呉壮博（オ・ジャンバク）――元官吏。全羅道・古今島の流人
高朱万（コ・ジュマン）――典医監《チョニガム》の医学教授
聖夏（ソンハ）――李明煥の息子
ヨム主簿（チュブ）――司僕寺《サボクシ》の官吏
ヨンダル――橋の下に住む浮浪児
ブタ――ヨンダルの仲間
ソンボク――白丁村の子ども

朝鮮王朝時代の漢陽と現在のソウルの主な施設

粛靖門(北大門)
城郭
白岳山
(北岳山)
彰義門
(北小門)
恵化門
(東小門)
青瓦台
(大統領官邸)
成均館
仁王山
後苑
(秘苑)
景福宮
迎秋門
建春門
昌徳宮
昌慶宮
弘化門
光化門
社稷壇
敦化門
鍾路
(雲従街)
迎恩門
司憲府
漢城府
宗廟
蒼葉門
平市署
興仁之門
(東大門)
慶徳宮
(慶熙宮)
右捕盗庁
義禁府
普信閣
左捕盗庁
清渓川
訓錬院
興化門
広通橋
長通橋
水標橋
敦義門
(西大門)
下都監
慶運宮
(徳寿宮)
ソウル市庁
大安門(大漢門)
掌楽院
明洞聖堂
光熙門
(南小門)
昭徳門
(西小門)
宣恵府
崇礼門
(南大門)
ソウル駅
木覓山(南山)
当時の施設
現在の施設
城門
王宮門
山
橋

丁卯胡乱《チョンミョホラン》と丙子胡乱《ピョンジャホラン》の流れ

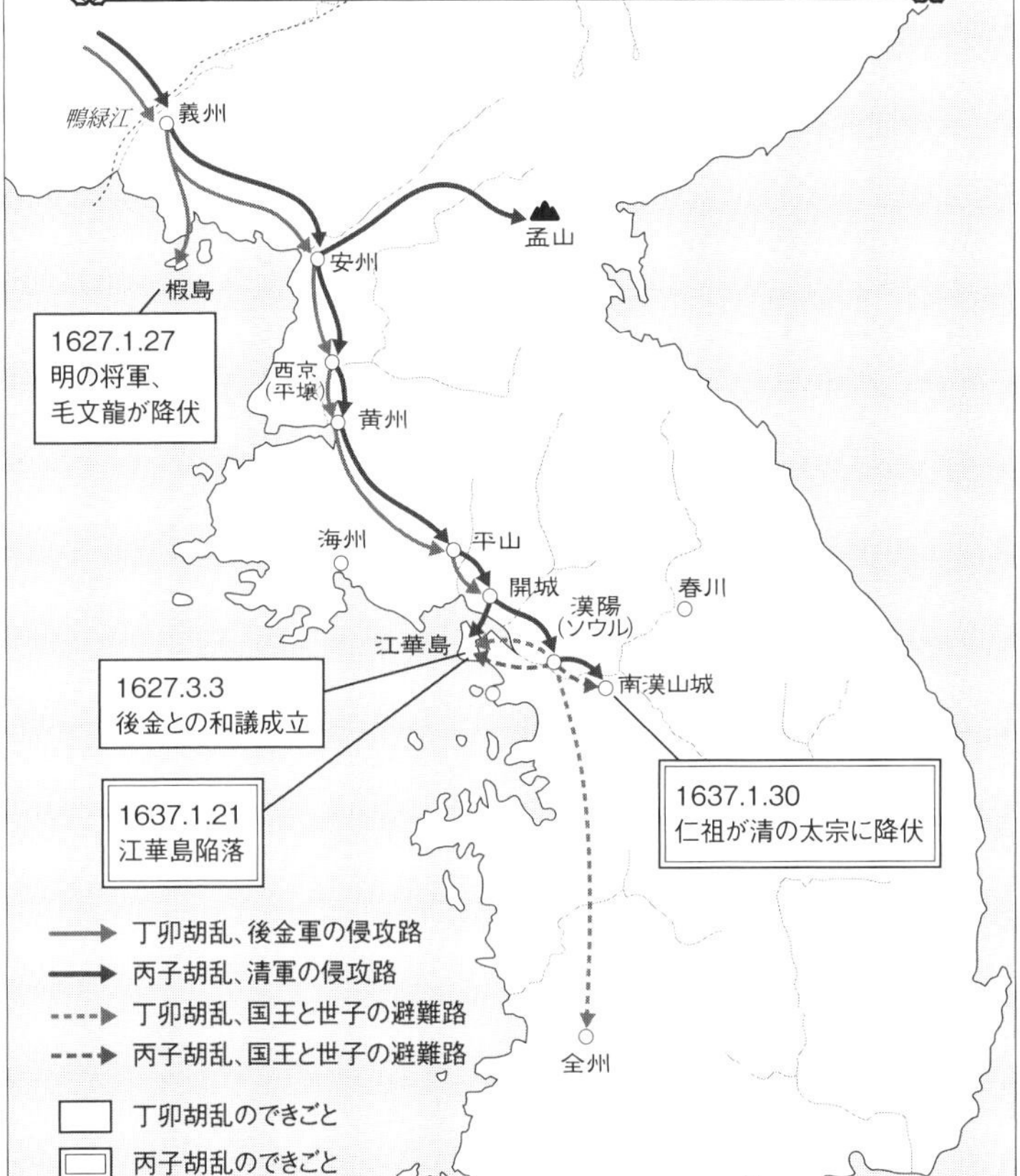

◇丁卯胡乱

1627年、後金のホンタイジ（太宗）は3万の軍勢を朝鮮半島に送り、中国・明の将軍、毛文龍を降伏させ、わずか10日間で平壌を陥落。仁祖は江華島に逃亡した。世子を逃したあと、後金と「兄弟の盟約」を結ぶことで和議が成立した。

◇丙子胡乱

1636年12月、後金は清と国の名前を変えると、再び朝鮮半島に侵攻。10日あまりで漢陽まで迫ってきた。仁祖は籠城するものの40日ほどで陥落し、清に降伏した。清の太宗に三跪九叩頭の礼による臣下の礼を行ない、許しを乞うたという。

朝鮮王朝時代の文官官制

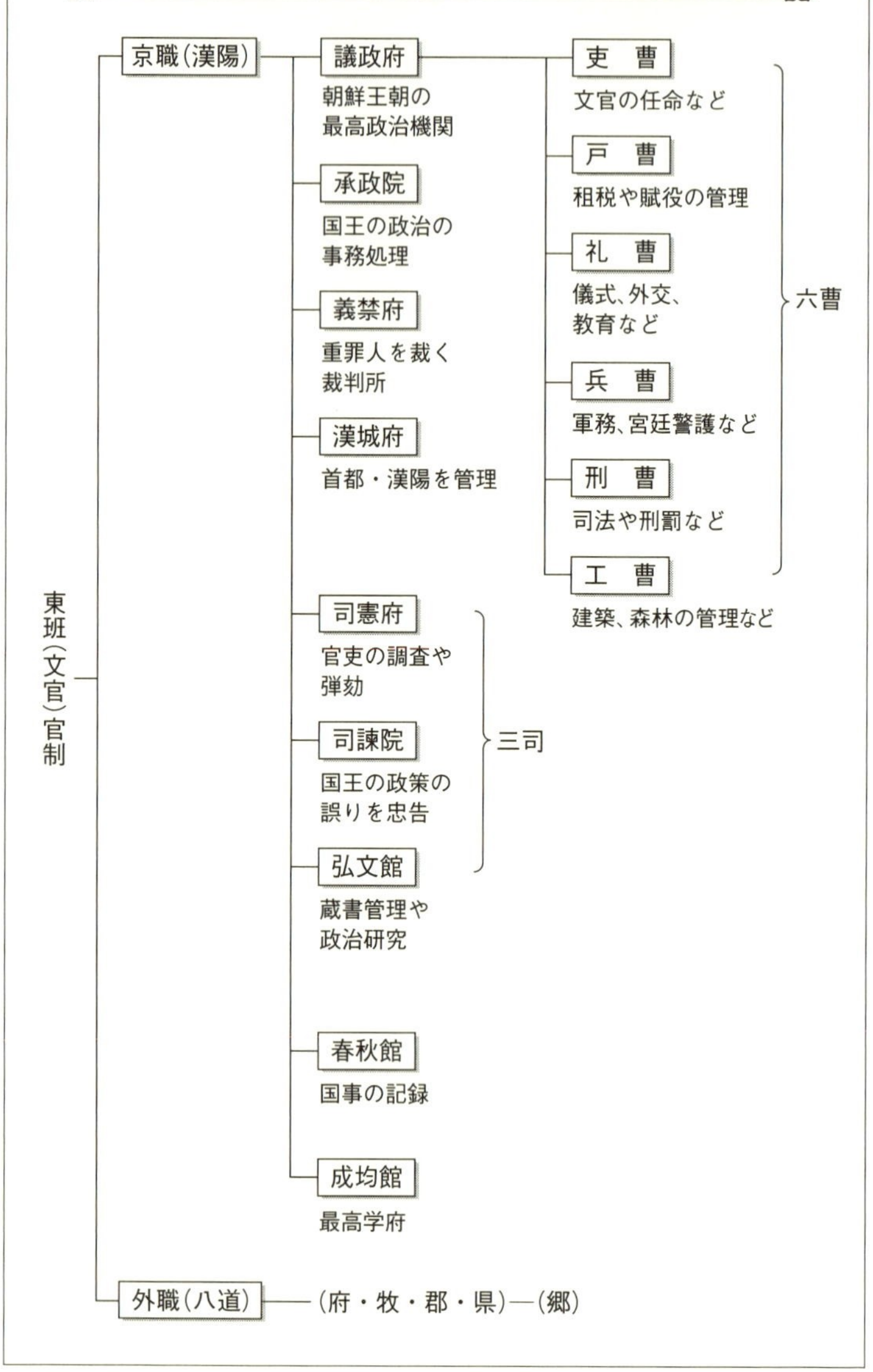

東班（文官）官制
京職（漢陽）
議政府
朝鮮王朝の最高政治機関
承政院
国王の政治の事務処理
義禁府
重罪人を裁く裁判所
漢城府
首都・漢陽を管理
司憲府
官吏の調査や弾劾
司諫院
国王の政策の誤りを忠告
弘文館
蔵書管理や政治研究
三司
春秋館
国事の記録
成均館
最高学府
吏曹
文官の任命など
戸曹
租税や賦役の管理
礼曹
儀式、外交、教育など
兵曹
軍務、宮廷警護など
刑曹
司法や刑罰など
工曹
建築、森林の管理など
六曹
外職（八道）
（府・牧・郡・県）―（郷）

第一章

陰謀

「人の体には数百カ所の経穴《けいけつ》がある。水が高きから低きへと流れるように、その経穴に沿って気が全身をめぐり、人間を動かすのだ」

姜道準《カン・ドジュン》は、つばの狭い冠帽をかぶった医生たちの顔を一人ずつ見ながら、説明を続けていく。

「人間が病にかかるのは、熱や冷があふれ、経穴を流れる気がふさがるためだ。鍼《はり》は、その詰まった経穴を開いて気を流す役目を果たす」

姜道準は長鍼を取りだして、文机《ふづくえ》の上の鍼灸銅人《しんきゅうどうにん》〔鍼灸の練習用に作られた銅製の人体模型〕の太陽穴〔こめかみ〕を押さえながら言った。

典医監《チョニガム》〔薬の供給や医学教育を担う官庁〕の広い教室で、鍼の特別授業が行なわれていた。姜道準は、年のころは二十代半ば。すらりと均整のとれた体格で、落ち着いた顔つきをしている。彼が説明を終えると、前列に座っていた一人の医生がさっと手を挙げた。

「治療の方法には煎じ薬もあるし、灸をすえるやり方もあるのに、なぜ鍼治療の必要があるのですか?」

質問を受けた姜道準は、長鍼を文机に置いた。

「なぜ鍼なのかと聞く前に、民百姓がなぜ鍼を好むのかを知らねばならぬ。はやり病を除き、もっとも多くの民の命を奪う病気は何だと思う？」

姜道準の質問に、何人かの医生が挙手して病名を挙げた。だが、彼は首を振りながら言った。

「どれも違う。民が命を落とすいちばんの原因は腫《は》れ物だ。腫れ物を治療するもっともよい方法は膏薬《こうやく》を貼ることだが、薬は値が張るため、その日暮らしの民百姓にとっては絵に描いた餅《もち》だ。だが鍼治療であれば、高価で貴重な材料から作る薬は必要ない。鍼と、それを扱う鍼医さえいればいい。どういう意味かわかるか？」

医生たちがうなずくと、姜道準がにこりとほほ笑んで続けた。

「ほかの病気でも同じだ。町医者たちは病人が訪ねてくると、むやみに朝鮮人参や付子《ぶし》〔トリカブトの根を乾燥させた劇薬〕などの高価な煎じ薬を勧める。それで運よく病者が治れば自分のおかげだと自慢し、死ねば運命のせいにするものだ。しかし、朝鮮全土の民のうち、懐《ふところ》の心配なく薬代を払える者がどれだけいることか。壬辰倭乱《イムジンホラン》〔一五九二年～一五九八年の豊臣秀吉による朝鮮侵略〕と丁卯《チョンミョ》・丙子胡乱《ピョンジャホラン》〔一六二七年と一六三六年の後金・清による朝鮮侵略〕によって国は疲弊《ひへい》し、農地は荒れ果てた。そのうえ、毎年のように干ばつと洪水が起こり、伝染病が続いたため、かつての金持ちは貧乏人になり、貧乏人だった者はそれこそ飢え死に一歩手前の貧民となった。医員はたんに、薬と鍼で病者を治せばよいというものではない。状況と事情にしたがって、どんな薬を使い、どんな治療法を選べば病者のためになるのか、深く考える者が真の医員だといえよう」

姜道準の力強い説明に、医生たちはうなずいた。そのとき、先ほど質問をした医生がまた手を挙げた。

「病者の状況をよく見るべきだとおっしゃいましたが、そんな事情を気にしていたら、命まで落とすことになりませんか?」

質問を受けた姜道準は、目を閉じてしばらく考えてから、口を開いた。

「およそ医員とは、病者が苦しんでいる目の前の病気だけでなく、その生活についても責任を持たねばならん。家族は誰かが病気にかかれば、全財産をはたいてでも治そうとするものだ。だが、そうやって治ったとしても、一家が一文無しになれば、また別の病気にかかるのと同じことだ。体の病気は心から来るものだ。病者の心まで面倒を見るのが、医員の役目だ」

説明を終えた姜道準は、医生たち一人ずつと目を合わせながら言った。

「医員の夢は、御医になって玉体を診察し官職に上《のぼ》り、王の推薦で県監や郡主の座に就くことだ。おまえたちのなかからも、必ず御医になる者が出るだろう」

御医という言葉に、医生たちはひそかに胸を高鳴らせた。

「だが、そのためには厳しい競争に打ち勝たねばならん。まずは医科に合格することだ。医科に合格しても、四医司《サウィサ》〔内医院、典医監、恵民署、活人署の四部署〕に遞児職《チェアジク》〔禄俸を受ける官職〕は東班《トンバン》〔文官〕と西班《ソバン》〔武官〕を合わせても六十人ほどにすぎん。全員が御医になることはできないから、ほとんどの者は日々生きるので精一杯の民百姓を診《み》ることになる。だが、鍼の前では王であれ白丁《ペクチョン》〔家畜の解体などに従事する被差別民〕であれ、みな平等だ。民を救うことがすなわち国を救うことであり、それがすなわち国王陛下のための道である。よく肝に銘じておけ」

説明を続けようとしたとき、医生たちの座る広間の向こうから李明煥《イ・ミョンファン》の手招きするのが見えた。

姜道準は医書を閉じた。

「今日はここまでだ。次の時間は鍼の経穴を探す法と施鍼法を教えるので、鍼筒《チムトン》〔鍼を入れる筒〕を忘れずに持ってくるように」

そう言うと医生たちをあとにして、靴脱ぎ石の上の履き物を履き、李明煥に近づいた。いかつい肩と大きくえらの張った顔の李明煥は、柔和な印象の姜道準から、しばしば山賊とからかわれていた。李明煥が人のよさそうな笑顔を浮かべると、姜道準は授業のときの厳格さとは打って変わって、待ちきれないという表情で尋ねた。

「舎岩《サアム》〔本名・生没年不明。舎岩鍼法の創始者で、朝鮮三大医聖の一人とされる〕先生のことで来たのか。そうだろう？」

「おぬしは医員よりも占い師のほうが向いていそうだな。楊花津《ヤンファジン》〔ソウル南西部の漢江北岸の船着き場〕で姿を見た者がおるそうだ」

「本当か。他人の空似ではなかろうな？」

「舎岩先生を見間違えるわけがなかろう。楊花津までいらっしゃったなら、漢陽《ハニャン》〔ソウルの旧称〕まで足をのばすおつもりかも知れぬ」

李明煥の言葉に、姜道準が当てになるものかという顔で首を振った。

「うわさを当てにして、ここで待っていても仕方ない。楊花津ならば、いますぐ発《た》って早足で向かえば日のあるうちに着けるだろう」

姜道準は典医監の中庭を横切って部屋に戻ると、外出の支度を整えだした。李明煥は支度をする彼を見ながら、顔をしかめた。

「明日、提調《チェジョ》〔各官庁の実務の長〕大人がこちらにお見えだそうだぞ……」

あわただしく荷をまとめた姜道準が、えもん掛けから道袍《トポ》〔外出用の礼服〕を取りながら答えた。

「ああ、知っておる。だが、とにかく舎岩先生にお会いしなくては。この前聞けなかったことがあるのだ。次にいつまたお目にかかれるかわからんからな」

「たしかに、風のようなお方だからな。もし会えたら、よろしくお伝えしてくれ」

「もちろんだ。いつも会って最初に話すのは、おぬしと張仁珠《チャン・インジュ》のことさ」

そう言って明るく笑うと、姜道準が風呂敷包みを背負った。扉を開けて出ていこうとする彼を、李明煥が呼び止めて、いたずらっぽく言った。

「笠をお忘れですぞ、儒医〔両班の家柄の医員〕殿」

「かたじけない」

笠を手に姜道準が出ていくと、李明煥は苦笑いを浮かべた。

李馨益《イ・ヒョンイク》〔生没年不明。朝鮮王朝後期の鍼医〕が火鉢であぶった鍼を背中に打つと、年老いた王〔朝鮮王朝十六代王・仁祖。在位一六二三～一六四九〕は若い後宮でも抱いたときのような細いうめき声を上げた。歳月を重ねて生気を失った背中には、疥癬《かいせん》が花のように咲いている。李馨益は王の背中に幾多のいくさの跡を見つけた。肩のたるんだ肉には、暴君の光海君《クァンヘグン》〔朝鮮王朝十五代王。在位一六〇八～一六二三〕を宮から追放したときの戦いの跡が見えた。また、骨張った背中の中央には、逆賊の李适《イ・グァル》〔一五八七～一六二四。仁祖反正（光海君を追放したクーデター）を助けて功を立てたが、翌年に反乱を起こし鎮圧される〕に追われて都を明け渡したときの戦いが、腰のあたりには丁卯年と丙子年の胡乱の跡が見えた。黒い粟《あわ》のようなできものがたくさんできた右の腰は、おそらく南漢山城《ナムハンサンソン》〔ソウル南郊の山城〕に立てこもった末に降伏した丙子年の戦いの跡らしかった。

　李馨益は火鉢に刺してあった燔鍼《ポンチム》〔火で熱した鍼〕で、腫れ物をぐいと押した。ジュッ、という音とともに白い煙が立ち上り、玉体がぶるっと震えた。そばで侍《はべ》る薬房都提調《ヤクパントジェジョ》〔王に処方する薬を監督する官職〕の崔鳴吉《チェ・ミョンギル》〔一五八六～一六四七。仁祖反正の功臣の一人〕が、目をむいてその光景を見つめている。王とともにいくさを戦ってきた大臣たちは、神聖な玉体に熱く焼いた鍼を打つと聞いて仰天した。怪しげな医術を使う李馨益を追い払うよう重ねて誓願したが、王は大臣たちの声を退《しりぞ》け、鍼医に自らのくたびれた背中を見せた。

　火であぶった燔鍼は、病に苦しむ者たちに快復へのぼんやりした望みを与えた。その評判が広まり、李馨益の鍼を受けにくる者たちは、田舎の市場で背負子《しょいこ》を負って肩を痛めた行商人から、地方の官庁の庭で居眠りをする木っ端《こっぱ》役人へと変わった。県監〔県の長官〕にぺこぺこして腰の曲がった木っ端役人の腰を熱い鍼で突くと、今度は県監からお呼びがかかった。官庁の裏庭のあずまやに寝そべった県監の背に鍼を打つときには、痛みをまぎらすために、妓生《キーセン》たちがうちわで扇ぎ、伽耶琴《カヤグム》〔朝鮮古来の琴〕を奏でた。治療のおかげで瘡《かさ》が治った県監たちは、漢陽に上《のぼ》ったついでにうわさを広めた。足のなえた人に燔鍼を打ったらいっぺんで立ち上がったとか、中風でゆがんだ顔がひと晩で治ったとかいう話が評判になったころ、鈴の三つ付いた封筒が漢陽から届いた。鈴は急を告げるしるしである。鍼医・李馨益はただちに都に上って王の治療にあたれとの手紙だった。鍼筒と荷をまとめた李馨益は、駅馬に乗って漢陽に向かった。そして、くじらの背のように雄大な宮殿に入り、王の前に立った。

長いいくさを経験した王は、自分の体に傷をつくることを非常に恐れていた。だから燔鍼に効能があるという話を聞いても、半信半疑だった。李馨益は疑り深い王のために、選抜された大臣たちを何人か治療し、ようやく玉体に手を着けることができた。

李馨益は、老いて深いしわの刻まれた王の裸体から、見知らぬ世界を見た。宮殿の一日は、「それはなりませぬ」、「恐縮でございます」、「聖恩のかぎりでございます」という言葉で始まり、終わった。言葉をひとつ間違えれば、ある日いきなり中庭に引きずりだされて周牢《チュリ》〔両脚を縛ってそのあいだに棒を差し入れてひねる刑罰〕をねじこまれ、すねの骨が肉を突き破って飛びだしたり、こん棒で尻の肉が粥《かゆ》のようになるまで叩かれたりもする。昨日まで血を分けた兄弟より仲むつまじかった大臣たちが、一夜明ければ二手に分かれて血で血を洗う仇となった。

しかし頭の切れる李馨益は、そのすべての中心に老いて疑り深い王がいることを悟った。反逆によって先王を追い出して玉座に着いた王は、反逆を起こす者たちを恐れた。それゆえ、彼らの反抗心をあらかじめ根こそぎにするため、前触れもなく、謀反《むほん》をたくらんだとして大臣と重鎮を仕置きの場へと送った。李馨益は、王が彼らのうめき声を聞きながら、甘い眠りに落ちるのを目撃した。王にとっては逆賊を捕らえて懲らしめることが、鍼以上の良薬だったわけだ。

「経穴をよく確かめよ。左右が違うのではないか？」

崔鳴吉が目を見開いて言った。李馨益は、「恐縮でございます」と小さく言いながら、王の腫れ物を攻撃した。燔鍼でつぶれた腫れ物から流れ出た膿《うみ》を拭いていると、眠っていたはずの王から声がかかった。

「世子《セジャ》〔王位を継ぐ王子〕のことだが、清に長く留め置かれたせいで、体がずいぶん弱っているようすだ。そなたの鍼で治療してくれぬか」

「陛下、世子殿下はすでに内医院《ネイウォン》〔宮中の医薬を管轄する部署〕の医員が診療にあたっております」

崔鳴吉が即座に反論したが、王はふたたび眠りに落ちたのか、目をつむっていた。一方、やはり王に付き添っていた金自點《キム・ジャジョム》〔一五八八～一六五一。仁祖反正の功臣の一人〕は、満面に笑みを浮かべて言った。

「世子殿下への深い思し召し、さすがはこの国の国父でいらっしゃいます」

李馨益は、金自點の言葉を聞いた王の顔に微笑が浮かぶのを見逃さなかった。王と金自點のあいだに挟まれた崔鳴吉は、どうしていいかわからず顔をしかめた。そんな彼に、李馨益が声をかけた。

「鍼術を施すときは、身と心がほぐれていなくてはなりませぬ。政事を論じて御心を乱さぬよう願います」

崔鳴吉は眉をひそめたものの、静かに頭を下げて口をつぐんだ。金自點は愉快そうな表情を隠さなかった。李馨益はまた燔鍼で、老王の背を突いた。皮膚が焼ける煙と臭いが立ちこめたが、王は夢でも見ているのか、目を閉じたまま恍惚の表情をしている。今度の夢のなかでは、どんな謀反を制圧しているのだろうか。


「提調大人がいらっしゃるという話はしたの？　またどこか出かけていたら、問題になるわよ」

「もちろん、したに決まってるさ」

恵民署《ヘーミンソ》〔庶民の病気を無料で診療した部署〕からやってきた張仁珠が小言を言うと、李明煥が当然だという顔で答えた。変人として知られる舎岩道人の三人の弟子の一人である張仁珠は、輝く大きな瞳と優しい眼差し、ほんのり紅色を帯びた白い肌、端正な容姿のおかげで、二十歳を過ぎたいまも両班《ヤンバン》〔朝鮮王朝時代の支配階級〕家から、しきりに妾《めかけ》にならないかと誘われるほどだった。だが、妾の娘として生まれた彼女は、自分の子にまで同じ思いをさせたくなかったため、ことごとく断わってきた。彼女が医女の道を選んだのは、結婚問題から自由になりたかったからでもあった。張仁珠がうらやましそうに言った。

「私もついて行きたかったわ」

「よせよ、口先ばかりで。娘っこがどこに行けるっていうんだ」

「それはそうね。妓生の格好や男装でもしないかぎり、都から出るのは難しいわ」

張仁珠が口をとがらせて言った。

「姜道準のやつ、舎岩先生をうまく説得してお連れできるかな」

「そうだといいわね。じゃあね」

「姜道準がいないから行っちゃうのか？」

李明煥の意地の悪い冗談に、張仁珠がちらりと横目でにらむと背を向けた。彼女の後ろ姿を見つめていた李明煥は、複雑な表情に戻った。士大夫《したいふ》の家柄である姜道準は儒医なので、進級や出世には何の支障もなかった。張仁珠もまた、医女として優れた腕前を発揮しており、前途は洋々だった。一方、家柄も別によくない李明煥は、何ひとつ確かなことはなかった。姜道準と張仁珠がいなくなったあとを、李明煥はぼんやりと見つめた。


「これが我が意志だ」

竹のすだれ越しに響く重々しい声に、部屋のなかは闇よりも重い沈黙に包まれた。

「こうした決定を下さざるをえない朕《ちん》の気持ちは、そなたたちのほうがよく知っておろう」

沈黙を破ってふたたび声がしたかと思うと、道袍の衣擦れの音が聞こえてきた。扉が開かれ、中庭に待機していた内禁衛《ネグミ》〔宮中の警備にあたる軍隊〕の兵士たちが号令をかけながら動く音がする。開け放たれた扉から、風が吹き込んできた。額から流れ落ちた汗が油で磨かれた床を濡らすのを見て、李馨益はようやく面を上げた。そして、向かい側で同じ姿勢でぬかずいていた金自點に尋ねた。

「吏曹判書《イジョパンソ》〔官僚の人事を司る役所の長官〕殿、どういたしましょう」

「どうするだと。耳で聞いてもわからぬか」

「し、しかし……」

「誰もお気持ちを察して差し上げないので、御意《ぎょい》に召さないのであろう。だからこうして夜中に何度もわれわれを訪ねていらっしゃるのではないか」

狡猾《こうかつ》さでは曹操《そうそう》にも劣らぬと言われる金自點もまた、緊張のせいか汗で濡れた網巾〔髪の乱れを整える鉢巻き状の頭巾〕を手でぐいと押さえながら答えた。来るべきものが来た――李馨益は内心でそう思った。世子の治療を任せるという、昼間の王の口調には、慈愛のかけらも見られなかった。

今年の初め、中国・瀋陽《しんよう》での人質生活を終えて帰ってきた昭顕世子《ソヒョンセジャ》〔一六一二～一六四五。仁祖の長男。丙子胡乱で清の人質となり、九年にわたり抑留された〕の体たらくに、王の怒りは天を突いた。

胡乱の際、南漢山城に立てこもった王は、周囲を包囲する清軍の要求に応じて城を明け渡し、三田渡《サムジョンド》〔ソウル東郊の漢江上流にある港〕でひざまずいて降伏しなくてはならなかった。その恨みは骨髄まで達していた。ところが何年ぶりかで人質の身から解放され戻ってきた昭顯世子は、まったくの別人になっていた。清が明《みん》帝国を倒して天子の国になっただとか、海の向こうに住む紅毛碧眼《へきがん》の洋人たちの技術を受け入れるべきだとかいう話を、王に向かって告げたのだ。その話に激怒した王が碁盤《ごばん》を投げつけた――そんなうわさまで流れてきた。

二度の胡乱と李适の乱を経験した王は、もはや何者も信じられず、忠誠を示しさえすれば誰でも重用した。たとえば、胡乱の克服に大きな功を立てた崔鳴吉が明と内通した事実が発覚すると、未練なく追いだしておきながら、数年後には呼び戻した。また、丙子胡乱のときに都元帥《トウォンス》〔総司令官〕だった金自點は、南漢山城が落ちるのを迷原《ミウォン》〔いまの京畿道楊平郡付近《キョンギドヤンピョングン》〕に閉じこもったまま見物していたにもかかわらず、忠誠を尽くすとの理由でそのまま重用された。

「国王陛下のご意志が固いので、臣下としてはそれに従うほかなかろう……」

ようやく冷静さを取り戻した金自點が、李馨益に向かって言った。口をぎゅっと結んだ彼の表情を見て、李馨益がふたたび頭を下げた。そんな彼に、金自點が言った。

「今回の件を隠密に処理する方法を探すのだ。できるか？」

「鍼や毒薬の痕跡を残さないためには、練習が必要です」

「練習？」

金自點が聞き返すと、李馨益が説明した。

「鍼であれ薬であれ、表向きは健康な状態を保ちながら、骨髄に毒を入れなくてはなりません。そうするには体質が似ている者を練習台にして、症状を見ながら処方をする必要があります」

「なるほど、それはよい方法だ」

金自點が膝をたたいた。そして慎重に付け加えた。

「もしうわさでも流れた日には、われわれ二人はもちろん、家族も無事ではすまんぞ」

「手前が従えている楊花津の無頼漢どもを動員してはいかがかと。口が堅いやつらですから、うわさになることもないでしょう」

宙をにらんで考えをめぐらせていた李馨益が答えた。膝を指でトントンとたたきながら彼を見つめていた金自點が、苦衷の表情で言った。

「もうわれわれは棺桶に足を突っ込んだも同然だ。慎重に慎重を期すのだ」

「肝に銘じます」

李馨益は床に鼻をすりつけるほど頭を低く下げた。金自點はため息をつくと、李馨益に向かって言った。

「鄭成調《チョン・ソンジョ》という者を送る。信頼の置けるやつだ。そやつと相談して処理にあたれ」

「三十代半ばのやせ男を捕まえろ？　どういうこってすか」

自分が用心棒を務める楊花津の居酒屋で、熱々の汁物をすすって腹を満たしていたソックは、ハギの垣根の根元にペッと痰《たん》を吐きながら尋ねた。ソックは物心がつくよりも先に街をうろついていたせいで、険しい顔つきをしており、肩幅も広く、いかにもチンピラという風体の男だった。

「お偉いさんからの言いつけだ。四の五の言わずに、港で適当なやつを物色しろ」

濃いひげを蓄えたトッポがそう言って目をむくと、港のほうにのしのしと歩いていった。

「たいして年も違わねえのに、なんて口の利き方だ」

ソックは笠をかぶり直しながら、ぶつぶつと小言を言った。とにかく、お偉いさんの命令というから、やるまねだけでもするしかない。水色の長衣の袖に両手を突っ込むと、ソックは港へと向かった。

港では、朝方に慶尚南道《キョンサンナムド》の統営《トンヨン》〔朝鮮半島南岸の港町〕から到着した船が荷下ろしをしている最中だった。知り合いと目で挨拶を交わしながら港をぶらついていたソックは、見るからに田舎者然とした儒生を見つけると、足を止めた。トッポから言われたとおりの、三十代半ばのやせ男だ。しらばくれて男の周囲をうろついていると、さっき別れたトッポがコンボとともに姿を現わした。

「あいつはどうだ?」

トッポの言葉にソックが応じた。

「どうやら科挙を受けに上京して来た、うすのろ儒生のようです。お偉いさんの注文にはぴったりでしょう」

「いいだろう。まずコンボが絡んで、おれとおまえで縛りつける」

トッポの目配せに、コンボが田舎儒生にのそのそと近づいていった。そして、わざと肩をぶつけて、にらみつけた。

「おい、どこ見て歩いてんだ！」

コンボの怒鳴り声に、わらじを下げた包みを背負った儒生が飛び上がった。おそらく、自分の故郷でだったら顔も上げられないような目下の者から怒鳴られて、驚いたのだろう。さらにコンボがたたみかけて迫ると、儒生はおろおろと助けを求めて周囲をうかがった。だが、道行く人々は見て見ぬふりをして足早に去っていくばかりだ。騒ぎが大きくなるころを見計らって、トッポがコンボに近づき叱りつけた。

「こら、何をしておる！　恐れ多くも両班に向かって、どういう口の利き方だ。役場に連れていかれて尻をたたかれたいのか！」

コンボがおずおずと引き下がり、通行人のあいだに消えると、トッポはひどい目にあった儒生に言った。

「大丈夫ですか？　漢陽はもともと卑しい者が多くて、ときどきあのように絡んでくるやつがおります」

「か、かたじけない」

トッポが声をかけるあいだに、ソックが田舎儒生の身なりを確かめた。羽織っている上着の裾は、長らく洗っていないのか垢《あか》じみており、袖もすり切れている。頭にかぶった笠は、あちこち糸がほつれており、胸元まで垂らした笠ひもの飾りは玉《ぎょく》やべっ甲ではなく、小さな竹をつなげた安物だった。やはり思ったとおり、さえない田舎両班に違いない。そのあいだにトッポは、田舎儒生が漢陽に親戚がいるかをそれとなく尋ねた。だが、羅州《ナジュ》〔全羅南道《チョルラナムド》の地方都市〕から上京したという羅《ナ》氏姓を名乗る儒生は、漢陽に知人はいないと打ち明けた。

「科挙を実施するとの知らせを官報で見て、あわてて上京したが、途中で路銀が足りなくなり、どうしたものかと頭を痛めておったところだ」

「それはちょうどよかった。私はあのクヌギの木の向こうにある旅籠《はたご》屋で働いておりますが、部屋がひとつ空いております。そこでお泊まりになってはいかがですか」

トッポの話に、羅氏を名乗る儒生が顔をほころばせた。

「本当にいいのか？」

「もちろんです。ご心配いりません。いっしょに参りましょう」

大きく笑うトッポが先に立ち、ソックは数歩後ろに下がって、邪魔立てする者がいないかと周囲をうかがった。二人の正体を知る物売りたちが田舎儒生を哀れな目で見ていたが、口だしする者はいなかった。クヌギの木の向こうに回るやいなや、待っていたコンボがむちを振るった。首筋にむちを受けた儒生は悲鳴を上げることもできず、うつぶせに倒れた。袖から六角棒を取りだしたトッポが、倒れている儒生の後頭部を殴りつけた。するとソックが叫んだ。

「早く猿ぐつわをかますんだ！」

ソックは袖から布きれを取りだすと、それで儒生の口をふさいだ。猿ぐつわをかませられ後ろ手に縛られた儒生は、意識を失ったのか、ぐったりと伸びている。六角棒を脇に挟んでパンパンと手を払ったトッポが、コンボに言った。

「お化け洞窟に運ぶ。港に行って船の手配をしろ」

コンボが消えると、ソックがトッポに尋ねた。

「ところで、こいつを何に使うんですか」

「知らんでいい。とにかく、口をつむっていろ。万が一この話が漏れたら、ただじゃおかないと、お偉いさんがおっしゃっていたからな」

トッポがソックをにらみつけた。恐れをなしたソックは目をそらし、倒れた儒生を見下ろした。気を失っている儒生を見ると、なぜか罪悪感がこみ上げてくるようだった。

「先生、漢陽の風に当たりにいらっしゃいませんか」

「風なら、港の風が最高じゃ。漢陽の人混みにどんな風が吹くというんだ」

楊花津の居酒屋で、縁台に腰掛けた舎岩道人はそっけなく言うと、縁の欠けた器から濁り酒をぐいとあおった。あちこちほころびた股引《ももひき》に、穴の空いた足袋《たび》を履き、網巾のかわりに縄を額に巻きつけた舎岩道人は、はた目から見たら物乞いそのものだった。

楊花津の港に着いた姜道準は、旅籠屋を何軒かのぞいて回った。すると、わらぶきの粗末な家の軒下にしゃがみ込んで子どもたちの鍼治療にあたっている舎岩道人を見つけ、居酒屋に誘った。物乞いはお断わりだと言って渋る女将《おかみ》に割増金を払い、やっと席を確保した。腰を下ろすやいなや、舎岩道人は表紙がちぎれかけた本を一冊、懐から取りだした。表紙を見た姜道準が目を見張った。

「『舎岩道人鍼灸要訣』……。この前お目にかかったとき、書いたとおっしゃっていたご本ではありませんか」

「そうじゃ。去年の冬に全羅道に行った際に、ある役人の側室を鍼で治してやってな。そこに何カ月か世話になっていたとき、退屈まぎれに書いたものだ」

「こんな貴重なものを、いただいていいんですか」

「ああ。もともと楊花津に来たのも、わしがここにいるとのうわさを聞けば、おまえたちが駆けつけてくるだろうと思ってな。前に教えてやった鍼術と、わしが覚えたつまらん技術をいくつか書き記しておいた。仁珠や明煥といっしょに読むがいい」

「ありがとうございます、先生」

積もった話に花を咲かせていると、居酒屋に一人の若者が入ってきた。女将と顔見知りのようで、目で挨拶を交わした若者は、縁台に座っていた舎岩道人に近づいた。

「もしや舎岩先生でいらっしゃいますか」

「先生かどうかは知らんがな。何用だ」

大きなげっぷをひとつして、舎岩道人が答えると、若者は助かったという顔で言った。

「あちらの馬村《マルゴル》のキム翁の家の使いの者です。そこのご長男が五日前に峠の向こうにある奥方の実家に行った際、何か悪いものでも口にしたせいなのか、虫の息なのです」

「女房の実家に行ったのなら、つぶした雌鶏でもごちそうになったじゃろうに、どうしてそんなことになったのだ?」

座り直した舎岩道人が尋ねると、若者が説明した。

「はあ、若旦那が峠を登る途中で、たまたま向こうから戻ってきた伯父さまと出会い、居酒屋で一杯召し上がりました。そして奥さまの実家に到着して、暑くて汗をかいたからと、冷えた熟し柿を何個か口にされ、そのまま倒れてしまったのです。ご実家で医員を呼んで薬を飲んだところ、お体に合わなかったせいか、さらに悪化したそうです。そこで駕籠《かご》に乗せて連れ帰りましたが、意識もなく、ときどき目を開けても気が触れたように発作を起こしています」

「何じゃと! 実家で呼んだ医員が、冷汗空下之剤を処方したようだ。体のなかのものをすべて下す薬だ」

「どうしてそれを?」

若者が驚くと、舎岩道人が首を振った。

「次も当ててみせようか。連れ帰った本家で呼んだ医員も、冷たい気の入った薬を処方したのじゃろう。それで状態がさらに悪化したのだ。患者が喉が渇いたと言うので、冷たい水も飲ませたのじゃろう」

「そのとおりです。とにかく喉が渇いたとおっしゃるので、五味子《ごみし》を煎じて冷たくして飲ませました。薬を使っても治らないので、どうしたものかと案じていたところ、外住まいの下男が来て言うには、そいつのせいがれも胃もたれで何日も苦しんでいたところ、どこかの道士が鍼一発で治してくれたと。そこでこうしてお願いに上がったのです。お金はいくらかかってもかまいませんので、どうか若旦那をお助けください」

若者の懇願に、舎岩道人はため息をついた。

「わしはこれまで、病人を見捨てたことはない。どれ、助けられるかどうか、一度見て進ぜよう」

そう言うと、深々とひれ伏した若者を横目に、支度を始めた。姜道準もいっしょに行くつもりで立ち上がると、手で制した。

「おまえは来なくていい」

「次はいつお会いできますか？」

姜道準の問いに、竹の鍼筒を手にした舎岩道人がカッカッと笑った。

「風が次にいつ会うか約束するか？　縁があれば、また会えるじゃろう。では、またな」

若者の案内で居酒屋を出ていく舎岩道人の背中をぼんやりと見つめながら、姜道準がつぶやいた。

「症状を聞いただけで医員の処方を当てるとは。おれはまだまだだ」

仕事を終えて帰宅したソックは、臨月の妻が作ってくれた夕食をすませると、早々と寝床に入った。布団をかぶって横になったものの、春にふき替えたわらぶき屋根の天井を見つめるばかりで、寝つけないでいた。台所で洗い物を終えた妻が、土間から部屋に上がってくると、台所から持ってきた火種で油皿に火をともし、内職の針仕事の準備をした。山のように膨《ふく》れた腹を抱えた妻が針仕事をする姿を見たソックは、声を荒らげた。

「おい、おれの稼ぎがあるじゃないか。身重なのに働くんじゃない！」

「お偉いさんの言いつけで働いたって、頼りになりませんからね。ポングでしたっけ？　このあいだ港でスリをして捕まったのは。尻を三十回もたたかれて寝込んだせいで、おかみさんが金策に歩いてるそうよ。そのおかみさんったら、旦那がすってきたサンゴの飾り物をどれだけ自慢してたことか。やくざやチンピラ暮らしなんて、続くもんじゃありませんよ」

妻はもともと酒を売り歩いて暮らしていた。妻の母も同じ商売をしており、慶尚南道《キョンサンナムド》の梁山《ヤンサン》で彼女を産んだ。母と同じく酒売りになった彼女が、楊花津に姿を見せたのは四年ほど前だ。幼いうちにはやはり病で家族を亡くし、チンピラ暮らしをしていたソックは、母親に似た彼女を見てひと目ぼれした。そして、その夜のうちに彼女の母親を訪ねると、有り金を全部渡して彼女を手に入れることに成功した。銅銭の束を受け取った彼女の母親は、空が明ける前に黙って姿を消し、ひとり残された彼女は自然とソックの妻になった。

朝一番に井戸からくみ上げた水をあいだに挟んで、お互いに契《ちぎ》りの礼をして結婚式に代えた二人だったが、その晩、あたふたとチョゴリ〔上衣〕を脱がせようとするソックに、彼女が言った。

「私は人間らしく生きるのが望みだったんです。だから、旦那さまも人間らしく生きてください」

気が急《せ》いていたソックは、わかったと答えてチョゴリを脱がせた。ところが妻は明くる日から、酒を売り歩いていたとは思えないほど、きっちりと暮らしを切り盛りしだした。船着き場の居酒屋で働かないかという誘いをきっぱりと断わった彼女のことを、近所の女たちは「新妻らしくおしとやかに振る舞ったところで、どうせ酒売り女じゃないか」と陰口をたたいたが、そんな暮らしを何年も続けるうちに口をつぐんでしまった。

そんな彼女の最終目標は夫だった。ソックは物心つく前から、市場で両班の袖に手を突っ込んで銅銭を失敬することから始まり、成長してからは楊花津の港を根城とするチンピラの仲間になった。妻はそんなソックに、街に出て人間らしく暮らそうとしきりにせがむのだった。ソックは無理な相談だと言って怒ったが、妻はあきらめなかった。そんなやりとりが続いていたところへ、罪もない儒生をさらったことが頭に引っかかっていたのだ。夫の胸中を察したのか、髪の油をつけながら針仕事をしていた妻が言った。

「ポングのおかみさんが言うにはね、いざ寝込んだら、それまで兄弟付き合いしていた連中が、ぱたっと姿を見せなくなったんですって。あなたもいい年なんですから、生まれてくる子どものためにも、ほかの仕事を見つけてくださいね」

「おれは字も書けないし、畑を耕すこともできないんだ。商売の才覚だってありゃしない。おまえと子どもさえ食っていけりゃあ、それでいいんだから口だしするな」

ふん、と鼻を鳴らしたソックは、つまらぬことを言うなと一喝すると、寝返りを打った。しかし、洞窟に閉じ込めてある儒生のことが頭から離れなかった。お偉いさんが何をするのか知らないが、あの洞窟に引っ張っていったからには、生かしてはおかないだろう。科挙に合格するのが夢だったみすぼらしい田舎儒生を思いだしたソックは、目がさえてしまって床から起き上がった。戸を開けて出ていこうとする夫を見て、妻が尋ねた。

「どこに行くの?」

「港で風に当たってくる。先に寝ててくれ」

家の前でしばし考えごとをしていたソックは、お化け洞窟のほうへと足を向けた。昼間は人でごった返していた楊花津の港は静かだった。ときおり船頭たちが酒に酔って、酒売り女たちにちょっかいをかける声だけが聞こえてくる。月明かりに頼って丘を登ったソックは、洞窟の入口が遠くに見えると足を止めた。

丙子年に攻め込んできた清軍が洞窟に逃げ込んだ住民を皆殺しにしたとのうわさが広まって以来、近隣の者たちの足がぱたりと途絶えた。そこで楊花津の港を仕切るやくざ者たちがときどき、新参者の歓迎宴を開いたり、誰かを捕まえておいたりするには、絶好の場所になっていた。洞窟の入口には蚊を追うためにヨモギでも焚いたのか、煙が立ちこめていた。ふつう洞窟に誰かを閉じ込めるときには、入口に若い衆が二人見張りに立つ。ところが二人とも居酒屋に行って飲んでいるのか、人影が見えなかった。

あたりを見回したソックは、何かに引き寄せられるように洞窟のなかへと入っていった。洞窟のなかは暗闇だったが、途中にたいまつが灯されているせいで、ぼんやりと周囲のようすが見えた。儒生は洞窟のいちばん奥にいた。鎖で手足を縛られ、地面に深く打ち込まれたくいにつながれた儒生は、目と口をふさがれており、疲れ果てているのか、うつぶせになったまま細いうめき声を上げていた。ところがソックが洞窟に入ってくる足音に気がつくと、首をもたげた。そしてありったけの力で体を起こし、ひざまずいて首を振った。猿ぐつわをかまされているため、何を言っているのかわからないが、ときおり聞き取れる言葉があった。故郷、家族、という言葉に感情が込み上げたソックが儒生に近づいたそのとき、背後から声がして、ソックは足を止めた。

「ここで何をしておる」

振り向くと、憎々しげな顔のトッポが疑いの目で見つめていた。ソックは頭をかきながら答えた。

「あの、若い衆がちゃんと見張りをしているか心配になって来てみたんですよ。そしたら誰もいなくって」

「お偉いさんが、荷物を運べというんで呼ばれていったのだ」

「じゃあ、よかった。では、これで……」

ソックは人のよさそうな笑みを浮かべ、トッポの横を通って洞窟から出ていった。そのとき、トッポが腰に差したむちに片手をかけるのが見えた。目の前で何が起きているのかも知らない儒生は、相変わらず猿ぐつわをかまされた口で、何かを必死に訴えている。うるさいという顔で近づいたトッポがむちを振り下ろすのが見えた。

「燔鍼とは火であぶった鍼のことです。危険ですが、それだけ効果も期待できます」

めらめらと炎を上げる火鉢に、洞窟のなかは熱気に満ちていた。李馨益は扇で顔をおおった鄭成調という若い両班に親切に説明しながら、火鉢の真ん中に刺しておいた披鍼《ひしん》〔切開・瀉血に用いる両刃の鍼〕を抜いた。火にあぶられた披鍼の先が赤く焼けている。李馨益がきらりと目を光らせ、披鍼を見つめた。

「これは腫れ物を切開して膿を絞るときに使う四寸〔約十二センチメートル〕の披鍼です」

「これで世子をどのように殺すというのだ？　みぞおちでも突くのか？」

鄭成調が扇をしきりにあおぎながら声を高めたが、李馨益は落ち着いた声で説明を続けた。

「燔鍼は使い古した馬のくつわを溶かして作ったものが、いちばん効能があります。そして鉄毒を抜くためにトリカブト、ハズの種、麻黄《まおう》を鍼とともに素焼きの器に入れ、水を注いで煮立ててから冷まします。それを三度繰り返したあと、当帰《とうき》と硫黄《いおう》を入れた水に漬けて冷まし、一日おいてからサイカチの皮を干した粉に漬けたあと、犬肉に刺して残った毒気を抜きます。さらに瓦をひいた粉で磨き、最後に桐の油を塗ります。こうした複雑な工程を経る理由は、腫れ物を切る際に神経に直接触れるため、まかり間違えると鍼の熱気が体内に広がり、患者に危険を与えることがあるからです」

説明を聞いていた鄭成調が何か言おうとしたが、李馨益は意に介さず、言葉を続けた。彼が目配せをすると、脇でたいまつを持っていた男がかごを持ち、地面に敷かれた布の上の木臼に中身をぶちまけた。かごのなかからは、ヘビやムカデ、クモなどがばらばらと落ちてきた。

「山で捕らえた毒虫たちです。三日間えさを与えずに閉じ込めておき、互いに食い合いをさせ、毒気を高めました」

李馨益が目で合図をすると、ソックが手に持っていた杵《きね》を力一杯打ち下ろした。腰が断ち切られた毒蛇がのたうち回りながら、横にいたムカデにがぶりとかみついた。目をぎゅっとつむったソックが夢中で杵を振り回すと、ヘビをはじめ毒虫たちがぺちゃんこになった。李馨益が短くやめろと命じると、ソックは額の汗を拭いながら後ろに下がった。黒い頭巾をかぶった男が臼の下に敷かれていた布を用心深く持ち上げ、儒生の目の前に持っていった。鄭成調は粉々になった毒虫たちから漂う悪臭を避け、何歩か後ずさりした。

「効き目がありそうだ。で、これをこのまま宮殿に持って行くつもりか」

「もちろん違います。臼で細かくひいたあと、ヒノキの粉と混ぜて絞ります」

李馨益が文机の上の小さな器に手を伸ばした。器のふたを開き、片手に器を持って儒生に見せながら言った。

「胃もたれに用いる白菜の種の油と同じ色なので、誰も疑わないでしょう」

器をのぞき込んだ鄭成調が目を丸くした。

「おお、そなたの言うとおりだ」

「おそらく刑曹《ヒョンジョ》〔司法行政を司る官庁〕で死罪用に使う賜薬《サヤク》よりも効果があるでしょう」

「そうだろう。だが、失敗は許されん」

李馨益は答えるかわりに、器のなかに燔鍼を突っ込んだ。すると焼けた鍼の熱気で、ジュッという音とともに、薄い煙が立ち上った。杵を下ろして、ほかの仲間と同じくたいまつを手にしたソックは、不安な目で洞窟の奥を見つめた。毒薬に浸した燔鍼を手にした李馨益が、洞窟の奥へと歩いていく。洞窟の突き当たりには、数日前に楊花津の港でさらってきた田舎儒生が縛られていた。先ほど飲まされた薬がさめてきたのか、頭をしきりに左右に振っているのが見えた。罪の意識から何度か儒生を逃そうとしたソックは、目隠しされている田舎儒生をとうてい見ていられなかった。目をおおわれているが、何か不吉なことが起こりそうだという不安からか、田舎儒生は身震いした。猿ぐつわをかまされていてよく聞こえないが、助けてくれという叫び声だった。李馨益はがむしゃらに首を振る田舎儒生のまげをつかむと、しっかり固定しておいて、扇で顔をおおった鄭成調に言った。

「この燔鍼で太陽穴を刺してみましょう」

そう言うと、こめかみにゆっくり鍼を刺し、抜き取った。最初は何の変化もなかった。ところがしばらくすると、縛られていた田舎儒生が急に身をそらせた。そして神がかりになった巫堂《ムーダン》〔巫女〕のように身震いしてから、そのままぐったりと伸びてしまった。鄭成調が驚きの目を向けると、李馨益が燔鍼を元の火鉢に突き立てて言った。

「もちろん世子をあのように毒性の強いものでいっぺんに殺すことはできません。時間をかけて、ゆっくりと弱らせなくては」

「これなら十分だ。お上も満足なさることだろう」

「まずは私が昭顕世子の治療を担当する必要があります。そして万一に備え、典医監で毎年冬に開かれる毒薬学の授業を前倒ししてください」

「どうしてだ?」

鄭成調の問いに、李馨益が額に流れる汗を拭いながら答えた。

「体質と気質は人それぞれなので、同じ薬を処方しても効果が違うものです。できるかぎり似た体格の男を捜せと言いましたが、完全に同じということはありえません。状況を見ながら毒薬の濃度を調節しなくてはなりませんが、必要な毒薬を疑われることなく手に入れるには、その方法が最適です」

「わかった。いまのうちに申し上げておけば、吏曹判書大監から都提調《トジェジョ》〔重要な国政機関に置かれた諮問職。正一位〕に伝わり、望みどおりになるだろう。どのみち、みなわれわれの側だからな」

鄭成調が不敵な笑みを浮かべると、暗い洞窟のなかに笑い声が広がった。ぐったりしている田舎儒生を哀れな目で見つめていたソックは、トッポが李馨益に近づいてなにやら小声で話すのを見て、ぎくりとした。昨夜、囚われの田舎儒生を脱出させようとしたことを告げているようだった。横にいたコンボにたいまつを手渡したソックは、股ぐらに手をやりながら言った。

「ああ、小便が出そうだ。朝飯に塩辛いものを食べたせいかな？」

そう言うと後ろも振り返らずに洞窟を抜けだした。林のなかに入って小便をするふりをしていた彼は、腰を揺さぶってから、港をめざして走りだした。ばれる前に何とか妻を連れて、楊花津から逃げだすことができそうだ。

夢中で家に戻ったソックは、中庭で洗濯物を干していた妻を呼んだ。

「すぐに荷物をまとめるんだ」

「どうしたんですか、いきなり」

「時間がない。いますぐ金目のものだけ持って出ろ。早く！」

せき立てるソックを見ていた妻が、洗濯物を残して台所に入っていった。垣根の外をうかがっていたソックは、横町の角に立つ柿の木の前を横切る影を見て、心臓が止まりそうになった。ソックは思わず逃げだしそうになったが、妻が荷をまとめていることを思いだし、洗濯物を取り込むふりをしながら武器になりそうなものを探した。言うことを聞かない行商人を手なずけるのに使うこん棒は台所にあり、鎌や斧《おの》も、まきの置いてある裏庭にあるため、すぐには使えない。手近にあるものといえば、洗濯ひもをかけるための古くて割けた竹ざおだけだ。しおり戸を開けて入ってきたのは、コンボとタプサリだった。体の大きなコンボが戸の前に立ちふさがり、タプサリがゆっくりと中庭に入ってきた。小柄で顔立ちも端正なので、やくざ者には見えないが、冷酷で残忍な男として恐れられていた。

「兄貴、小便に行くと言って、どうしてここに?」

「うちのが臨月だからな。朝から調子が悪いというので、ようすを見に来たんだ。洗濯だって、ほら、俺がしてるだろ」

ソックは何気ない表情で答えた。

「兄貴が急にいなくなったので、お偉いさんが驚いてましたよ。洗濯物を干し終わったら、おいらといっしょに行きましょう」

丁寧な口調だったが、長年にわたり拳と刃物を扱ってきた直感から、ここで呼ばれるままに戻れば二度と生きて帰れないことは明らかだった。両手でしおり戸をふさいでいるコンボの表情や、はすに構えて立ち、いつでも幅広の袖に入れた手裏剣を取りだせるよう身構えているタプサリの動きを見ると、いざとなったら引きずってでも連れてこいと言われているのに違いない。ノロジカの骨の柄《つか》がついたタプサリの手裏剣は、トッポのむちと同じほど恐ろしかった。

「わかった。ちょっと台所のかかあに声をかけてくらぁ」

台所に行けば、裏庭に抜ける扉がある。そこから鎌や斧、せめて木切れでも持ってくれれば、まだしも心強い。できるかぎり自然に台所のとびらを開こうとしたが、風を切る音とともに柱に手裏剣が突き刺さった。振り向くと、もう一本の手裏剣を手にしたタプサリが言った。

「知ってましたか？　兄貴はうそを言うとき、いつも左の頬がぴくりと動くんですよ。親分が半殺しにしてもいいとおっしゃってましたが、おいらにも情というものがありますからね」

血を見たときのように、心臓が躍った。しばし頭をめぐらせたソックは、笑顔で振り返った。

「何か誤解があるようだ。戻って説明しなくちゃあな」

ソックは別に意図はないと言うように、両手を広げてタプサリに近づいていった。脇に退いたタプサリとの距離を測ったソックは、洗濯ひもが掛かっている古い竹ざおをすばやくつかんだ。そしてタプサリの向こうずねを狙って振り回した。奇襲を受けたタプサリが大きくよろめいたが、竹ざおも力なく折れてしまった。しおり戸をふさいでいるコンボの胸を思いきり蹴飛ばしたソックは、よろめきながら立ち上がろうとするタプサリに竹ざおを振り下ろした。だが、横に転がって攻撃を避けたタプサリが、寝転んだまま手裏剣を投げた。横っ飛びに逃げたソックをかすめた手裏剣は、起き上がろうとしていたコンボの胸に突き刺さった。驚いたコンボが、上衣の上に刺さった手裏剣を見下ろしながら、がっくりと膝をついた。

ようやく息を整えたソックは、タプサリが横になったままもう一本の手裏剣を取りだそうとするあいだに、そのまま体当たりした。腕っぷしなら自信のあるソックは、タプサリの頭と胸をめがけて拳を振り回す。だが、腕を上げて拳を防いだタプサリは、ソックを横に押しのけた。距離を開けたらおしまいだ。ソックは息をつくまもなく飛びかかった。ところがタプサリが振り回す手裏剣に、手の甲を切られてしまった。竹ざおがなくなったので、ソックは地面に落ちていた洗濯物を手当たりしだいに投げつけ、ふたたび飛びかかった。腕で腰をつかむと、手裏剣で切られた手の甲がぱくりと口を開ける感触がした。しかし、ソックは奇声を上げてタプサリを地面にたたきつけた。頭から落ちたタプサリは、その衝撃で立ち上がれなくなった。周囲を見回したソックは、木臼を見つけるとすばやく駆け寄り、両手で持ち上げた。鼻血を流していたタプサリは、ひと抱えもある臼を持って近づいてくるソックを見て逃げようとしたが、腰が折れたのか体を引きずるだけだった。「助けてくれ」と訴えたタプサリだったが、臼の下敷きになったまま血を吐いて意識を失った。手裏剣を胸に受けたコンボは、しおり戸にもたれたまま荒い息をついている。ソックが近づこうとすると、コンボが命乞いをした。ソックがコンボに言った。

「おれはここを出て、足を洗う。戻ってお偉いさんにそう伝えろ」

そう言うと、振り向いて台所の扉を開けた。扉の横にしゃがんでいた妻は、手に鎌を握っていた。妻の手から鎌を取り上げて放り投げると、ソックが尋ねた。

「荷物はまとめたか?」

妻は答えるかわりに、扉の横に置いた包みに目をやった。ソックが妻の手を取って立たせた。

「日が暮れる前に漢陽に入らなくちゃならんから、気をしっかり持て」

包みを手にすると、ソックは妻の手を引いて裏口から家を出た。お偉いさんがタプサリとコンボまで送ってきたのだから、まずはその帰りを待っているに違いない。そのすきに逃げださねば。

「熊岩《コムバウ》の道を行って、ノリッ峠を越えるのがいいだろう」

頭のなかで逃げ道を描いたソックは、妻の手を握りしめて山道を歩きはじめた。身重の妻の息は、すでに荒かった。

居酒屋で夜更けまで本を読んでいたせいで、昼飯時にようやく目を開けた姜道準は、女将が作ってくれたクッパをかき込むと表に出た。久しぶりに徹夜で本を読んだせいで、後頭部がじんと熱く、まぶたが重かったが、読んだ内容を思いだすと疲れが吹き飛んだ。

「まず張仁珠に教えてやろう。そして恵民署や活人署《ファリンソ》〔ソウル城内の病人治療にあたる機関〕の患者たちを診させて、効果があれば提調大人を説得して本を印刷し、全国に配布しなくてはな」

姜道準は気分よく鼻歌を歌いながら、済州島《チェジュド》から運ばれてきた馬の毛の陸揚げに忙しい船を横目に、漢陽へと足を向けた。

鼻緒の切れたわらじを捨てた姜道準は、道ばたの岩に腰を掛け、荷にぶら下げてあった新しいわらじに履き替えた。彼はその間も我慢できず、荷から本を取りだして読みながら峠道を歩いていった。峠道を歩いていると、後ろから声が聞こえてきた。足を止めて振り返ると、大柄の男が片手に風呂敷包みを下げ、片手に臨月の女の手をとって歩いてくる姿が見える。しきりに背後をうかがうようすから、何かに追われているのか、男にぶら下がるようにして歩くのがやっとのようだ。臨月の女はたいそう疲れているのか、よろめいていた女は、とうとう大きな岩に腰を下ろして息を整えた。姜道準は道ばたに退き、二人組に注目した。大柄の男がせかしたが、女はもう歩けないと言って首を振った。夫婦げんかなのか、借金取りから夜逃げする途中なのか。すると、峠のふもとからチンピラたちが登ってくるのが見えた。すぐに状況を悟った姜道準は、しばし考えてから二人に近寄った。

「ふもとから何者かが走ってくるが、もしや追われているのか?」

びくりとした男は、ふもとのほうを見下ろすと、困ったような顔つきになった。姜道準が言った。

「あの木の陰に隠れるのだ。私がうまく追い払ってやる」

男は疑り深い目つきで見つめたが、ほかに方法がないことを悟ったのか、疲れきった妻の手を引いて大きな木の陰に身を隠した。本を風呂敷包みに戻した姜道準は、先ほど捨てたわらじを拾い直すと、目の前に放り投げ、岩に腰掛けた。しばらくすると、ひげ面の大男を先頭にチンピラ十数人が走ってくるのが見えた。彼らはひとり残らず、むちやこん棒で武装し、気勢を上げている。姜道準は、わらじを履き替え脚半《きゃはん》を巻き直すふりをしながら、チンピラたちの出方をうかがった。峠道は漢陽に向かう道と、もっと東の楊平《ヤンピョン》に向かう細道に分かれており、チンピラたちはどちらに行くべきかわからず、立ち止まった。わらじを履き替え、何食わぬ顔で立ち上がった姜道準の前を、先頭に立っていた大男がふさいだ。

「もしや、ここを男女の二人組が通り過ぎるのを見なかったか?」

「男と臨月の女なら見たが」

姜道準がうなずくや、チンピラたちが姜道準を取り囲んだ。

「そいつらはどこに行った?」

「ああ、楊平のほうへ向かったがね」

あごで道を指し示す姜道準の言葉に、大男が信じられないという顔で聞き返した。

「本当か!」

「そうとも。小半時《こはんとき》ほど前かな。とにかく大慌てで逃げていったから、虎にでも追われているのかと思ったよ」

そう言って声を上げて笑う姜道準を、大男がにらみつけた。

「ところで、ここで小半時のあいだ、何をしていた?」

「港の居酒屋でクッパをあわててすすったせいで、腹が痛くなってな。林で用足しをしてたんだ」

顔をしかめながら姜道準が答えると、大男は疑いを解いたのか背中を向けた。そして手下たちに楊平へと向かうよう指示してから、そのうち一人を連れて、来た道を引き返していった。二手に分かれたチンピラたちの姿が見えなくなったのを確かめると、姜道準は立ち上がって二人が隠れている木の陰へと近づいた。臨月の女を支えていた男が、姜道準を見てほっとため息をついた。

「楊平のほうに行ったから、戻るまでにかなり時間がかかるはずだ。漢陽に向かいなさい」

「このご恩は忘れません」

妻の手を引く男が言った。

「そなたの妻か?」

姜道準の問いに、男が答えた。

「はい、そうです」

「産み月が近いようだから、漢陽に着いたらすぐ医員を呼んだほうがいい。陣痛直前に激しく体を動かすと、逆子になることがあるからな」

「私どものような身で医員を呼ぶなど、夢にもかないません」

「だったら恵民署に行ったらいい。観水橋《クァンスギョ》〔ソウルの中心部を流れる清渓川《チョンゲチョン》にかかる橋〕の脇にあるから、すぐにわかるだろう。もし何かあったら、姜道準という者を知っていると言いなさい」

「わかりました」

男は何度も礼を言いながら、臨月の妻を支えて去っていった。

「内医員御医の李馨益でございます」

東宮殿に上がった李馨益は、床にひれ伏して言った。青白い顔の世子は、瘧疾《ぎゃくしつ》〔マラリア〕にかかっていた。そのせいで、オンドルの敷石が割れそうなほど火をくべているのに、裏毛を当てた上衣を着て、さらにそのうえから絹の布団をかぶったまま、ぶるぶると震えていた。そのさまを見ながら、李馨益はこんな逸話を思いだした。世子が瀋陽での人質生活を終えて帰還する際、宴会を開いてくれた清の皇帝から何が欲しいかと聞かれて、竜の姿を刻んだすずりが欲しいと答えたという。一方、弟の鳳林大君《ポンニム》〔後の十七代王、孝宗《ヒョジョン》〕は、囚われの朝鮮の民をすべて釈放してほしいと答えた。この話を聞いた王は、世子の顔を清の皇帝にもらったすずりでひっぱたいたという。そのせいか、世子の左の額にあざができているのが見えた。

光海君を廃位にしてその後に即位した王は、胡乱で二度、そして李适の乱で一度、合計三度にわたって都を捨てて逃げ、丙子年には三田渡で清軍に膝を屈し、頭を下げるという屈辱に耐えねばならなかった。そんなことがあって以来、王は疑り深くなり、しばしば怒るようになった。そんな王にとって、清に完全に染まったような世子の存在は気に入らず、信用ならなかったのだろう。だからといって、どうして父の口から「息子を殺せ」などと言えようか。李馨益は、ともかく王家のことはわからないと内心で思いつつも、鍼の準備をした。手伝いの医女が、竜が彫られた火鉢を隅に置いて燔鍼を突き立てた。その光景を見た世子が尋ねた。

「どうしても燔鍼を打たねばならんのか」

「はい、殿下の額と頭の上にできた腫れ物は根が大きく深いので、ふつうの鍼では治すことができません」

「鍼がずいぶん熱そうだ。耐えられそうにないな」

世子は静かに言ったが、絹の布団を握りしめる手が震えているのが見えた。

「殿下は王統を継《つ》ぐお方です。殿下の玉体の健康は、すなわち国の喜びであり、民百姓の幸福でございます」

どのみち世子には治療を拒む力はなかった。拒めば薬房の都提調から王にいたるまでが、大騒ぎするに違いなかった。長い瀋陽暮らしのせいで、世子には側近と言える者はおらず、誰もが王の顔色ばかりをうかがっていた。だから世子は、もはや死刑宣告を受けたも同然だった。

火鉢に刺した鍼を確かめた医女がうなずくと、李馨益は袖をまくって火鉢から鍼を抜き取った。火に焼かれた鍼を口で軽く吹いた李馨益は、立て膝で世子に近づいた。世子が暗い顔でため息をつくと、網巾をほどいた。腫れ物は額の右側と脳天の中央にあった。額の腫れ物は一寸〔約三センチメートル〕ちょっとあり、脳天のものは二寸近かった。李馨益は片手で世子の肩をそっと押さえ、右の額の腫れ物に燔鍼を当てた。燔鍼が肌に触れると、煙が細く立ち上り、世子がびくっと身を震わせた。李馨益は動かないようにとささやくと、燔鍼を腫れ物にズブリと刺し込んだ。肉の焼ける臭いが鼻を突き、腫れ物から出た黄色い膿が、額を伝って流れ落ちる。脇で見守っていた医女がすばやく絹の手ぬぐいで腫れ物を拭った。世子が激しく身をよじった。

「こらえてください。我慢ですぞ」

李馨益は心配そうな声で言いながら、世子の額に燔鍼を突き立てた。燔鍼の先に付けた毒気を骨髄に届かせるためには、できるだけ長く鍼を刺しておく必要がある。李馨益は心のなかで時間を計ると、額に刺した鍼を抜いた。針先が血で赤黒く染まっている。世子のそばから後ずさった李馨益は、麻織りの手ぬぐいで自分の額と首筋の汗を拭った。世子は気が抜けたように、肘掛けに身を預けたまま荒い息をついている。前回よりも少し深く、また長く刺していたので、より多くの毒が骨髄に回ったに違いない。次回の施術ではどれほど時間をかけるべきか、そして症状が現われないようにするためには、どんな毒薬を使うべきか——李馨益は頭のなかで計算した。

広間に出ようとすると、紅長衫《ホンジャンサム》〔王妃や世子妃が着る服〕姿の世子妃と出くわした。医女とともに頭を下げると、世子妃は二人を鋭くにらみつけながら言った。

「御医が治療を始めてから半月が過ぎたのに、どうして回復しないのですか」

「長い瀋陽生活によって玉体が多く損なわれ、心血が深まった状態にあられるからでしょう。お体がかなり弱っていらっしゃるので、強いお薬を用いることができません。また、腫れ物というのは今日膿を絞っても、明日またできるものです。恐れいります」

「典医監に、瀋陽時代に世子殿下を補弼《ほひつ》していた医員がいます。念のため、その医員とともに診察してはどうですか?」

李馨益はうなだれたまま、目をしばたたかせた。典医監に所属する医員なら、ましてや世子を長く診てきた者なら、ひと目でいまの状況を悟るのは明らかだ。

「世子妃殿下、それは手前が決められる問題ではございません。薬房都提調大監と国王陛下がお決めになる問題です」

「私も何度か進言しましたが、耳を貸してくださらないので言っておるのです」

もどかしげに訴える世子妃は、黙っている李馨益を残して東宮殿のなかへと消えた。引き戸が閉まる音がすると、李馨益はこらえていた息をつき、足早に政庁へと向かった。


世子妃の使いの内人《ナイン》〔王族の世話をする宮女〕が、典医監にいた姜道準を訪ねてきたのは、楊花津から帰った日の正午ころだった。午前中に提調が顔を出してあれこれ小言を言って帰ったせいで気が重かったが、姜道準は本のことしか頭になかった。典医監の奴婢たちが楊花津から送られてきた薬材を倉庫に運ぶようすを見ていた姜道準は、あたりをうかがいながら近づいてくる内人の姿に首をかしげた。瀋陽で世子の世話をしていたころからの顔見知りだった。内人は小さく折りたたんだ手紙を彼に手渡した。

「手紙なら端女《はしため》に届けさせればいいのに」

「世子妃殿下が、じかにお渡しして答えを聞いて参るようにおっしゃるものですから」

気性の激しい世子妃を思い浮かべ、姜道準は苦笑いした。短い手紙だったが、その内容は衝撃的だった。手紙をじっくりと読み返すうちに、唇が乾いてくる。死という文字がくっきりと頭に浮かんだ。

「どうしてこんなことが……」

「世子ご夫妻のごようすを知る宮女と内官〔宦官〕は、一人や二人ではありません。このままでは何か不吉なことが起きそうだと、世子妃殿下がたいそうご心配です」

「しかし、世子殿下の診察は内医院の仕事だ。都提調殿の許可がなくては診療はできん」

「世子妃殿下がほかの医員をつけるようにおっしゃってから、もう半月になりますが、進展がありません。燔鍼の治療を始めてから、世子殿下の病状がかえって重くなっているようです」

内人が声を潜めて言った。

「燔鍼？　世子殿下の病は瘧疾のはずだが、それに火であぶった鍼とは……。そんないい加減な処方をする医官は誰だ？」

「内医院の御医、李馨益です」

「何ということだ」

手紙を握りしめて姜道準がつぶやくと、周囲をうかがった内人が低い声で言った。

「世子妃殿下がおっしゃるには、医員さまがお助けくださるのなら、東宮殿に入れるように手配してくださるそうです」

世子妃なら、それくらいのことはやりそうだ。姜道準はそれほど驚かなかった。だが、彼が恐れていたのは、その話の背後に控えているものだった。

「まさか。いくら何でも、一国のお世継ぎに対して……」

「四方は敵ばかりです。昭容趙氏《ソヨンチョシ》〔仁祖の継妃〕が昼となく夜となく、陛下の耳に世子殿下に関する悪いうわさを吹き込んでいるそうです」

「おい、恐れ多いことを言うでない」

そう言って姜道準は眉をひそめたが、彼もまた状況の悪さはすぐに理解した。呆然と立ち尽くしていた彼が、内人に尋ねた。

「よい方法があると言ったな?」

内人が目を上げてうなずいた。


しばらくすると内官が一人、早足で典医監に飛び込んできた。そして典医監の庭をぐるぐる回ると、姜道準の姿を見つけて大急ぎで駆けてきた。

「姜道準大人でいらっしゃいますね?」

「そうだ。何の用だ?」

わざと目立つよう、広間に座って医書を読んでいた彼が、何気ない調子で聞いた。

「尚設《サンソル》〔従七品の宦官〕殿が急にひどい胃もたれになり、親指から悪い血を抜いたのですが、いっこうに治りません。一度、診ていただくわけにはいきませんか?」

「宮中なら内医院があるだろう。どうしてここまで来たのだ?」

「国王陛下と世子殿下のどちらもご病状が思わしくないのに、手前どものような患者を診ている暇がありますか。尚設殿は瀋陽で医員大人と顔見知りだったそうで、すぐにお連れするようおっしゃっています」

「そうか。縁が深いのに見て見ぬふりをするわけにもいかんな」

姜道準はわざと面倒くさそうな口調で言うと、文机の横に準備しておいた風呂敷を手に持ち、木靴を履いた。


内官に従って宮に入った姜道準は、焼厨房《ソジュパン》〔宮中の台所〕の近くで待っていた世子妃の内人の手引きで東宮殿に向かった。人目を避けるために、あらかじめ内官たちが立てかけておいたはしごを登って塀を越えて東宮殿に入るや、待ち構えていた世子妃が彼を出迎えた。姜道準が腰を折って挨拶をすると、世子妃が差し迫った声で言った。

「話は聞いているでしょうから、多くは言いません。瀋陽にいたときから殿下を診てきたのなら、何が問題かわかるでしょう。恩は忘れませんよ」

控えていた内人が扉を開けると、部屋のなかから熱気が押し寄せてきた。部屋の隅に火鉢を二つも持ち込んでいるのに、世子は布団をかぶってぶるぶる震えている。そのやつれた姿を見た姜道準は、思わず悲痛な思いに駆られてひれ伏した。

「世子殿下」

「体の具合がよくないので、そなたをとくに呼んだのだ」

「いつからご病状がすぐれないのですか?」

いつの間にか部屋に入ってきた世子妃が、怒りに満ちた声で答えた。

「瀋陽から戻って、半月ほどしてからです。それ以来、煎じ薬を飲みつづけ、鍼も打っているのに、少しもよくならないのです。加えて、李馨益という御医が使う燔鍼が疑わしいのです」

「疑わしいとは？」

「お付きの内人の話では、燔鍼を消毒した水を花壇にまいたところ、明くる日に花が枯れてしまったそうです」

「燔鍼を消毒した水であれば、それはありうることです。しかし問題はそこではなく、瘧疾にかかって玉体が弱っておられるのに、健康な者に対しても使うことがはばかられる燔鍼を打っていることです。さらには、世子殿下の体質は少陰人〔消化系統が弱く、生殖系統が強く、内省的・思索的な体質〕なので、少し無理してもお疲れになり、気力が失われます。そこへ毎日のように燔鍼を打てば、世子殿下のご病状をさらに危うくするばかりです」

「宮のなかはすべて敵。昼夜を問わず監視の目が光っています」

そう言って涙ぐむ世子妃を、世子が笑顔でたしなめた。

「言葉が過ぎるぞ」

「いっそ瀋陽にいたときのほうが、気持ちが楽でしたわ。夢にまで見た故郷に帰ってきたのに、毎日が針のむしろではありませんか」

怒りとも嘆きともつかない世子妃の言葉に、世子も青白い顔に微笑を浮かべて答えた。

「私は広い世界を見た。そして朝鮮もその世界のなかに入れてやりたかった。ところが、それを嫌う人たちがあまりに多いようだ。こうして閉じこもっていては、丙子年の胡乱に匹敵する災いが起きるかも知れぬ。姜医員には私の気持ちがわかるか」

「もちろんです」

姜道準は涙をこらえながら答えた。同時に、背中を冷や汗が流れるのを感じた。宮殿のなかはこうだった。誰かの意志と執念がほかの誰かの意志を打ち砕き、さらには命まで奪ってしまう。だから人を救うべき医員さえもが、宮殿のなかでは人を殺す存在に変わってしまったのかも知れない。

「方法はありますか？」

世子妃の声にハッと我に返った姜道準は、ぬかずきながら答えた。

「臣がお力添えいたします」

世子妃が幸いだという表情で言った。

「少なくとも二日に一度は、どんな口実を使ってでも宮に呼びます」

「まずは竜鳳湯［コイとニワトリを合わせて煮込んだスープ］でお体を癒やし、お茶をたくさん服用なさってください。薬材と処方箋をお持ちすれば、調剤は可能ですか？」

「私の寝所で煎じて持ってきます。心配には及びません」

はしごを伝って東宮殿を抜けだした姜道準は、待っていた内官のあとをついて宮を出た。日が暮れて内禁衛の兵士たちの巡視が強化され、宮の門では衛兵の交代の儀式が行なわれていた。門のカギを持つ内官たちが忙しく走り回り、兵士たちは承政院《スンジョンウォン》〔王命を下に伝え、下からの報告を王に上げる機関〕から下された号令をやりとりしていた。

宮を抜けだした姜道準は典医監へと足を向けながら、めまいを覚えた。不安のせいではない。瀋陽でさんざん苦労し、侮辱を受けてきた世子が、故郷に戻ってきてまで辛苦を味わう身となったことに哀れみを抱いたためだ。いっそ瀋陽のほうが気楽だったという世子妃の叫びが、まだ耳に残っていた。考えれば考えるほど足取りは重くなり、足取りが重くなればなるほど、酒に酔ったように体がよろめいた。雲従街《ウンジョンガ》〔ソウル中心部。いまの鍾路《チョンノ》一帯〕は日が暮れる前に仕事を終えようとする人たちでごった返している。丙子年の胡乱の傷がまだ癒えないのか、戦笠《チョルリプ》〔武官がかぶる丸高帽子〕を頭に載せて早足で行き交う人々の表情は、かぎりなく暗かった。

翌日、典医監で毒薬学の授業があった。暗い顔をした姜道準を見た李明煥が、隣りに座って話しかけた。

「毒薬学の授業はもともと冬にやるんじゃなかったか?」

「そうだ。ふつうは毒虫を捕まえやすい冬に行なうのだが。今年にかぎって秋に行なうとは、どうも妙だな」

医学教授は蠱毒《こどく》について説明しながら、かごを開いて見せた。蠱毒とは、ヘビ、ヒキガエル、ムカデなどの毒虫をかごに閉じ込めておき、互いに食い合いをさせたあと、最後まで生き残ったものから抽出した毒のことだ。医学教授がかごのなかから生き残ったムカデを鉗子《かんし》でつまみだすと、医生たちは悲鳴を上げながらも目を見張った。姜道準も同様だった。そのとき、医学教授が誰かが来たのを見て挨拶をしたため、医生たちがひそひそとささやき合った

「誰だ?」

「内医院御医の李馨益じゃないか」

「李馨益というと、忠清道《チュンチョンド》の市場で行商人を相手に燔鍼を打っていたところを一躍、御医に抜擢《ばってき》された医員だろ?」

「そうだ。燔鍼の腕前は朝鮮一だろう」

「典医監の医官たちは、彼の燔鍼を詐術《さじゅつ》だと言っているそうだが」

李馨益は見た感じ、ぱっとしない人物だった。やせて背中が曲がり、顔には世の荒波にもまれたのか、深いしわが刻まれており、品位というものが見られなかった。細く伸びたひげのせいで、ずる賢く陰険に見えた。彼は医学教授に蠱毒についていくつか質問をした。授業が終わり、医学教授が医生たちにひと言挨拶をするよう李馨益に言うと、彼は自分の過去の苦労話や、現在の御医としての生活について話した。また、自分の身分がここまで上がったのはひとえに鍼術のおかげであり、人を助けたいといった雲をつかむような夢ではなく具体的な目標を持つよう、医生た

ちに忠告した。そして竹の箸で生き残ったムカデを指しながら言った。

「こいつのように生き残るのだ。行く手を阻む者は食い殺す覚悟でな。人はただ息をして飯を食うだけで生きているのではない」

しんとなった部屋のなかで黙って聞いていた姜道準が、口を挟んだ。

「利益だけを考えて患者を診ていれば、しまいには義が消え、野心だけが残ります」

すると李馨益は、面白いという表情を見せた。李馨益は薄いあごひげを軽くなでると、ゆっくりと口を開いた。

「徳と礼儀に充ち満ちた世であれば、道ばたで飢えて死ぬ民もおりますまいに。儒医殿」

「人間が食うことばかり考えていたら、犬や豚とどこが違いますか。しかも、医員の手には人の命がかかっています」

すると李馨益も声を高めた。

「朝鮮全土に医員が何人いるとお思いか。鍼筒ひとつで市場を渡り歩く医員だけでも、数千はいるでしょう。そのうち食べていく心配のないものが何人いるか。私は街で、中風にかかった医員が、自分の体に鍼を打ちながら行き倒れになる姿を見たことがある。火の気のない旅籠屋の裏部屋で、歯をがたがたと震わせながら死んでいく者も見た。この世は冷酷ですぞ。儒医殿、私が病んで腹に膿がたまったら、孔子が来て治してくれますかな？　それとも、孟子が薬を処方してくれますかな？」

老練な李馨益が、姜道準をからかった。姜道準は拳を握りしめ、顔を赤くした。隣りにいた李明煥が姜道準の腕をつかんで、落ち着けと目配せした。李馨益はそんな李明煥をじっと見つめた。教室の雰囲気がとげとげしくなるのを心配した医学教授があいだに割って入って、二人の言い争いを止めた。李馨益は険しかった表情をゆるめ、大きく笑った。そうして姜道準をちらっと見てから、医生たちに言った。

「まさに、このように食いつかなければな。そうしてこそ、最後まで生き残り、上に認められて要職に就くことができる。さっきのムカデのようにな」

典医監の授業が終わると、姜道準は李明煥をともなって自宅に向かった。そこには恵民署で働く張仁珠も来ていた。張仁珠が姜道準に尋ねた。

「子どもの名前は決めたの？」

「息子なら光炫《クァンヒョン》、娘なら知寧《チニョン》にしようと思ってね」

「光炫か知寧かわからないけど、生まれてきたら家族の愛情をいっぱい受けるでしょうね」

「そうだとも。どれほど待ち遠しいことか」

姜道準が笑顔で杯を手にすると、あとの二人もいっしょに笑った。

姜道準は気持ちを集中しようと努めた。世子の命は風前の灯火であり、自分は世子妃の依頼とはいえ、宮に忍び込んだ立場だった。世子の頭と首筋にできた燔鍼の痕を見ると心が乱れ、李馨益の話を思いだすと手が思うように動かなかった。彼と言葉を交わしただけで、まっすぐなものを憎悪し正しいものをあざ笑う、彼の残忍な本性が感じとれた。すると、燔鍼の痕が心配になった。李馨益は影の先にすぎない。彼の背中を押している影の中心を想像して、姜道準は身を震わせた。想像するのもいやだったが、影の真ん中には王の姿が見えた。ほかの医員たちはいっさい、世子を診ることができず、診察に立ち会うことすらできない。それが意味するものは、あまりにも明白だった。

姜道準は深呼吸すると、経穴に鍼を打った。ふさがれた経穴を開き、気を流そうとする彼の切実な思いが通じたのかどうかわからないが、鍼を受けている世子の顔はこのうえなく安らかだった。結局、人間なのだ。医員は人間に始まり人間に終わるものだ。そう心でつぶやきながら、姜道準は歯を食いしばり鍼を打った。そして生気が抜けだそうになる世子の体がふたたび健康になる姿を想像しながら、恐怖を追い払った。

「まるで華陀《かだ》〔中国・後漢の伝説的な名医〕か許浚《ホ・ジュン》〔朝鮮王朝中期の名医〕が生き返ったようだわ」

足元のほうから施術のようすを見ていた世子妃が感嘆の声を上げると、姜道準は我に返った。

「お言葉ですが、手前の腕などその二人とは比べものになりません」

恭《うやうや》しく頭を下げた彼は、分不相応な褒め言葉だと謙遜した。

「いいえ、そなたが来てから、殿下のお体がずいぶんよくなったではありませんか」

「まだ気を許すことはできません」

「わかっています。国王陛下から大臣にいたるまで、世子殿下を清よりも憎んでいる有様では、枕を高くして寝ることができましょうか」

ため息をついた世子妃の額に、深いしわが刻まれていた。姜道準は経穴に打った針を慎重に抜いた。ゆっくり鍼を鍼筒に納めた姜道準が、世子妃に告げた。

「典医監で宿直があって、二日間は伺うことができません。前回処方したお薬をお召し上がりの際、冷たい気運が強くなるので、黄耆《オウギ》を二分〔〇・七五グラム〕ほど混ぜてください」

「わかりました」

あらためて世子に退出の挨拶をした姜道準は、宮を出て薬に使う黄耆を求めに恵民署へと足を向けた。あれやこれやと考えごとをしていた彼は、恵民署の前まで来て、いつもとようすが違うことに気づいた。恵民署の医官たちがみな門の前に出て、何者かを押しだそうとしていた。押しだされた男はまた医官たちに食い下がり、何か哀願をしている。何となく見覚えがある気がして近づいた彼は、すぐに男のことを思いだした。

「そなたは!」

恵民署を追いだされた男は、涙まじりの目で彼を見つめた。間違いなく、臨月の妻と峠道を逃げていた男だった。男も姜道準に気づいたのか、すぐさま彼に取りすがった。

「ああ、旦那さま。うちのやつを……うちのやつを助けてください」

「もう出産の日が近いはずだが、いまどこにいるのだ？」

「小公洞《ソゴンドン》の旅籠屋におります。けさから腹が痛いと言うので産婆を呼んだところ、逆子だから人を呼べと言われて、ここまで飛んできました。ところが医女がいないから帰れと……」

男は最後まで言葉を継げずに泣き崩れた。姜道準が彼を押しだした恵民署の医官たちをにらみつけると、そのうちの一人が口ごもりながら言った。

「そのう、医女を呼びにいったから待てと言ったら、しきりに引っ張っていこうとするので」

「おれがとりあえず行ってみるから、医女が来たらよこしてくれ」

舌打ちした姜道準が医官たちに言うと、男に尋ねた。

「そなた、名は何と申す」

「ソックです。白《ペク》ソックと申します」

「案内せよ」

膝をはたいて立ち上がったソックが、礼を言いながら先を歩いた。姜道準は汗にぬれたソックの背中を見ながらつぶやいた。

「そうだ、人間だ。結局、医官にとっては人間あるのみだ」

ソックが姜道準を小公洞の旅籠屋まで案内すると、しおり戸の前で老いた女将と産婆らしき老女が並んで座り、キセルでタバコを吸っていた。産婆と話を交わしていた女将は、ソックを見るやいなや手を振り回して叫んだ。

「あんた、どこに行ってたの！　おかみさんが気をもんで捜してたよ」

「医員の旦那を呼びにいってたんです。うちのやつは？」

「それが……」

女将が産婆に目配せをしながら、口をつぐんだ。状況を察したソックが二人を押しのけ、なかに飛び込んでいった。その直後、なかから泣き叫ぶ声が聞こえてきた。驚いた姜道準が扉を開けると、うつぶせになったソックの背が見えた。片隅に敷かれた布団には、数日前に峠道で見た女が蒼白な顔で横たわっている。激しく出血したのか、古びた布団は血まみれだった。

姜道準はあわてて駆け寄ると、布団の外に出ている女の手首を取り、必死に脈を探った。だが、脈はなかった。姜道準は目をつむってふたたび脈を探ったが、ぐったりした女の手首のどこにも、生きているしるしを感じられなかった。姜道準がうろたえていると、外から物音が聞こえてきた。後ろを振り返ると、張仁珠が立っていた。よほど急いだのだろう、長衣《チャンイ》〔女性が外出時にかぶる長い衣〕もまとっていない
「連絡をもらってすぐ出て来たの。何があったの？　産婦は？」

「脈がないんだ」

「二人とも外に出て」

「もう脈がないんだよ」

姜道準がいら立ったように言ったが、張仁珠も負けずと言い返した。

「おなかの子を残して死ぬ母親はいないわ。だから、すぐに出てお湯を持ってくるのよ」

姜道準は泣いているソックを連れて部屋を出た。ソックは広間にしゃがみ込んだまま、むせび泣いている。姜道準も縁台に腰掛けて、息を整えた。しばらくすると、驚いたことに赤子の泣き声が聞こえてきた。姜道準が目を丸くして立ち上がり、ソックも顔を上げた。まもなく、額に汗をかいた張仁珠が片手で戸を開け、姜道準を呼んだ。

「赤ちゃんは取り上げたけど、丹毒《たんどく》〔皮膚の傷口などから菌が侵入して起こる急性の炎症〕がひどいの」

「どうする？　大人のように薬を使ったら危ないだろうし」

「まずは食酢を混ぜたぬるま湯で、体を洗ってみましょう。そのあとで生亀湯《セングィタン》で洗ったらどうかしら？」

「その方法がいちばんよさそうだ」

張仁珠が扉を閉めると、姜道準は女将を呼んだ。そして腰の巾着から銅銭を取りだして女将に握らせた。

「急いで食酢を二さじ混ぜたお湯を用意してくれ。それから、このあたりに医員はおらんか？」

「あの井戸端から横町を右に入って二軒目の家です」

金を受け取った女将が、頭を下げながら答えた。姜道準が旅籠屋から出ていこうとすると、ソックがあとを追ってきた。

「旦那、お助けいただいて本当にありがとうございます」

「こいつめ、医員にとっては人間あるのみだ」

そう言うと、面食らっているソックをあとに、医員の家に向かった。


「姜道準という者だそうだ」

筆を手に蘭の絵を描いていた鄭成調の言葉尻が震えていた。

「東宮殿にはしごを掛けて、ひそかに出入りしている。もう正体はわかったから、問題を解決するのは容易だ」

李馨益は慎重な面持ちで声を発した。

「小生によい考えがあります」

「何だ」

おまえにどんな知恵があるかというように鼻を鳴らした鄭成調が、目を細めて言うと、李馨益は立て膝で彼ににじり寄った。話を聞いた鄭成調が、面白いという表情で言った。

「そなたが責任持って処理できるか」

「お任せいただければ、全力を尽くします」

李馨益が床にひれ伏しながら答えた。

女は死に、子どもは生き残った。おくるみに包まれてすやすやと眠っている赤子を見ながら、姜道準は生と死についてとりとめもない思いをめぐらせていた。塀に囲われた宮殿の奥でも、百鬼夜行の俗世間でも、生と死は公平だった。女の子など助けてどうするのかという女将の言葉を受け流し、姜道準と張仁珠は徹夜で治療にあたった。そのおかげで、丹毒にかかって全身が火の玉のようになった赤子は、一命を取り留めた

疲れきった姜道準は、女将が炊いてくれた干葉粥《ひばがゆ》を幾さじか口に流し込み、広間に座ってこっくりと居眠りした。その間《かん》も、ソックは無言で妻の遺体に付き添っていた。裏部屋でしばし仮眠を取った張仁珠が、姜道準の横に来て座った。薄く目を開けた姜道準が尋ねた。

「母親は死んだのに、おなかの子は生き残ったな」

「赤ちゃんが出てくるまで、母親も生きていたわ。脈は止まっていたけど、まだ体温はあったの」

「そうだったか」

姜道準が力なくうなずくと、張仁珠が聞いた。

「どうしてここまでして助けたの？　もしや、奥さまも臨月だから人ごととは思えなかったってこと？」

「そうかも知れん」

短く答えた姜道準は、世子のことを思った。華やかな宮殿のなかで暮らしながら、死刑宣告を受けたも同然の存在――。生と死のあいだがこれほど近いとは、夢にも思わなかった。

しおり戸の外に、ちらりと影が見えた。客だと思って飛びだした女将は、扉を開いて入ってくる僧侶たちを見て、布施でももらいに来たと思ったのか、眉をひそめた。ところが、それを見た張仁珠がさっと立ち上がり、合掌をして挨拶をした。

「ソンサン和尚！」

「おお、やはりこちらでしたか」

前に立っていた僧侶が、人のよさそうな笑みを浮かべた。張仁珠が部屋を指さすと、僧侶が言った。

「では、なかに上がって念ずる準備をいたしましょう」

二人の僧が女の横たわる部屋に入ると、張仁珠が紹介した。

「活人署にいらっしゃる埋骨僧《メゴルスン》〔遺体の埋葬をする僧〕よ」

部屋のなかから、木魚をたたきながら念仏を唱える声とともに、夫のソックの哀切な泣き声が漏れてくる。念仏を簡単にすませると、活人署の奴婢が背負子《しょいこ》で屍《しかばね》を運びだした。姜道準と張仁珠も、屍口門《シグムン》〔死体を運びだす門〕から出ていく屍のあとに従った。屍は屍口門の外の日当たりのいい丘に、土まんじゅうも作らずに埋葬された。背負子を下ろした奴婢が木のくわで穴を掘り、屍を土でおおうあいだも、娘を抱いたソックの泣き声はやまなかった。地面を踏んで平らにならした奴婢が、旅籠屋でもらった濁り酒で喉を潤しながら、汗を引かせた。埋骨僧たちは念仏を唱え終わると、ソックに声をかけた。

「日当たりのよい場所にきちんと埋葬しましたから、きっと成仏なさることでしょう」

張仁珠が埋骨僧に礼を言って送り返すと、姜道準が声を掛けた。

「仕事のあとで、宿直庁に来れるか?」

「なぜ?」

「相談したいことがあってな。李明煥といっしょに来てほしいんだ」

「わかったわ」張仁珠との話を終えた姜道準は、ソックに近づいた。昨晩、死との戦いに打ち勝った赤子は疲れきっているのか、おくるみのなかでぐっすりと眠っている。

「これからどうするんだ?」

「妻をこの手で死なせた男が、どうして生きていられましょうか」

「だからといって、妻が残していった娘も死なせるつもりか? とにかくいっしょに来い。赤子にも乳を飲ませないとな」

そう言うと、そのまま丘を降りていった。ためらっていたソックだったが、赤子がむずかりはじめると、迷いながらも姜道準のあとを追った。

初秋の漢陽の街はにぎやかだった。崇礼門《スンネムン》〔南大門《ナムデムン》の正式名称〕の門外に海産物などを扱う七牌市場《チルペシジャン》〔いまの南大門市場〕が新たにできたせいで、雲従街《ウンジョンガ》を訪れる人は減ったものの、その名のとおり依然として人が雲のように押し寄せていた。姜道準は人混みを避けて、避馬通り《ピマッキル》〔鍾路の裏道〕に沿って雲従街を横切り、北村《プクチョン》〔王宮の近くの高官の住む高級住宅地〕へと向かった。そして清渓洞《チョンゲドン》〔いまの明洞《ミョンドン》付近〕の入口にある瓦屋根の家の前まで来ると立ち止まった。

まるで宮殿の門のように、上に矢柄《やがら》を突き立てた立派な門の前で、姜道準が「誰かおるか」と叫ぶと、しばらくしてギギーッと音を立てて門が開いた。足に脚半を巻き紺色の頭巾をつけた奴婢が、門の脇に退いて迎えた。姜道準はためらっているソックになかに入るよう手招きしてから、奴婢に尋ねた。

「マンドク爺《じい》や。赤子に乳を飲ませたいのだが、適当な女衆はおらんか」

「外住まいのチルソンの女房はどうでしょう。そこの赤子が、何日か前に満一歳を迎えたところです」

「ならば、麦飯を一升やるから乳を恵んでくれるよう頼んでくれ」

「承知しました」

奴婢が頭を深く下げて答えた。門の右側にはさらに塀があり、屋根付きの小さな門があった。その奥にあずまや付きの離れが見えた。姜道準が尻込みするソックに言った。

「そなたは門脇の部屋でしばし待て」

「こ、ここが旦那のお宅ですか」

「そうだ。だから、楽にしていいぞ」

そう言うと、背中に荷を負ってまた外に出ていった。一人残されたソックは、門脇部屋の板の間に座った。しばらくして先ほど門を開いてくれた奴婢が、一人の女を連れて戻ってきた。でっぷり肥えた女はソックから赤子を受け取ると、小部屋へと姿を消した。気の抜けたソックは門脇部屋の柱に頭をもたせかけ、これまでの出来事を思い起こした。訳のありそうな表情に気づいたマンドク爺やが、キセルを二本持ってきて、一本をソックに手渡した。

「見たところ、いろいろ訳がありそうじゃな。それでも、うちの旦那のようなお方に出会えたのだから、運がよかったと思いなされ」

「ただの医員だと思っていたら、こんな大きな家にお住まいとは知りませんでした」

「由緒ある両班の家柄じゃ。科挙の文科に及第されたのに、憑《つ》き物にでも取りつかれたのか、ある日いきなり医員になるとおっしゃってな。家中が大騒ぎになったもんじゃ。ところで、赤子の母親はどうなすった？」

「子を産むと同時にあの世に旅立ちました」

キセルを受け取ったソックが、沈んだ声で答えた。マンドク爺やは舌打ちをすると、タバコをふかした。

「この家の奥方も結婚から五年目でお子を身ごもり、まもなく産み月になられる。だから人ごととは思われなかったのじゃろうて。わしも四年前にかかあと若い息子に先立たれ、そりゃあもう死にたくなったもんじゃ。ところがこうして生き延びちまった」

ひとしきり話をすると、マンドク爺やはキセルをくわえて立ち上がった。小部屋から、乳を飲んだ赤子の大きなげっぷの音が聞こえてきた。まだ疲れていたソックは、そのまま柱から頭を離せないでいた。

宿直庁の姜道準は、李明煥と張仁珠が仕事を終えて来るのを待っていた。本を読んで焦る気持ちを鎮《しず》めようとしたが、文字が目に入ってこなかった。

「いったい何の用だ」

李明煥と張仁珠が疲れた顔で部屋に入ってくると、姜道準は用心深く外を見渡してから、部屋の扉を閉めて低い声で言った。

「このあいだから世子妃殿下のご依頼で、世子殿下を診察しているのだ」

「それはどういうことだ。れっきとした内医院の御医がいるのに」

李明煥が驚きの声を上げ、張仁珠も目を丸くした。姜道準はため息をつくと、話を始めた。

「そのとおりだ。内医院の御医の李馨益が、世子殿下の診療を担当している。だが問題は、李馨益が殿下を生かそうとしているのではなく、殺そうとしているという点だ」

「何ですって？」

それまで静かに聞いていた張仁珠が口を挟んだ。

「李馨益が鍼を打った跡を確かめたが、いずれも瘧疾の治療とは関係のない危険な経穴だった。そのうえ、鍼を打った経穴の周囲はどこも黒く変色していたんだ」

「鍼に毒でも塗ったというの？　宮中で毒をどうやって手に入れたの？」

張仁珠の反問に、姜道準は首を振った。

「おれも最初は、そんなバカなことがあるかと思っていた。ところがだ。典医監で例年冬に開かれていた毒薬学の授業が、今年は数カ月前倒しされた。だから毒薬、とくに蠱毒の入手はそれほど難しくはなかろう。それに、あやつは燔鍼を使っている。毒を体内に染み込ませるには、おあつらえ向きの方法だ」

「それは確かな話なのか？　内医院の御医が世子殿下を毒殺しようとするなんて」

李明煥の声が震えている。姜道準は、このあいだ自ら世子を診察した結果、確実だと答えた。

衝撃的な話に、座はしんとなった。しばらくして、李明煥が沈黙を破った。

「もっと大きな問題がある。内医院の御医が単独で世子殿下のお命を狙うことはなかろう。その上にいる誰かの差し金を受けたのは明らかだ。手を引いたほうがいい。あまりに危険だ」

「そうしたら世子殿下のお命はないも同然だ」

「だからといって、おまえまで死ぬことはなかろう」

「だめだ。世子殿下をお救いしなくては」

「どうするつもりだ？」

「そこでだ。これまではおもに鍼で治療をしてきたが、効果を高めるためには煎じ薬も併用しなくてはならん。だから、おぬしたちの助けが必要なのだ。手を貸してくれるな？」

張仁珠は硬い表情でうなずいた。李明煥も二人の顔をしばらく見つめた末、首を縦に振った。

「二人とも、身辺に気をつけてくれ」

宿直庁に姜道準を残して表に出た二人は、頭のなかをめぐる思いにしばらく言葉が出なかった。

離れで本を読んでいた姜道準は、扉が開かれる音に顔を上げた。臨月の夫人が盆を手に入ってくるのを見て、姜道準は本を閉じた。

「身重なのだから、誰かにやらせればいいのに」

「こんなときでなければ、旦那さまのお顔を見られませんから」

微笑を浮かべた夫人が、文机の上に盆を置いた。きれいにむいた桃が載っている。

「最近、よくないことでもあったのですか？　お顔の色がすぐれませんよ」

夫人の問いに、姜道準は努めて笑顔をつくった。

「忙しいからな。体の具合はどうだ？」

「どうも男の子みたいです。窮屈なのか、朝になると足でよく蹴とばすんですよ」

夫人が顔を赤らめると、姜道準が手を伸ばして膨らんだおなかをさすった。

「体に気をつけて、無理しないようにな」

夫人は答えるかわりに自分のおなかに乗せられた姜道準の手に、自分の手を重ねた。

典医監の薬材倉庫から持ちだした附子《ぶす》〔トリカブトの根を乾燥させた劇薬〕と黄耆を風呂敷で包ん

だ姜道準は、李明煥がやってくるとパッと顔を明るくした。

「手に入れたか？」

李明煥は黙って懐から丸薬の入った巾着を取りだし、姜道準に手渡した。

「頼まれた蟾酥《せんそ》〔ヒキガエルの分泌物を乾燥させた生薬で、毒性が強い〕だ」

「かたじけない」

そのとき、典医監に内官が入ってきた。それを見て、姜道準が風呂敷包みを持ち上げた。

「では、行ってくる。明日、会おう」

李明煥は無言のまま、姜道準が内官のあとを追って出ていく姿をいつまでも見ていた。

内官について東宮殿の裏手に回った姜道準は、はしごを伝ってなかに入った。庭で待っていた内人が、彼を見てすぐに手招きした。姜道準が、薬材を包んだ風呂敷から蟾酥が入った巾着と鍼筒を取りだして言った。

「このなかの薬材を、薬湯器で煎じるのだ。最初は強火にかけ、半時に一度ずつ冷水をしゃくしに一杯ずつ入れる。次に中火にしておけ」

「わかりました」

風呂敷包みを渡された内人は、急ぎ足で去っていった。東宮殿のなかに入った姜道準は、すだれの向こうで待っていた世子妃に礼をささげた。

「首を長くして待っていました。昨日から御医が強い薬を使うようになったのか、世子殿下の病状が思わしくありません」

世子の体調が悪化していることは、ひと目見ただけでわかった。あちらも焦っているのだろうか。気持ちが沈んだ姜道準は、丸薬と鍼筒を手に世子に近づいた。

「まだ口の渇きとめまいの症状はございますか?」

「ああ。いくら水を飲んでも、喉が渇く」

青白い顔をした世子が、力なく答えた。姜道準は李明煥から受け取った巾着から丸薬を取りだして、世子に手渡した。

「これを飲み込まずに、舌の上でかんでください」

「これは何だ」

丸薬を渡された世子が問うと、姜道準は鍼筒から鍼を取りだしながら答えた。

「蟾酥という薬です。口が渇いたときにひと粒かんでいれば、つばがわきます」

姜道準の説明を聞いた世子が丸薬を口に含み、青い袞龍袍《コンニョンポ》〔王族の正服〕を脱いだ。苧麻《からむし》のチョゴリまで脱いだ世子の背中に回った姜道準が、経穴を確かめて鍼を打とうとした、そのとき、世子の体が激しく震えだした。驚いた世子妃の悲鳴が、東宮殿にこだました。横に倒れそうになった世子を支えようとして、姜道準もいっしょに倒れた。瞳孔が開き泡を吹いている世子を見て、姜道準は動転した。

「まさか、蟾酥が……」

ガタガタという音とともに、扉が壊れんばかりに開いた。急に差し込んできた日の光に目を射られ、姜道準は手で顔をおおった。うろたえる彼の耳元に、大きな怒号が響いた。

「権限を侵犯したのは、あやつだ。ただちに捕らえて縛り上げよ！」

差し込む日の光のあいだから、内禁衛の兵士たちの姿が見える。世子妃の悲鳴をあとに、庭に引きずりだされた姜道準は、気を取り直す間もなく縄で縛り上げられてしまった。


「何ですって？　姜道準が捕まった？」

鍼灸銅人を前に、医女たちに鍼のツボの位置を説明していた張仁珠は、恵民署を訪ねてきた李明煥の言葉に驚きを隠せなかった。李明煥は張仁珠の手を引いて、ひと気のない井戸端に行くと、あたりをうかがいながら話を始めた。

「世子殿下の診療のため東宮殿に忍び込んだのが発覚したらしい」

「義禁府《ウィグンブ》〔犯罪の取り調べをする官庁〕に捕まっているんでしょう？　すぐ行かなくては」

李明煥はあわてて動こうとする張仁珠を引き留めた。

「いまは雰囲気がよくない。行かないほうがいいだろう」

張仁珠は李明煥の腕を振り払った。

「友達が死ぬかもしれないのに、知らん顔していろと言うの？」

「いっしょに死んでも何にもならんだろう。それでなくても、関係者の名を言わせるために拷問をするだろう。そこへ自分から飛び込んでいってどうする」

手を振りほどいて歩いていく張仁珠に、李明煥が腹立ちまぎれに叫んだ。ふらふらと歩いていた張仁珠は、柱につかまって座り込んでしまった。李明煥がため息をついて彼女に近づこうとしたとき、ソックが息を切らして走ってきた。しゃがみ込んでいる張仁珠にソックが告げた。

「お嬢さん、医員の旦那の奥方が陣痛で大変です。ところが家の周囲を兵士たちが見張っているので、産婆も医員も近づこうとしないんです」

「わかったわ。私が行きます」

そう言うと張仁珠が立ち上がり、ソックのあとに従った。一人残された李明煥は、いまさらのようにめまいに襲われ、柱にもたれかかった。そして、数日前に彼の家を訪ねてきた李馨益との会話や、彼と取り交わした約束を思いだし、正気を失ったようにつぶやいた。

「おれは何もしていない。何もしていないぞ」

ソックとともに姜道準の家に走った張仁珠は、義禁府の兵士や取り調べの武官がさんざん荒し回ったあとの家を見て呆然とした。家具はすべて中庭に放りだされ、扉はめちゃめちゃに壊されている。門脇部屋にはマンドク爺やが倒れていた。兵士に盾突き、六角棒で脳天を殴られたのだろう。戦場のような家の内部に足を踏み入れようとすると、軍服姿に戦笠をかぶった義禁府の都事《トサ》〔従五品の官吏〕が前をふさいだ。張仁珠は冷静な調子で、赤子を取り上げに来たと告げた。

すると義禁府都事が怒鳴りつけた。

「逆賊の家だぞ。ただちに下がれ」

「逆賊の子は、子ではないとでも？　産婦があれほど苦しんでいるのに、聞こえないのですか」

張仁珠がその場でくってかかると、都事は腰に下げた軍刀を握りしめ、いまにも抜きそうな構えを見せた。しかし、張仁珠が一歩も引かないのを見て、鼻で笑いながら横に身を引いた。そして母屋に入ろうとする張仁珠の背中に向けて言った。

「赤子が男じゃないといいがな」

張仁珠は後ろも振り返らず、母屋に飛び込んだ。幸い、女だけの居場所である母屋には、義禁府の兵士も手をつけなかったと見える。母屋に入った張仁珠は横たわっている夫人を見つけた。顔から血の気の引いた夫人は、張仁珠の両手を握りしめて泣き崩れた。

「旦那さまの身に、いったい何が起きたのですか？」

張仁珠はとうてい事実を言えず、ただ誤解があったようだとだけ告げると、夫人の状態を確かめた。出産間際に大きな衝撃を受けたためか、破水して赤子が出てこない状況だった。袖をまくった張仁珠は、湯につけた布で夫人の腹をさすった。腹を刺激して赤子を出そうとしたが、産婦の衝撃が大きかったせいか、うまくいかなかった。

「そうです。もうすぐですよ。少しだけ力を入れてください」

赤子が見えはじめると、張仁珠は思わず声を高めた。舌をかまないように布をかみしめた夫人が、最後の力を振り絞ると、ついに赤子が飛びだしてきた。元気な産声を聞いた張仁珠は、汗でびっしょりになった顔で明るく笑った。

「ご覧ください。男の子ですよ」

張仁珠はおくるみにそっと赤子をくるみ、夫人に見せた。いまにも泣きだしそうな夫人が、張仁珠の手をぎゅっと握りしめた。

「赤子の名はクァンヒョン。光《クァン》という字に、明るいという意味の炫《ヒョン》です。子どもを、子どものことはお願いします……」

「そんなこと言わずに、赤ちゃんを抱いてください」

ところが夫人のうつろな目は子どもを見ることもできず、力なくだらりと垂れた手は、子どもを抱くこともできなかった。気が抜けた張仁珠は、悲鳴を上げる力もなかった。ただ、赤子を抱きしめる気力だけは、かろうじて残っていた。生まれ落ちるやいなや不幸を背負わされた子を……。しばしの平和は、外から聞こえてくる「門を開けろ」との怒号によって破られた。赤子を夫人のそばに下ろすと、張仁珠は障子戸を開けて外に出た。さっき彼女の前をふさいだ義禁府の都事が見えた。

「罪人、姜道準の妻の出産は終わったか？」

「はい。でも産婦は息を引き取りました」

彼女が力なく答えると、義禁府都事は横にいる茶母《タモ》〔官庁で酒や茶の接待などの雑用を行なう官婢〕に目配せし、部屋に入るよう促した。張仁珠が扉の前に立ちはだかった。

「亡くなったと言ったじゃありませんか。いくら逆賊の家でも、れっきとした士大夫の夫人です。不届きなまねは許されません」

「うるさい。逆賊の子は男か、女か？」

それを聞いた瞬間、張仁珠はさっきの義禁府都事の言葉を思いだした。衝撃を受けうろたえる張仁珠をよそに、義禁府都事がふたたび茶母に目配せした。茶母がわらじを履いたまま、母屋に入った。張仁珠は手を広げて防ごうとしたが、義禁府都事が軍刀を抜いて首に向けたため、動くことができなかった。

「恵民署の医女だからといって同情するのなら、逆賊をかばう者として生かしてはおけぬ。そこをどけ！　ここはおまえが関わるところではない」

「いま生まれたばかりです。世に出て一日もたたない赤子です」

張仁珠は義禁府都事の軍服の裾をつかんで哀願したが、都事はびくともしなかった。やがて、茶母がおくるみに包まれた赤子とともに出てきた。張仁珠は両手で顔をおおった。赤子の悲惨な最期を見たくなかった。そんな彼女の耳に、茶母の声が聞こえた。

「産婦は死にました。赤子は女の子です」

彼女がハッと顔を上げた。義禁府都事の指示に、茶母が赤子のおくるみを解く。赤子をじっくりと確かめた義禁府都事が、茶母に告げた。

「たしかにおなごだ。おなごなら官卑として使えということだから、連れていけ」

茶母は頭を下げると、赤子を抱いて母屋の広間から下りてきた。義禁府都事の号令に、あちこちに散っていた兵卒たちが集まり、隊列を組んだ。広間に立ち尽くしていた張仁珠を一度にらみつけると、義禁府都事は兵卒を率いて門から出ていった。ようやく我に返った張仁珠は、部屋に戻った。先ほどと同じ風景だった。

「いったいどういうこと……」

うろたえる彼女の目に、びょうぶの裏の小さな扉が少し開いているのが映った。そっと扉を開くと、おくるみに包まれた赤子を抱いているソックが立っていた。

「医員の旦那の息子さんです。さっき表で騒いでいたすきに、うちの娘と入れ替えました」

ソックの言葉に、張仁珠はその場にへたり込んだ。ソックはぽろぽろと涙を流しながら、おくるみに包まれた赤子を見下ろした。

「医員の旦那がいなければ、娘がこの世に生まれてくることもありませんでした」

「でも、いくら何でも……。娘さんをどうして……」

「死んだうちのかかあも賛成してくれるでしょう。こんな形でもご恩をお返しできたのは幸いです」

息が詰まるような思いに、張仁珠はその場にいたたまれず、部屋に引き返した。布団から出ている夫人の汗にぬれた手に、黄色いサンゴのノリゲ〔チマ・チョゴリ用の装身具〕が握られていた。身ごもったことを聞かされた日に、姜道準が雲従街で買ってきたものだ。その日のことを、張仁珠は覚えていた。悲しみが込み上げ、座り込んだ。彼女はやっとの思いで夫人ににじり寄ると、その手からノリゲをはずした。姜道準の息子の泣き声が、彼女の耳に聞こえてきた。

おぼろな朝霧が麻浦《マポ》［ソウル西部、漢江北岸の港］の渡し場をおおっていた。外出用の長衣をかぶって川辺に立っていた張仁珠は、おくるみに包まれた赤子を抱いたソックが近づくと巾着を手渡した。

「赤ちゃんがお乳を吐いたり消化が悪いときには、ここに入れた丸薬を水に溶いて飲ませて。当座のお金とノリゲも入れてあるから、困ったら使ってちょうだい」

そう言うと、巾着を受け取ったソックに尋ねた。

「どこに行くつもり？」

「楊花津のチンピラに見つかるとまずいので、遠くに行こうと思います。全羅道の果ての古今島《コグムド》に遠い親戚が住んでいるらしいので、そこを頼っていこうかと。何があってもしっかり育てますので、ご心配なさらぬよう」

張仁珠はうなずきながら、また涙を流しそうになった。姜道準があのような死に方をしてから、彼の家はつぶれてしまった。姜道準に蟾酥のかわりに毒薬を渡した李明煥は、友人の死を踏み台に出世の足掛かりをつかんだ。彼に会って、どうして友人にそんなことができるのかと問い詰めたが、李明煥はどうしようもなかったという言葉を繰り返すばかりだった。いまや彼女にできることは、姜道準の息子を遠くに送りだすことだけだった。彼女がこらえきれずに涙をこぼすと、ソックが言った。

「涙は禁物ですよ、お嬢さん。手前もこの数日のあいだにいろんなことを経験しましたが、ともかくこうして生きているではありませんか。手前も頑張って生きていきますから、お嬢さんも生き延びてくださいい。医員の旦那を殺したやつらが天罰を受けるざまを見るためにもね」

「わかったわ。あなたの娘は楊州の役場に行ったそうよ。私も恵民署をやめて、そこに行くことにするわ。どこかに落ち着いたら、楊州の役場宛に便りを出してちょうだい。私もできるかぎり連絡をするわ」

ソックもまた、涙ぐみながらうなずいた。ソックと赤子が乗る船に荷をすべて積み終えた船頭が、糸車のような形の船首のいかり綱の横に立ち、早く乗れと声を上げた。別れの挨拶をして船に乗ろうとするソックに、張仁珠が何かを手渡して言った。

「このノリゲは、子どもの母親が手に持っていたものよ。もしかしたら後々、目印なるかも知れないから大切にしておいて」

「わかりました。では」

おくるみに包まれた赤子を抱いたソックが頭を下げると、船に乗り込んだ。船頭がさおを川面にさして力一杯押すと、船がゆっくりと動きだした。遠ざかる船を見つめていた張仁珠が突然、川に足を踏み入れた。そして荒い砂利のせいで何度も転びそうになりながら、川辺に立って船に向かって叫んだ。

「子どもは光炫《クァンヒョン》と名づけてちょうだい。光るという字に、明るいという炫よ。あの方が、男の子が生まれたら付けようとしていた名前なの」

「承知しました。これから、この子は光炫と呼ぶことにします」

ソックはそう言うと、安心したように手を振った。

「将来、時期が来たら子どもにお父さんの話をしてあげて。どんな方だったのか、どんな人生だったのか」

「もちろんです。必ずそうします」

しばし晴れていた霧がまた濃くなってきて、船と彼女のあいだを遮《さえぎ》った。霧のなかに消えていった船のほうを、張仁珠はぼんやりと見つめていた。すべてを失った姜道準の息子の今後の運命を思うと、涙をこらえきれなかった。

第二章

帰郷

「こいつ！　勉強もせずに、どこをほっつき歩いてるんだ！」

背負子《しょいこ》の支え棒を握りしめたソックが、家に入りながら怒鳴りつけると、子どもはリスのようにすばしこく裏庭に逃げだした。父親が制止する声を尻目に、息子は裏庭の垣根をひょいと跳び越え、海の見える丘へと逃げていった。ソックが投げる石を左右によけながら丘のてっぺんまで逃げた息子は、波が打ち寄せる絶壁に立って父親に向かって叫んだ。

「来ないで！　近づいたら海に飛び込むからね！」

子どもがきっぱり言うと、息を切らせながら追っていったソックが立ち止まった。その合間に、息子は父親に訴えた。

「勉強なんかいやだ。こんな島で字を覚えて何の役に立つの？」

「このやろう！　勉強をしないと、立派な人間になれないぞ」

「島の人間は、どうせ人間扱いなんかされないよ！　いやだ！　勉強なんか絶対にしない！」

「こいつ、殴られないとわからないのか。すぐにそこから降りてこい！」

ソックが足を踏みだそうとするのを見て、崖の縁に向かって後ずさりした息子は、その拍子に足を踏みはずしてずるりとすべり落ちた。あわててソックが駆けつけると、崖から生えた木の根っこに息子がしがみついている。ソックが手を伸ばした瞬間、木の根が引っこ抜け、子どもの体が崖の下へと落ちそうになった。ソックはすばやく飛びつくと、片手で子どもの手首を握りしめ、もう片方の手で崖から突き出た岩の角をつかんだ。崖の下には波が打ち寄せては返している。その光景を見た子どもが悲鳴を上げた。

「父ちゃん、助けて！」

「しっかりつかんでろ！」

岩の角をつかんだソックの手からしだいに力が抜けていく。ソックはぶるぶる震えている子どもに言った。

「思いきり息を吸え」

「わぁ！　いやだ。父ちゃん、やめて！」

「父ちゃんを信じるんだ」

泣きわめく子どもを安心させたソックは、大きな波が打ち寄せる瞬間を狙って、岩をつかんでいた手を離した。崖の前の泡立つ海に落ちた二人は、大きな波にのまれて沖のほうへと押し流されていった。ソックは必死に波をかき分け、助けてと叫んでいる息子を思いきり抱きしめた。

家の垣根にずぶ濡れのチョゴリとパジ〔ズボン状のはかま〕を干した二人は、裸のまま板の間にしゃがんでぶるぶる震えていた。そうしているあいだにも、ソックは子どもの頭にげんこつを食らわせた。

「ろくに泳げないくせに、何かというと崖っぷちめざして逃げるからそうなるんだ！」

「勉強のことばかり言うからだよ！」

「口答えばかりしやがって！　もう十二歳になるんだから、少しは考えろ」

ソックが立ち上がって怒鳴りつけると、子どもは裸のまま外に逃げだした。ソックは遠ざかっていく子どもの背中に叫んだ。

「光炫《クァンヒョン》！　おまえ、帰ってきたらただじゃおかないぞ！」

「海に飛び込んで死んでやる！　だから捜さないでよ！」

光炫と呼ばれた子は振り向いて大声で叫ぶと、また走りだした。


「まったく、頑固な小僧だ」

呉壮博《オ・ジャンバク》は舌打ちをすると、えもん掛けのチョゴリを投げてやった。すると裸の光炫はチョゴリを羽織り、オンドルで温まった布団のなかに潜り込んだ。かまどの火を確かめた呉壮博は、ソックが運んできてくれた木の枝を折って焚き口に突っ込むと、手をはたいて立ち上がりながらぶつくさ文句を言った。毎日手入れしていたひげは伸び放題になり、妓生のようにすべすべしていた肌は潮風にさらされて荒れてしまっている。何よりも彼を苦しめているのは、単調で寂しい島の生活だった。

「四方が海、海、海。息が詰まるようだぜ。いつになったら漢陽に戻れるのか」

漢陽の方角を見やりながら、しくしく痛む腰のあたりを拳でトントンたたいていた呉壮博は、布団にぐるぐる巻きになってぶるぶる震えている光炫にちらりと目をやった。

呉壮博は宮中の雑用係である別監《ピョルガム》だったが、宮中の祭祀に使用した銀の器を横流しした罪で尻たたきの刑を受け、遠くここまで流されてきたのだった。島流しになった罪人は村の者が面倒を見ることになっているため、呉壮博は島の人々に気兼ねしながら、もらい食いする日々を送っていた。そんなある日、ソックから、自分の息子に字を教えてくれたら食事は何とかすると申し出があったため、状況は多少ましになった。それでも漢陽暮らしだった彼にとって、島の生活は苦役中の苦役だった。たまに島の西側に自生する檀香梅《だんこうばい》の樹液を取りに全羅左水営《チョルラチャスヨン》〔水軍の駐屯地〕からの荷船が入ってくると、少しは話が通じる郷吏《ヒャンニ》〔地方の下級役人〕や木っ端役人が遊びにくることもあった。ところで、昨日入ってきた荷船に乗り組んでいた郷吏のピ・ドンシクが、ついに待ちに待った知らせを届けてくれた。官営から下された官報によれば、呉壮博の流刑が解けたというのだ。

しかし、喜びも一瞬だった。ピ・ドンシクが陸まで船に乗せてくれるというのだが、そこから漢陽までの旅費や、漢陽でまた官職を手に入れるための金など、少なからぬ資金が必要だった。だが、銀器の代金を弁償したうえに島流しになった呉壮博に、そんな金があろうはずがない。船は、二日後に港を出るという。それを知った彼は焦りに焦った。そのとき呉壮博は光炫を見て妙案を思いついた。面倒を見てくれるソックのことを思うと心が痛んだが、こんなうんざりする場所から逃げだすのが先だ。しかも、光炫も漢陽に行きたいと言っていたではないか。

呉壮博は台所に行って昨日の食べ残しのジャガイモをかごに入れると、わらじを脱いで部屋に上がった。そしてジャガイモのかごを、布団のほうへ押しやりながら言った。

「食えよ。腹が減っただろう」

布団をかぶって震えていた光炫が、ジャガイモをむしゃむしゃ食べるようすを見ていた呉壮博は、何気ない調子で言った。

「おまえ、漢陽を見たいと言ってただろ」

漢陽と聞いて、光炫が目を輝かせた。

「漢陽ですって？」

「ああ、王さまがいらっしゃる漢陽だ」

「ぜひ行ってみたいです」

心のなかで快哉を叫んだ呉壮博は、少し考えるふりをしてから口を開いた。

「じゃあ、おれといっしょに行くか？」

「本当ですか、先生？」

「おれが弟子にうそを言うか？　誤解が解けて、上の人が戻っていいとおっしゃってくれたんだ。それはそうと……」

呉壮博がまずいという表情で口をつぐんで背中を向けると、光炫は布団をかぶったまま彼に近づいた。

「どうしました?」

口をもごもごさせた呉壮博が、ためらいながら切りだした。

「漢陽に行くには、先立つものが必要なんだ」


かすかに空が明るくなった早朝、ソックの横で寝ていた光炫が目を開けた。そして、そろそろと布団からはい出て、扉のそばにあるたんすをそっと開いた。そこに飾り物があることは、昼間のうちに確かめておいた。光炫はそれを慎重に取りだして、腰に下げた巾着に入れ、ひもをぎゅっと結んだ。忍び足で外に出ようとして、うっかり忘れていたものに気づいた光炫は、引き返してたんすに手を突っ込み、サンゴのノリゲも取りだした。用心深く表に出ようとした瞬間、ソックが大きく寝返りを打つ音がした。驚いた光炫は床に身を伏せ、しばらくじっとしていたが、ソックが眠りから覚めないのを確かめると、ふたたび身を起こした。しおり戸の外に出た光炫は、家のほうを振り向き、ひれ伏して礼をした。

「父ちゃん! 漢陽に行ってたくさん稼いで帰ってくるからね。それまで元気でいてください」

そう言うと、後ろも見ずに走りだした。

「さあ、乗るなら早くしなさい」

「何だと！　まだ夜も明けてないのに、何をそんなに急ぐんだ」

ピ・ドンシクがせかすと、呉壮博がじりじりした調子で怒鳴った。

「潮時を逃してはいけないからですよ。もう、待てません」

呉壮博は、船に乗り込もうとするピ・ドンシクの腕をとって哀願した。

「ちょっとだけ、あとちょっとだけ、待ってくれ」　役人の腕をぐいとつかんでいた呉壮博は、遠くから走ってくる人影を見て笑みを浮かべた。

「早く来い！　走れ！」　船に乗り込もうとするピ・ドンシクを片手で捕まえたまま、片手で急げと手招きをしていた呉壮博は、船着き場に着いて息をついている光炫を叱りつけた。

「どうしてこんなに遅くなったんだ」

「父ちゃんがなかなか寝なかったんですよ」

「持ってきたか？」

呉壮博がじりじりしたように尋ねると、光炫は汗にぬれた顔でうなずいた。

「もちろんです」

光炫が風呂敷に包んだ飾り物を見せると、呉壮博はさっと手をつかんで船に乗せてやった。続けて乗ったピ・ドンシクが船頭に合図をすると、水夫が帆綱を引き、帆を上げた。図体の大きな荷船が、ゆっくりと島を離れていく。甲板の手すりにもたれた光炫が、じっと島を見つめた。ピ・ドンシクが呉壮博に近づき、心配そうに尋ねた。

「あんな島の田舎者を連れていって、何に使うおつもりで？」

「漢陽に上れば、あれこれ金が入り用だ。あいつに家にある飾り物を持ってこさせたのさ」

「さすがは兄貴です。ところで、金さえ手に入れたらそれで済むのに、なぜうるさい子どもまで連れていくんです？」

「こいつ。こんな狭い島に子どもを残していけば、すぐにうわさになるだろう。そうしたら監営《カミョン》〔道の長官が執務する官庁〕が知るところになって、面倒なことになるからな」

「とにかく、漢陽に行ってうまくいったら、私の恩は忘れないでくださいよ」

「もちろんだ。忘れるわけがない」

呉壮博とピ・ドンシクが話をやりとりしているあいだに、船べりに腰掛けていた光炫は、帆綱を巻いている水夫に話しかけた。

「おじさん、漢陽はどちらのほうにあるの？」

「漢陽？　そうさな、たぶんあちらのほうだろう。漢陽に行くのか？」

「はい、漢陽で出世して、父ちゃんに楽をさせてあげようと思って」

「いい気になりやがって。島のやつが行ってどうなる。やめとけ。マツケムシは松で暮らすのがいちばんんだ」

だが、光炫は耳を貸そうともせずに、漢陽の方向を見つめてつぶやいた。

「漢陽、ついに漢陽に行くんだ」

程子冠《チョンジャグァン》〔儒生がかぶる馬の毛で編んだ冠〕をかぶってトゥルマリ〔外套〕を羽織った鄭成調《チョン・ソンジョ》は、離れの扉を開けて入ってきた李明煥に目もくれず、敷物の上に座って蘭の墨絵を描いていた。

「お呼びでしょうか」

「今日、朝廷で一騒動あったそうだが、聞いたか?」

「手前のような卑しい医員が、どうして朝廷の大事を知りましょうか」

「それもそうだ。今日、国王陛下〔孝宗《ヒョジョン》。朝鮮王朝第十七代王。仁祖の次男。在位一六四九~一六五九〕が昭顕《ソヒョン》世子の死に関して再調査をせよとの御命を下された」

何でもないことのように鄭成調が言うと、李明煥がぶるっと身を震わせた。

「もう十年も前のことです。いまになって、あのときのことを調べるというのは、どういうわけですか?」

「十二年前だ。数年前のこと、黄海道監司《ファンヘドカムサ》〔道の長官〕の金弘郁《キム・ホンウク》が、死罪にされた昭顕世子妃の名誉回復と、生き残った末息子の釈放を主張した。すると陛下はひどくお怒りになり、金弘郁を刑杖で打ち殺すよう命ぜられた。もし昭顕世子が毒殺され、世子妃が無実の罪で処刑された事実が明らかになれば、国王陛下が王統を継がれたことも正当でないという結論になるからな。朝廷の大臣たちは金弘郁の処刑を何とか止めようとしたが、陛下は悪名が残ろうがかまわないとまでおっしゃり、引き下がらなかった。そのせいで、世子妃の罪をそそぐべきだとの声は、きれいさっぱり消えてしまった」

「にもかかわらず、その話に言及されたというのは？」

「世子妃の謀反についてはついて言及せず、昭顕世子の死についてのみ再調査を命じられたのだ。先ほど会議が終わり、政庁であらためて集まって話し合ったのだが、どうやらわれわれ西人《ソイン》〔第十四代王宣祖のとき、沈義謙《シム・ウィギョム》を中心として東人《トンイン》と対立した党派〕を牽制《けんせい》しようという意図のようだ」

李明煥が緊張した面持ちで見つめると、鄭成調はひとつせき払いをしてから、話を続けた。

「国王陛下は即位以来、金自點《キム・ジャジョム》ら先王の反正功臣たちを追いだし、在野の名望ある儒生たちを登用する一方で、北伐を準備しながら政局の刷新をめざされた。だが、ある党派があまりに長期にわたって主導権を握っていることに対しては、適当でないとお考えのようすだ」

鼻で笑った鄭成調は、最後の葉を描いた蘭を見つめた。ためらっていた李明煥が口を開いた。

「ですが、あの件は逆賊の金自點がたくらんだことで、その者は死んでずいぶんになります」

当時のことを思いだした李明煥の表情が、急に暗くなった。兄君である昭顕世子が亡くなり、続けて父王も世を去って即位したいまの王は、わずか数日で金自點を追いだし、謀反を企てた罪で処刑した。金自點の息子と婿はもちろん、彼と手を取って昭顕世子を死に追いやった昭容趙氏《ソヨンチョシ》までが死を免れなかった。ぞっとするようなあの時期に、鄭成調は先頭に立って金自點を弾劾することで生き延びた。李明煥もまた、李馨益《イ・ヒョンイク》が仁祖を治療できなかったという理由で弾劾されたとき、一歩身を引くことで危機を免れた。

墨が乾くのを待っていた鄭成調は、蘭が気に入らないという表情を浮かべた。そして紙を脇に片づけ、新しい紙を文机の上に広げて文鎮で押さえた。

「謀反は陛下がつくった暴風だ。とすれば、われわれのような臣下はその暴風が早く過ぎ去るか、ほかの方向にそれるのを待つしかない。いったんは死んだ金自點の責任にすることで結論が出た。ところが、この問題が収まり、世子妃の問題に移れば、また話は変わる。われわれ西人のあいだでも、金自點に同調して世子妃の処刑とその息子たちの流刑に賛成した者たちが多い。上のお方たちもその点を心配されているようだ」

「では、小生はどうしたらよろしいでしょうか」

「金自點ならば、このようなときにそなたを未練なく切り捨てただろう。おそらく、ひそかに命を奪って口ふさぎをしただろうよ」

猿の形をした水入れからすずりに墨を注いだ鄭成調が、取るに足りないことだというような口調で言った。李明煥が黙って見つめると、彼はにっこり笑いながら筆に墨をたっぷり浸した。

「だが、わしは金自點ではない。あやつのやり方は完璧すぎて、はたから見ている者たちまで疑心暗鬼にさせるからな。そなたが友人を裏切り、わしは上の者たちに逆らった。いわば、同じ船に乗った運命だ。わしの没落はそなたの没落、そなたの罪はわしの罪だ」

「恐れ入ります」

李明煥が深く頭を下げると、鄭成調は墨を含ませた筆でふたたび蘭の茎を描いた。そして、ふと思いだしたように、口を開いた。

「そなたは御医になって何年になる？」

「四年と少しです」

「そろそろ職を退く頃合いになったな。どうだ？」

「おおせのとおりです」

「適当なときに口実をつけて辞めたらよい。上の方たちが特段の対策を準備しているようすだからな」

「特段の対策と言いますと……」

顔を上げた李明煥が尋ねると、鄭成調が舌打ちした。

「これ、口にするような話ではない。聞くところによれば、申可貴《シン・ガグィ》という者が鍼を得意とするそうだが……」

「小生もうわさは聞きましたが、中風があって、鍼を打たせるのは危険ではないでしょうか？」

「そなたも物わかりが悪いのう」

鄭成調がにやりと笑みを浮かべると、李明煥はその意味するところを理解した。

「では、小生が退くにあたり、その者を推挙いたします」

「やっとわかったか」

描き終えた蘭が気に入ったのか、鄭成調は満足そうな表情を浮かべると、初めて顔を上げて李明煥と目を合わせた。そして短くこう付け足した。

「それから、もうひとつ問題がある」

崇礼門《スンネムン》をくぐった光炫は、目の前に広がる光景にあんぐり口を開けた。どこまでも続く瓦屋根の海のあいだに、生まれてこれまでに見たよりも多くの人が、数かぎりなくひしめいていた。格好も人それぞれだ。島では、ただ木綿で編んだチョゴリとパジ、そしてまげを結った頭を包む頭巾にわらじ履きというのがせいぜいのところだった。ところが漢陽の人々は、格好も多彩だった。大きな笠をかぶり、きれいな飾りの付いた笠ひもを胸まで垂らし、色とりどりの道袍《トポ》〔外出用の礼服〕を羽織った儒者たちと、たっぷりしたチマに頭から長衣をかぶった女たち、そのあいだには竹の編み笠をかぶって小ぶりの背負子を背負った行商人たちの姿も見える。

漢陽に戻ってきた呉壮博は水を得た魚のように生き生きして、光炫にあれこれ説明を始めた。赤い道袍に黄色のパジをはいた一群の男たちを指して、呉壮博が言った。

「あいつらが別監《ピョルガム》だ」

「別監？」

「ああ、宮中の雑用をする者たちだが、派手な遊びに明け暮れていてな。やつらがいなければ、漢陽の花柳界はすぐにつぶれてしまうだろう」

調子に乗った呉壮博が、道の真ん中に立って言った。

「ここは大きな鐘があるので鐘楼《チョンヌ》とも呼ばれるが、人が雲のように集まるというので雲従街《ウンジョンガ》とも言うんだ。国に納める品物はもちろん、漢陽の人たちが売り買いする品々が全部そろっている」

「うわあ、どこまでも続いてますよ、師匠」

果てしなく立ち並ぶ商店を見た光炫が感嘆の声を上げると、呉壮博が当然だという口調で答えた。

「ここにある商店の間口を全部合わせると、八百間を超えると言うからな。漢陽よ！　この呉壮博が帰ってきたぞ！」

感極まったのか、目に涙を浮かべた呉壮博は、光炫と目が合うと顔をしかめた。

「子どもの前で、おれは何やってんだ。さあ、行こう。まずは宿に荷を下ろそう」

呉壮博が光炫を連れて向かったのは旅籠屋だった。広間の前には木の棚が作りつけてあり、大きな釜と酒がめが載せてある。髪を背中で束ねて結い上げ、顔におしろいをたっぷりつけた女将が、しおり戸を開けて入ってきた呉壮博を見て足袋のまま飛びだしてきた。

「あら、まあ、別監の旦那！　知らせもないまま、何をしていらっしゃったんですか？」

「ちょっと用があってな、漢陽を離れておったのだ。ここは変わってないな」

「もちろんです。熱々のクッパに濁り酒でも差し上げましょうか？」

「久しぶりに漢陽に来て、泊まるところがなくってな。下人といっしょに使う部屋をとってくれ。飯も部屋で食う」

「お部屋をとるなら前金をいただかなくっちゃいけません」

急に表情が変わった女将の言葉に、呉壮博が舌打ちしながら光炫のほうを見た。出せ、という彼の手ぶりに、光炫は家から持ってきた飾り物のなかから、銀の指輪を取りだして渡した。笑顔で振り返った呉壮博が、女将の手に銀の指輪を握らせながら胸を張って言った。

「酒はたっぷりな。クッパの具には肉もちょっと入れてくれ」

女将は銀の指輪を受け取ると、にっこり笑いながら答えた。

「呉別監のお世話をできるのは、このうえない幸せですわ。トルボク！　裏門脇の部屋にお客さまをご案内して」

にぎやかな旅籠屋のなかをきょろきょろと見回していた光炫は、呉壮博に手を引っ張られて部屋に入った。小さな部屋に入ると、呉壮博は長衣を脱いでえもん掛けに吊るし、上座に座った。

「やっぱり漢陽は最高だな。ようやく生き返った心地だ」

話には聞いていたものの、漢陽がこれほど大きく、にぎやかだとは、光炫は夢にも思わなかった。部屋の入口あたりに座っていた光炫は、ガタガタと扉が開く音に思わずびくっとした。先ほど女将からトルボクと呼ばれていた端女《はしため》が、膳を持ってきたのだ。大盛りのクッパが二人前に酒とつまみが並んだ膳を見た光炫は、思わずさじを手に取って、呉壮博にげんこつを見舞われた。

「師匠が箸もつけないうちに、行儀の悪い……」

光炫が口をとがらせながらさじを下ろすと、呉壮博は舌打ちをしてから、気遣うように杯を突きだした。

「ともかく漢陽まで来られたのも、おまえのおかげだ。一杯やれ」

杯を受けた光炫は呉壮博に倣《なら》って酒をあおったが、その苦さに顔をしかめた。それを見た呉壮博がカラカラと笑った。

「今日は漢陽に来た歓迎会だ」

「それはそうと、これからどうするんですか？　師匠」

光炫が口元に垂れた酒を袖でぐいと拭いながら問うと、呉壮博が余裕綽々《しゃくしゃく》の表情で答えた。

「昔は街で黄色いパジの呉壮博といえば、知らない者はいなかったんだ。明日からいろいろ人に会って仕事を探さなくっちゃな」

偉ぶった呉壮博が壁にもたれて歌いだした。島にいたとき、呉壮博に勉強を教わった光炫も知っている歌だった。つられて歌いながら、さらに何度か酌を受けた光炫は、生まれて初めての酒に酔い、いつの間にかすうっと目を閉じた。歌を歌っていた呉壮博は、そんな光炫のようすを注意深くうかがった。


翌朝、目を開けた光炫は、見たことのない部屋の光景に戸惑った。

「ああ、ここは漢陽だった」

そうつぶやいてからひとつあくびをした光炫だったが、ふと何か変だと思い、部屋のなかを見回した。何も変わりがなかった。昨日の夕食の膳も部屋の片隅に置かれたままだ。首をかしげた光炫は、また横になった。

「枕が変わったせいで、神経が高ぶってるのかな」

また布団をかぶって目を閉じようとした瞬間、どこが変なのか気がついた。光炫が驚いて悲鳴を上げると、あくびをしながら水汲みの準備をしていた端女のトルボクが飛び上がった。扉を開けて飛びだしてきた光炫は、「風呂敷包みがなくなった」と大騒ぎしながら、旅籠屋のなかを探し回った。その騒ぎに、母屋で寝ていた女将までが起きだしてきた。中庭に面した小さな扉を開けた女将が怒鳴りつけた。

「朝っぱらから、いったい何の騒ぎ?」

「おばさん！　おいらの風呂敷包みがなくなったんだ。師匠が持っていったみたいだけど、金目のものが全部入っているんだ」

「それがどうしたの？　あんたがなくしたのを、うちに言われてもねえ」

気のない返事をした女将は、ぼさぼさになった髪をなでつけて、また扉を閉めてしまった。トルボクも水桶を下げて出ていった。光炫はその場にへたり込み、腰のあたりを探ってみた。風呂敷包みとは別にしまっておいたサンゴのノリゲが無事だったことを確かめた光炫は、ほっとため息をつきながら拳を握りしめた。

「父ちゃんが一生懸命に働いてためたものなのに、それを持ってくなんて。絶対に捜しだしてやる」

立ち上がった光炫は、桶を下げて井戸端へと歩いていくトルボクに駆け寄って尋ねた。

「おいらといっしょに来た人、どこに行けば会えるかな?」

「漢陽にどれだけ人がいると思ってるの?」

「その人、別監だと言ってたんだ」

「別監なら宮殿で働いているんでしょ。そこに行ってみたら」

「宮殿はどこにある?」

「大通りの北側よ」

トルボクが面倒くさそうに答えると、光炫は一目散に駆けだした。

光炫は空腹も忘れて人混みのあいだをさまよった。古今島なら小半日もあればひと回りできたし、村でどんなことが起きたかもすぐにわかった。ところが漢陽は行けども行けども果てしがなく、どこから来たのかもわからない人々でいっぱいだった。呉壮博に対する怒りと、飾り物をなくしたことへの後悔の念は、無数の人々とクモの巣のように入り組んだ道のせいで、たちまち消え去り、見知らぬ土地に一人取り残された恐怖が込み上げてきた。腹が減り喉も渇いたが、知る者一人いない場所なので、助けを求める相手もいない。

一日中、飯も食わずに街をさまよった光炫は、人混みに押されて清渓川《チョンゲチョン》〔ソウルの市街地を西から東へと流れる小川〕に架かる橋のほうへと歩いていった。橋の下から騒々しい声が聞こえるので、のぞいてみると、珍しい光景が広がっていた。人々が丸く取り囲んだなかで、尾の長い二羽のおんどりが戦っているところだった。羽ばたきをしながら足の爪で相手を蹴ったり、くちばしでつついたりしている。光炫はその光景に驚いた。島では鶏といえば、わらで作った鶏小屋のなかでおとなしくしている姿しか見たことがない。思わず人混みをかき分けて見物をしていると、誰かが横から声をかけてきた。

「この貫鉄橋《クァンチョルギョ》の下で開かれる闘鶏は、漢陽名物のひとつさ」

光炫は顔を上げて声の主を捜したが、何しろ人が多すぎて誰だかわからなかった。その何者かが、はっきりした声で話を続けた。

「あの橋の向かい側に妓生が見えるだろう？　きれいな絵が描かれた笠を頭にかぶって、紫色の絹のひもをあごのところで結んでいる。笠の後ろから黒い絹を垂らして髪をおおっているから、きっと薬房妓生《ヤクパンキーセン》〔医女として働く妓生〕だ。その横に立っているのが別監だ。黄色いわら笠のなかにまげが見えるだろ？　半月のような形に結ってあるので、片月まげと言うのさ。あの髪留めも、かなり高級そうだな。その隣りにしゃがんで見物しているのが、六曹《ユクチョ》〔政務を担う六官庁の総称。吏曹、戸曹、礼曹、兵曹、刑曹、工曹〕の使令《サリョン》〔下級官吏〕たちだ。いつもああやって、つばの狭い黒の笠に、白のチョルリク〔上下つなぎの武官服〕をキリッと着こなしている。その横にいる、赤い冠をかぶって空色の道袍に、赤の細帯を胸元で結んでいるのが京衙前《キョンアジョン》〔中央官庁の下級役人〕さ」

「京衙前？」

「ああ、六曹で働く中人《チュンイン》〔両班と平民の中間の身分で官庁の実務に従事した階層〕の役人のことさ。官位もないくせに、官庁勤めだからといって威張り散らしやがって」

声の主は光炫の問いに親切に答えた。ようやく光炫は声の主を見つけた。その男の子はみすぼらしい光炫の格好と比べると、ずっとこぎれいなチョゴリとわらじを身につけていた。薄紅色の頬をした小柄な男の子は、きらきら光る瞳で光炫を頭の先からつま先まで見つめながら言った。

「おまえ、漢陽の者ではないな。どこから来た?」

「全羅道の古今島だ」

「島から来たって? 道理で海の匂いがすると思った」

手で口を押さえてキャッキャと笑いながら、男の子は続けた。

「おれはヨンダルってんだ」

「おいらは白光炫」

「一人で来たのか? ここは怖い場所だから、おまえみたいな田舎者はたちまち身ぐるみはがされちまうぞ。あそこにはな垂れ小僧たちが見えるだろう? あいつら、スリなんだ。おまえみたいなやつの懐や風呂敷包みを狙うのさ」

ヨンダルが目で示した子どもたちは、全員みすぼらしい格好をして、目つきも鋭かった。そのあいだに、闘鶏の勝負がついたのか、橋の下からワッと声が上がった。賭けに負けた側はぶつくさ言いながら席を立ち、勝った側は拳を突き上げて歓声を上げげた。勝ったほうの主人が傷だらけの鶏を抱き上げ大喜びする背後で、負けた鶏が倒れてあえいでいる。キセルをくわえた男が、その鶏の首をひねるところが見えた。光炫が理解できないという表情で言った。

「どうしてあんなに簡単に殺すんだ？　おいらの田舎では、鶏を絞めるのは、婿さんを迎えたときぐらいだぞ」

「漢陽というのは、そんな街さ。知らなかったのか？」

ヨンダルの答えに光炫はこっくりうなずきながらも、主人の手にかかって死んだ鶏から目が離せないでいた。見物人たちがいなくなると、ヨンダルが光炫の腕をつんとつついた。

「どこに泊まってるんだ？」

そのときになって光炫は、自分の立場を思いだした。持ってきた飾り物はすべて呉壮博に取られ、旅籠屋も泊めてくれそうになかった。光炫が答えに詰まっていると、ヨンダルがニヤリと笑いながら言った。

「叔母さんがこの近くに住んでんだ。ひと晩くらいなら泊めてくれるから、いっしょに行こう」

光炫はためらいながらも、ヨンダルのあとをついて行くことにした。ふと途中で足を止めて橋の下を見下ろした。主人に首をひねられた鶏が清渓川に投げ入れられて、水面をぐるぐる回りながら沈んでいった。

ヨンダルが案内してくれた旅籠屋は、呉壮博といっしょに泊まった宿よりも小さく、みすぼらしかった。道に面してしつらえられた棚の上には、大きな牛の頭が置かれ、わらぶき屋根の軒下には大根の葉が干してある。女将が大釜に木のしゃもじを突っ込んでかき回していた。結び目のほどけたチョゴリの胸元から、乳房がちらりと見えた。ヨンダルがしおり戸を開けて、明るく声をかけた。

「叔母さん！　こんちは」

「こんな時間に、どこに行ってきたの？」

舌打ちしながら、女将はあとについてきた光炫を見て尋ねた。

「友達かい？」

「うん、今晩ここに泊まるんだけど、部屋はある？」

「台所の隣りなら空いてるよ。さっきブタが来て寝てたけどね」

「ありがとう、叔母さん。明日の朝、にぎり飯を何個か作ってくれないかな。仲間に食わせるんだ」

「わかったよ。あんたは本当に弟分たちの面倒をよく見るね」

女将と話を交わしたヨンダルは、光炫を台所脇の小部屋に案内した。部屋には本当にブタと言うにふさわしい、まるまる太った男の子が大の字になって寝ていた。ヨンダルはブタを蹴飛ばして起こすと、光炫を指さして言った。

「おれの友達の白光炫だ。挨拶しろ」

「こんちは。おれ、ブタって言うんだ」

挨拶をしたブタがまた寝入ってしまうと、ヨンダルは扉の脇に座って光炫にさまざまな質問をした。呉壮博の話になると、ヨンダルが舌打ちした。

「何も知らない子どもに、何てことを。ともかく、明日からおれがいっしょに捜してやるよ」

「ほんと?」

光炫が顔をほころばせると、ヨンダルが当然だというように、こっくりうなずいた。

「力の弱い子ども同士、助け合わなくっちゃな。世間は本当に怖いぞ。それはそうと、飾り物を全部取られたんなら、すかんぴんだな」

「いや、ひとつだけ残ってる」

ヨンダルの問いに、光炫は懐に隠しておいたサンゴのノリゲを取りだし、胸を張った。それは幸いだという表情で、ヨンダルが言った。

「腹が減っただろ。飯にしよう。ここのクッパは本当にうまいんだぜ」

十二年前に昭顯世子の毒殺をもくろんだとの罪状で主《あるじ》が処刑されて以来、廃墟と化していた姜道準《カン・ドジュン》の家の前で、彼女はしばしばたたずんでいた。扉が壊れた門をくぐった彼女は、あの日の惨状を思いだして、胸のなかで泣いた。夫の死を前に新たな命を産み落とそうとしていた夫人は、母屋で死闘を繰り広げたあげく世を去った。赤子も死ぬ運命にあったが、姜道準がソックに施してやった恩のおかげで、奇跡的に生き延びた。ソックは約束どおり姜道準の赤子を連れてさいはての島に渡り、そこでひっそりと暮らした。今年の春に届いた手紙には、子どもが言うことを聞かず勉強をしないので心配だという内容が綴《つづ》られてはいたが、彼女にとってはその子が生きているという事実だけでも驚きだった。

全羅道のさいはての島でソックが姜道準の子を育てているあいだ、張仁珠《チャン・インジュ》は楊州《ヤンジュ》の官庁に官奴として送られたソックの娘を見守っていた。身辺を整理して楊州に下った彼女は、夫に先立たれたために漢陽から来たと言いつくろい、小さな薬房を構えた。「男女七歳にして席を同じゅうせず」との儒教の教えのとおり、男性の患者は来なかったが、女性の患者たちは彼女を張召史《ソサ》〔未亡人に対する敬称〕と呼び、しきりに足を運んだ。彼女は周囲からの再婚の勧めを断わって、ソックの娘を近くで見守った。親のいないソックの娘は、他人の施しに頼って育った。張仁珠はソックの娘を官奴の身分から抜けさせようと努力したものの、彼女の力では無理だった。そうしたところ、今年の初めに楊州の官庁がひっくり返るような騒動が起き、その拍子に、ソックの娘はどこかに消えてしまった。

彼女は静かに荷物をまとめて、漢陽に戻ってきた。十二年ぶりに見た漢陽は、昔のままだった。いなくなった人たちもいたが、愛憎の対象は出世街道をひた走っていた。彼女は発作的に訪れる李明煥に対する懐かしさをぐっと抑えた。いまはやるべきことがある。ソックが姜道準の息子を守ると約束したように、彼女もソックの娘を守る約束をした。難しいことではあったが、約束は守らねばならない。張仁珠は長衣をかぶって門を出た。急ぎ足で行き交う人々の肩越しに、宵の月が浮かんでいるのが見えた。

光炫は悪夢を見た。優しくしてくれたヨンダルとブタが、ひそかに彼の懐を探り、最後に残ったサンゴのノリゲを盗む夢だった。冷や汗を流しながら夢から覚めた光炫は、横になったまま目も開けられず、腰のあたりを探って巾着がちゃんとあるのを確かめ、ほっとため息をついた。

「そりゃあそうだ。まさか友達に変なまねはしないだろう」

そしてふたたび目を閉じて眠ろうとした瞬間、何か怪しい気配を感じて、光炫は頭をもたげた。さっきクッパを分け合って食べたヨンダルは、部屋に戻って横に寝ており、ブタは扉の近くで眠っている。ところが、布団を頭からかぶっている姿が、どこかおかしかった。

「真冬でもないのに、何で寒そうに布団をかぶってるんだ？」

光炫は布団をそうっと引っ張ってみた。すると布団のなかにあったのは、木枕と服の山だった。光炫は驚いて跳び上がり、改めて腰に下げた巾着の中身を確かめた。曲がりくねっていて艶々したサンゴのノリゲのかわりに、つまらない木のかんざしが手に触れた。びっくりした光炫は、昨日のように悲鳴を上げながら外に飛びだし、台所の前に置かれた膳に足を引っかけて転んだ。朝食の準備をしに出てきていた女将が、顔をしかめた。

「朝っぱらから何やってんだい」

「おばさん！　ヨンダルはどこに行ったの？」

「ヨンダルだかサムダルだか知らないけど、私が知ってるわけないじゃないか」

「だけど、おばさんの甥っ子でしょ！」

「甥っ子？　私にはあんな甥はいないよ」

「何言っているの。叔母さんって呼んでたでしょ……」

だが、女将は光炫に答えるかわりに、旅籠屋に入ってくる行商人の接客に忙しかった。

「あら、まあ。お久しぶりです」

広間に座った行商人にニコニコと挨拶した女将は、彼らといっしょに来た光炫と同じ年頃の男の子の頭をなでてやった。子どもは鼻をすすりながら女将に言った。

「叔母さん、うまくやったでしょ？」

それを手始めに、子どもたちが次々に旅籠屋に客を連れてきた。そして一人残らず、女将を叔母さんと呼ぶので、光炫は面食らってしまった。

「どうしてこんなに甥がたくさんいるですか？」

すると、忙しく客の応対をしていた女将が光炫を叱りつけた。

「見てもまだわからないのかい？　漢陽では旅籠屋に客を連れてくる子どもを客引きと言って、その子らは大人のことを叔母さんとか叔父さんって呼ぶんだよ」

言葉を失った光炫は、その場にへたり込んでしまった。その最中にもお客を連れてきた子どもたちが「叔母さん」と呼ぶ声が聞こえてきた。またしても引っかかった――。光炫は叫び声を上げて、いきなり立ち上がった。子どもたちと女将が驚いてが見つめていると、光炫は拳をぎゅっと握りしめた。

「あいつら、捕まえたらただじゃおかないぞ」


ブタと抜きつ抜かれつしながら走っていたヨンダルは、小広通橋《ソグァントンギョ》が見えると、ほっとため息をついた。橋の下に降りると、むしろと木の枝で作った掘っ立て小屋が見えた。ブタが先に掘っ立て小屋に向かって叫んだ。

「みんな寝たか？」

声をかけるやいなや、掘っ立て小屋から子どもたちが一人、二人と顔を出した。ブタがにぎり飯の入った包みを解くと、やっと歩きはじめた幼子から、ヨンダルと同じ年頃の子どもたちまでが、われ先にと飛びついた。汚い手でにぎり飯にかじりつく子どもたちを見たヨンダルが、心配そうな顔で言った。

「そんなにあわてると喉に詰まるぞ。ゆっくり食え」

子どもたちが食べる姿を満足げに見守っていたヨンダルは、ブタがサンゴのノリゲを取りだしていじっているのを見て、表情を曇らせた。

「どうしても盗まないといけなかったのか？」

すると、ブタが仕方ないという口調で言った。

「これがあれば当分はみんな腹を空かさないですむ。それに上納もしないといけないしな」

「仲間思いなんだな」

ヨンダルがうつむいて、小さくつぶやいた。

「おまえだって。一人で食っていくのも大変なのに、あいつらの面倒まで見てるじゃないか」

飯粒のついた指をベロベロとなめている子どもたちを見ながら、ブタが言った。同じくそのようすを見守っていたヨンダルが、ブタに言った。

「返そう」

「だめだ」

ヨンダルがサンゴのノリゲを奪い取ろうとすると、ブタはさっとそれを背中に隠した。二人が言い争っていると、橋の上から野太い声が聞こえた。

「男二人で、何をいちゃついてるんだ」

ヨンダルが顔を上げると、チンピラたちが橋の上にしゃがんで、下を見下ろしていた。ヨンダルはすぐにノリゲを隠すようブタに目配せをしたが、チンピラたちがひと足早かった。

「いいものを手に入れたようだな。兄貴から所場代を取ってくるように言われてるから、ちょうどいい」

チンピラの一人のヨファンがさっと橋の下に飛び降りてきた。おびえた子どもたちは、そろそろと掘っ立て小屋のなかに逃げ込んだ。ブタが隠したサンゴのノリゲをヨファンが奪おうとすると、ヨンダルが歯向かった。

「やめてよ。ここはおじさんたちの土地でもないのに、ひどいじゃないか」

ヨンダルがくってかかると、ヨファンが鼻で笑い、ブタの喉元に鋭い刃物を突きつけた。

「おい、おまえら以外にも、ここに入りたがっているやつらは多いんだ。そいつらがここに近寄れないでいるのは、おれたちのおかげだぞ。こいつらは恩を施しても感謝することを知らんようだ。足か手の指を一本落とさなきゃ、わからないらしい」

ヨファンがブタの足首をつかんで、足の指を刃物で切るまねをした。ブタが助けてくれと悲鳴を上げ、ヨンダルもこれ以上は抵抗できなかった。

「わかったよ。持っていきな」

サンゴのノリゲを受け取ったヨファンは、鼻を鳴らしてブタの足指から刃物を離した。そして橋の上に上がる前に、刃物でヨンダルの頬をぽんぽんとたたきながら言った。

「男にしては、かわいい顔してるじゃねえか」

にやりと笑ったヨファンが、橋の上に上がりながらすごんだ。

「次の満月の日に来るから、たっぷり用意しておけ」

チンピラたちが姿を消すとブタは足を確かめ、ちゃんと指がついているのを見てフウーッと息をつき、ヨンダルに目をやった。

「すまん」

「おまえが悪いんじゃない。仕事に行くぞ。こいつらを食わせなくっちゃ」

ヨンダルはさっと立ち上がると、橋の上へと上がっていった。わらじを履いたブタが、あわてであとを追った。にぎやかな雲従街に出たヨンダルは、通りすがりの行商人たちの腕を引っ張って声をかけた。

「おじさん、久しぶりです。お泊まりはどちらですか?」

行商人たちはうるさそうな表情で、腕を振りほどいた。遠ざかる行商人の背中を見ながらぶつくさ言っていたヨンダルは、ブタに肩をたたかれると、目もくれずにうるさそうに答えた。

「ええい、うっとうしい。さっさと客でも引っ張ってこい」

しかしブタは何も言わずに肩をたたきつづけた。うんざりしたような顔で振り返ったヨンダルは、あっと驚いた。鼻血を垂らして片目にあざをこしらえたブタの後ろに、石ころを握りしめて鬼の首を取ったような顔つきの光炫の姿が見えた。


光炫の拳を浴びたヨンダルが、ひざまずいて両手を挙げているブタの前にひっくり返った。光炫は肩で息をすると、鼻血を流しているヨンダルの襟首をつかんで怒鳴りつけた。

「おまえに会えて、おいらがどんなにほっとしたかわかるか。それなのに、たったひとつの宝物を盗むなんて。おまえを信じたおいらがバカだった! あのノリゲはどこにある?」

「盗んだのは本当だが、いまは持ってない」

「笑わせるな！」

せせら笑った光炫が、ヨンダルを何度も小突いた。その光景を見ていたブタが、こらえきれずに悲鳴を上げた。

「本当だ！　だから、もう殴らないでくれ！」

光炫が拳をぐっと握りしめてにらみつけると、ブタが消え入るような声で言った。

「本当だってば」

光炫は掘っ立て小屋のなかを隅から隅まで探したが、ブタとヨンダルの言うとおり、サンゴのノリゲは跡形もなかった。そのとき、掘っ立て小屋の片隅におびえた顔で身を寄せ合う子どもたちと目が合った。どの子もみすぼらしく、腹をすかせているのがひと目でわかった。掘っ立て小屋の外に出た光炫は、小さくなって立っているヨンダルとブタをにらみつけた。

「なくなったといって、どこかに隠してるんじゃないだろうな」

「本当だってば。チンピラに取られたんだ」

ちぎった袖を丸めて鼻をふさいだヨンダルが、きっぱりと言った。街でようやくヨンダルを見つけたときは半殺しにしたいと思ったが、自分の家だと言って連れてきた場所が橋の下の掘っ立て小屋だという事実に、光炫の心は揺れた。光炫は動揺を見せまいとして、わざと怒った顔つきで子どもたちを指さした。

「こいつらは誰だ？」

「親が死んだり、捨てられたりした子どもたちだ。おれが来る前からここにいたんだ」

ヨンダルの答えに、光炫は首をかしげた。ヨンダルの隣りに立っていたブタが、顔色をうかがいながら恐る恐る口を開いた。

「これでもヨンダルが来てからは、こいつらが飢え死にすることはなくなったんだ。前の大将は自分だけ腹いっぱい食べてたんだ」

そして聞いてもいないのに事情を語りだした。ヨンダルは数カ月前にここに姿を現わした。そして子どもたちをいじめてばかりの大将を追い払い、手当たりしだいに働いて子どもたちを飢えから救ったのだという。光炫はブタから説明を聞くと、ヨンダルを見つめながら言った。

「じゃあ、おまえも田舎から来たのか？」

「楊州は漢陽ほどじゃないが、大きい街だ」

黙っていたヨンダルが、声を高めた。そうして目を光らせながら光炫に言った。

「ノリゲを取っていったやつらの居場所は知っている。いっしょに行くか？」

脇で話を聞いていたブタが飛び上がった。

「何てこと言うんだ。あいつらがどれほど怖いか」

「ノリゲを取り返してきたら、そのかわりに役場には黙っておいてくれ。怖ければ、おれが一人で行ってくる」

ヨンダルがそれとなくバカにするような口ぶりで言うと、光炫がカッとなった。

「誰が怖いって言った。案内しろ」

「楊花津《ヤンファジン》だ。場所はわかるから、ついてこい」

崇礼門《スンネムン》が閉まる直前に何とか漢陽を抜けだした光炫とヨンダルは、先になりあとになりしながら楊花津に向かった。道々、ヨンダルは光炫に楊花津のチンピラたちについて説明をした。

「漢陽の南を流れている川には、楊花津、西江《ソガン》、麻浦《マポ》、竜山江《ヨンサンガン》、漢江津《ハンガンジン》の五カ所の港があって、五江《オガン》と言われている。漢陽に入ってくる品物はみな、ここで荷下ろしされるんだ。大きな倉や客主《ケクチュ》〔商品の仲買や宿泊を提供する宿〕や商人宿まで、ぎっしりと立ち並んでいる。漢陽ではこのあたりの人たちを川辺者《カンデサラム》と呼ぶんだが、船頭や商人は荒くれ者が多いんだ。とくにそこを根城にしているやくざ者たちはあくどくて、人を生き埋めにしたりするらしい」

「い、生き埋め?」

目を丸くした光炫の言葉に、ヨンダルが怖じ気づいたのかという顔で言った。

「ああ、刃物で人の手の指や足の指を切るなんて朝飯前だ。どうした、怖いのか?」

「な、何を言う。誰が怖いって言った。早く案内しろ」

二人が楊花津に到着したころには、ほとんど日が暮れかけていた。客主や商人宿にともる明かりを頼りにやっと方向をつかんだ二人は、楊花津のチンピラたちの巣窟である山のなかの洞窟を探し歩いた。幸い、洞窟の入口にも明かりがともされていたので、すぐに探すことができた。

あたりを見回した光炫とヨンダルは、洞窟のなかへと入っていった。洞窟は思ったよりも深く、ひんやりした空気に、二人は互いの手を握りしめた。内部には風呂敷包みや品物の入ったかごが山と積まれている。暗い洞窟のなかに積まれた品々を手探りしながら、サンゴのノリゲを探していると、ヨンダルが光炫を呼んだ。

「これだろう?」

「そうだ。急いで出よう」

サンゴのノリゲを取り戻した光炫がヨンダルの手を引っ張ったが、ヨンダルはその手を振り払った。

「ちょっと待て。ここまで来たのに手ぶらで帰るのか?」

そう言うと、荷物の山をあさって金目のものを探した。最初はすぐに出ようと言っていた光炫だったが、ヨンダルが耳を貸そうとしないので、隅っこに置かれた袋の上に腰掛けてつぶやいた。

「欲張りなやつめ……」

そのとき、光炫が思わず立ち上がって悲鳴を上げた。ヨンダルは驚いて振り返ると、光炫をにらみつけた、

「静かにしろ。誰かに聞こえるぞ」

だが、光炫は顔を引きつらせてヨンダルの腕にしがみついた。

「あそこ、おいらが座っていた袋が動いたんだ」

「見間違いだろう」

「本当だってば」

光炫が指さした袋が本当に動くのを見ると、ヨンダルはあんぐりと口を開いた。そこに、洞窟の入口からひそひそという話し声が聞こえてきた。ヨンダルは戸惑っている光炫を引っ張って、かますの陰に隠れた。たいまつを持って洞窟に入ってきたチンピラの一人が、隣りにいたヨファンに言った。

「何か声が聞こえなかったか？」

「あいつのほかに誰がここにいる？　つまらんこと言わずに、早く持っていこう」

話を終えたチンピラたちが、のたうち回る袋を担いで外に出ていった。かますの陰に隠れていた光炫とヨンダルは、つま先立ちでそろりそろりと洞窟を抜けだした。ヨンダルが先に立ち、光炫がヨンダルの服の裾をつかんで山を下りていったが、来るときよりさらに暗くなったせいで、道を探すのが容易でなかった。二人は何度も木の根につまずいて転んだあげく、ようやく川岸まで降りることができた。

ところが、川岸にたいまつを手にしたチンピラたちが集まっているのを見て、二人はとっさに岩陰に隠れた。岸辺にはさっき洞窟から運んできた袋が置かれている。しばらくすると、青い道袍をまとい笠をかぶった男が、チンピラを何人か従えて姿を見せた。青い道袍の男が何ごとか言うと、チンピラたちが袋を解いた。すると、驚いたことに袋のなかから猿ぐつわをかまされた老人が姿を現わした。悲鳴を上げそうになったヨンダルの口を、光炫がふさいだ。

チンピラが猿ぐつわをはずすと、老人は青の道袍の男に話しはじめたが、遠すぎて内容までは聞こえない。老人の話をしばらく聞いていた青の道袍の男が、片膝をついて老人を正面から見据えると、やはり何か言うのが見えた。風に乗って、秘密とか運命とかいう言葉が聞こえてきた。男は立ち上がると道袍の袖から何かを取りだして、老人に近づいた。まもなく老人のすさまじい叫び声が闇をつんざき、二人の子どもたちの耳にまで達した。体を前後にくねらせていた老人のすさまじい叫び声がやがて頭をがっくりと垂れた。ぶるぶる震えながらそのようすを見守っていたヨンダルが、低い声で言った。

「死んだのか?」

やはり恐怖におびえた顔で、光炫がこくりとうなずいた。青の道袍の男がチンピラたちに何か指示してから、こちらを振り向いた。二人は岩陰に頭を隠したが、そのときヨンダルの手が近くにあった石に触れてしまった。石は大きな音を立てながら、下のほうに転がっていった。

「誰だ!」

光炫はヨンダルの手首をつかんで、林のなかに走り込んだ。枝が揺れる音の向こうから、「やつらを捕まえろ」という叫び声とともに、たいまつの火が揺らめきながら追ってくる。光炫とヨンダルは必死で逃げたが、大人の足にはかなわなかった。まもなく、たいまつを手にしたチンピラたちがすぐ背後まで迫った。島で父親から逃げ回って足が鍛えられていた光炫とは違って、ヨンダルはしきりに蹴つまずいた。

やっと林を抜けだして客主の立ち並ぶ町まで来たが、夜遅いせいか、助けを求めようにも人影ひとつ見えない。チンピラたちのたいまつが揺らめいているのが見える。町の入口にある、木橋の架かった小川までようやくたどり着くと、光炫はヨンダルに向かって叫んだ。

「思いきり息を吸え」

「何だって?」

ハアハアと息をつきながらヨンダルが聞き返した瞬間、光炫はヨンダルの手をぎゅっとつかんで川に飛び込んだ。冷たい水のなかから出ようとしてヨンダルがもがいたが、光炫がその頭をぐいと押さえつけながら、水の外の動きを探った。たいまつの火があわただしく周囲を行き交うのが見えた。明かりが見えなくなると、光炫は用心深くヨンダルを川から引き揚げた。二人を追ってきたチンピラたちは、川を渡って客主のある町のほうにちりぢりに走り去っていった。大きく息をついた光炫が、ヨンダルにささやいた。

「どこかに行ったようだ」

ところがヨンダルは目を閉じたまま、死んだようにピクリともしない。驚いた光炫が頬をたたいて名前を呼んだが、目を開ける気配がなかった。どうしていいかわからなくなった光炫は、海におぼれた人を助けるために島の村人たちがしていた方法を思いだそうと頭をひねった。

「どうやってたかな……。そうだ、チョゴリのひもをほどいて、胸を手で押すんだだった」

光炫はヨンダルのチョゴリのひもを解き、手で胸を思いきり押した。夢中で胸を押していた光炫が、首をかしげた。

「おや、胸がどうしてこんなに大きいんだ?」

そう言えば、頬もほんのりと赤く、顔つきもきゃしゃな感じだ。

「こいつ、もしかして?」

いつの間にか意識が戻ったヨンダルが、せき込みながら目を開けた。そしてチョゴリのひもが解かれていることに気づいて、あわてて結び直した。呆然とそのようすを見ていた光炫が尋ねた。

「おまえ、女だったのか?」


ほっとしたヨンダルと光炫は夜道を歩いて漢陽へと向かい、崇礼門が開くのを待って、小広通橋の下の掘っ立て小屋に帰った。首を長くして待っていたブタは、二人の話を聞いて信じられないという表情を浮かべた。光炫は大きなため息をついてから言った。

「役場に行って、さっき見たことを話そう」

「いやだ!」

まだ寒いのか、ぶるぶる震えていたヨンダルが声を張り上げた。光炫も負けずに声を高めた。

「じゃあ、人が死んだのに放っておけと言うのか」

「どうせおれたちみたいな子どもの話など、信じてくれないよ」

ブタがヨンダルの肩を持つと、光炫も口をつぐんだ。ふくれっ面をしている彼に、ヨンダルが慰めの言葉をかけた。

「それでもサンゴのノリゲは取り戻せたんだから、元気出せよ」

「逃げているうちに落としたみたいだ」

光炫がしょぼんと肩を落とした。続けて暗い声で言った。

「これが漢陽なのか。物乞いがあふれ、人が死んでも平気でいるなんて」

光炫はしゃがみ込んだままブタとヨンダルを見つめた。そして顔を上げて、橋の上に目をやった。朝日が昇るとともに、人通りが激しくなってきた。表情のない、生活に疲れた人々の顔を見ていた光炫は、立ち上がって橋の上に上がっていった。きょとんとしていたヨンダルは、しばし迷ってから光炫のあとを追った。光炫は少し距離を置いてあとをつけてくるヨンダルに気づくと、振り向いて叫んだ。

「どうしてついてくるんだ？　役場には言わないから心配するな」

「そうじゃなくって……」

ためらっていたヨンダルだったが、光炫に近づくと小声で言った。

「女だってこと、ブタやほかの子どもたちには内緒にしておいて」

そのときヨンダルの胸を見たことを思いだし、光炫も顔を赤らめた。

「あ……、わかったよ。ところで、なぜ女なのに男のふりをしてるんだ？」

彼の問いに、ヨンダルは深いため息をついた。

「ちょっと座って話そう」

二人は清渓川の石橋の欄干に腰掛けた。ヨンダルは橋の上から石を拾うと、川面に向かって思いきり投げた。

「実は奴婢だったんだけど、逃げてるの」

「何だって？」

驚く光炫に、ヨンダルが唇に指を当てた。

「親が誰かもわからないの。親が何か罪を犯したせいで、私は楊州の役場の奴婢にさせられたらしいわ。ずっとそこにいたんだけど、最近になって私を妓生にしようとするので、腹が立って火をつけて逃げてきたの」

「いつ？」

「今年の春」

「それで男の格好をしてるのか」

光炫の問いに、ヨンダルがうなずいた。

「女の格好のまま漢陽にいたら、捕まるかも知れないからね。そうこうしているうちに、橋の下に暮らしている子どもたちと出会って、いっしょに暮らすようになったの」

「じゃあ、帰るところがないのか？」

「橋の下に家があるし、友達もいるわ」

橋の下を流れる水を見下ろしながら、ヨンダルが言った。光炫はヨンダルの肩にそっと手を乗せた。

「そうか。おいらにはよくわからないけど、ともかく元気出せよ。この話は誰にも言わないから」

「ほんと?」

「ああ。おいらはもう田舎に帰って、父ちゃんの言うことをちゃんと聞いて暮らすんだ」

「今日はちょっと休んでから行きなよ。この前の旅籠屋に行こう。私があそこにお客をたくさん連れてってあげたから、ひと晩くらいなら泊めてもらえるし」

「大丈夫だよ」

「だって悪いから。さあ、行こう」

ヨンダルは明るく答えると、肩の上に乗っている光炫の手をぎゅっと握った。光炫は胸がどきりとして、ぎこちなく笑うと手を離した。


「うまく処理しておきました」

やかんからお茶を注いだ茶母が後ずさりで下がるのを待って、李明煥が話を切りだした。彼の到着直後に降りはじめた雨が、屋根から軒を伝って地面に流れ落ちた。オンドルの入っていない小部屋には、お茶を飲みながら話を交わせるように卓といすが置いてあった。窓の外の雨に目をやりながら、鄭成調が口を開いた。

「李馨益は確実に処理したのか？」

「この目でしかと確かめました」

鄭成調は湯飲みを卓に置いて立ち上がると、背中で手を組んで窓辺に立った。孝宗《ヒョジョン》の即位にともない、後ろ盾だった金自點が死ぬと李馨益も職を追われたが、今回のことを足がかりに再起を狙っていた。ところが鄭成調や李明煥には、彼を助けようとする気がなかった。結局、李馨益は鄭成調が送った者たちに拉致されて楊花津に連れていかれ、昨晩、李明煥の手によって命を落とした。

「金自點と昭容趙氏、そして李馨益までが死に、昭顯世子と世子妃もこの世の人ではない。だから、もはやこの問題はわれわれ二人が口をつぐんでさえいればよいのだ」

「さようです。国王陛下が昭顯世子殿下の死について調査せよとおっしゃっても、関係者がいなければどうにもならないでしょう」

「きれいさっぱり処理してくれたな。ご苦労だった」

李明煥は鄭成調の後ろ姿を見ながら、ごくりとつばを飲んだ。目撃者がいるかも知れないという話はしなかった。そして、それよりも重要な問題を語るべきときが来た。雨が降る窓の外をぼんやりと見つめる鄭成調に向かって、李明煥は慎重に口を開いた。

「実は、その問題のことで申し上げたいことがあって伺ったのです」

「何だ？」

「ともかく国王陛下は、この事件について関心がおありなのは事実ですので、受け入れやすい結果を出さねばならないのではありませんか？」

「受け入れやすい結果を出したとして、その火の粉がどこに飛ぶかわからんぞ。そなたは政治を知らん」

鄭成調が鼻で笑うと、あわてた李明煥が席を立って近づいた。

「誰も傷つけずに、国王陛下のお気持ちを鎮める方法があります」

すると鄭成調が関心を示し、李明煥に顔を向けた。李明煥は絶体絶命の瞬間が目前に迫っていることを悟り、昨晩から練習していた言葉遣いで話を切りだした。話を聞いた鄭成調の目つきが変わった。それを確かめた李明煥は、内心でほっとため息をついた。

「このうえない方法だ。しかし、この問題が表沙汰になれば、そなたの立場は難しくなるのではないか？」

鄭成調の問いに、李明煥は数歩後ろに下がると床にひざまずいた。

「この十年というもの、あのことを考えなかった日は一日とてありませんでした。遅ればせながら、友人を助けたいと思います」

「これだけ時間がたつと、生き残っている者がいるかどうか。よろしい。明日、ほかの者と相談して国王陛下に申し上げることにする」

李明煥は床にひれ伏したまま、感謝の言葉を繰り返した。あとは殺人を目撃した者を捕らえて消し去ればいい。

ヨンダルといっしょに旅籠屋にやってきた光炫は、中庭で待っていた二人の人影を見て驚いた。旅籠屋に入ってきた光炫にソックが飛びかかり、力一杯抱きしめた。

「こいつめ！」

「父ちゃん、どうしてここがわかったの？」

すると、しょげかえったようすの呉壮博がためらいながら、消え入るような声で言った。

「都中の別監の家をすべて捜したそうだ。申し訳ないことをした」

ソックが呉壮博の襟首をつかんだ。

「学問があるからと息子を預けたのに、子どもをそそのかして漢陽まで連れてきたばかりか一人で街中に置き去りにするとは。おまえのようなやつはただちに役場に連れていって、尻たたきの刑にあわせてやる。さあ、来い。こいつめ！」

尻を引っ込めた呉壮博が、両手をこすり合わせながら言った。

「おれが悪かった。どうか助けてくれ。このとおりだ」

二人のようすを見ていた光炫が、横から割って入った。

「父ちゃん、もう許してあげようよ」

「こいつ！　父ちゃんがどれほど心配したかわかるか？　けがはないか？　ちゃんと食べてたか？」

「いろいろなことがあったけど、大丈夫だよ」

光炫の答えを聞いたソックが、ほっとしたように言った。

「そうか、その調子なら大丈夫なようだな。それから、おまえ！」

ふたたびソックが呉壮博をにらんで怒鳴りつけた。

「息子が無事だったから許してやるが、二度とおれの前に姿を見せるんじゃないぞ」

「わかりました。お気をつけてお帰りください」

後ずさりで門のところまで来た呉壮博は、一目散に逃げだそうとしたが、石ころにつまずいて転んだ。そしてあわてて起き上がると、脱げたわらじを手に持って姿を消した。舌打ちしながらそのようすを見ていたソックは、光炫が何かを探していることに気がついた。

「何を探している？」

「友達だよ。さっきまでここにいたのに」

「いっしょに来た子どもか？　ここの女将の話では客引きだというが、親もおらず、どこの馬の骨かわからない子とは遊ぶんじゃない」

「違うよ。ヨンダルはぼくの友達だ」

光炫が声を上げると、ソックがげんこつを見舞った。

「まだ懲りないようだな。怒られないとわからんのか？」

ソックが冗談めかして叱ると、光炫は悲鳴を上げて女将の後ろに隠れた。ソックはすぐに息子をとっ捕まえて、思いきり抱きしめた。

「こいつ！　漢陽がどんなところだと思ってたんだ。まだここに来るのは早い。もう少し待て」

「わかったよ。あれ、父ちゃん、泣いてるの？」

父の胸に抱かれた光炫が尋ねると、大粒の涙を流していたソックが首を横に振った。

「泣いてるもんか。目にゴミが入っただけだ」

ソックは涙を拭うと、光炫を胸から放して言った。

「今日は遅いからここに泊まって、明日帰ろう」


深夜、李明煥の家を楊花津のチンピラのヨファンが訪れた。

「あの夜、旦那を見たやつらが誰かわかりました」

「誰だ？」

「昨夜、やつらが落としていったサンゴのノリゲを見つけました。もともと小広通橋の下に住む客引きの子どもから奪ったものです」

「すると、その子どもに見られたということだな」

「二人です。仲間を捕らえて痛めつければわかるでしょう」

「話が外に漏れないよう、用心して処理するんだ」

ヨファンが去ったあと、数日前に楊州に送った使いが驚くべき知らせを持ち帰った。

「今年の春、その子どもが東軒《トンホン》〔郡守が執務する役所〕に火をつけ、漢陽に逃げたようです」

「何だと？」

李明煥は驚きにしばし声を失った。すると使いの者がぽつりぽつりと聞いてきた話を続けた。

「十歳を過ぎてかなりの美形だったので、新任の郡守の息子が欲をかいて、妓生の名簿である妓籍に載せ、守庁《スチョン》〔妓生を役人の寝室にはべらせること〕にさせようとしたようです。するとその女の子はいやだと言って意地を張ったあげく、東軒に火をつけて逃げ、行方をくらませたとか」

「もっと早く人を送って見守るべきだったのに、しくじったな」

話し終えた使いの者が、懐から一枚の紙を取りだした。

「その出火のせいで、郡守の息子が大やけどを負ったそうです。各所に人相書きを貼りだして手配していましたので、一枚持ってきました」

放火犯という文字の下に、ふっくらした頬ときつそうな目をした女の子の顔が描かれていた。

李明煥はその紙を手でゆっくりなでながら、つぶやいた。

「おまえが姜道準のひと粒種か。おまえの運命を変えてやるから、待っていろよ」

逃亡した幼い奴婢の行き先は決まっている。李明煥は楊花津のチンピラたちを放って、漢陽をしらみつぶしに捜すつもりだった。

「誰だ?」

厠《かわや》から出てきたソックが、旅籠屋の垣根の外からのぞき込んでいた男の子に声をかけた。驚いた男の子がビクッとして答えた。

「光炫の友達のヨンダルと言います。元気にしているか気になったので」

「騒ぎのせいで疲れたのか、横になっている。おまえが光炫の言っていた客引きだな?」

ソックが聞くと、ヨンダルが力なくうなずいた。

「それと、楊花津で怪しい光景を見たのもおまえのせいか?」

「はい、光炫が助けてくれなかったら、大変なことになっていました」

「おれも苦労して育ち、若いころは力ずくで生きてきた。おまえがどれほど大変かも、よくわかる。だが、光炫はおまえのような子どもたちと付き合うような子じゃないんだ。どういう意味かわかるか?」

ソックはうなだれたヨンダルに手を伸ばし、頭をなでてやった。

「だから、もう光炫とは会うな。わかったか?」

ソックの話に耳を傾けていたヨンダルは、込み上げる涙を袖で抑えながら、こくりとうなずいた。そして、やっとのことで口を開いた。

「光炫にちゃんとお礼もできなくて。目が覚めたら申し訳なかったと伝えてください」

ソックはわかったと言うようにうなずくと、早く行けと手を振った。ヨンダルが何度も後ろを振り返り、鼻緒が切れたわらじをずるずる引きずりながら消えると、ソックは深く息をついた。

緊張が解けたためか、光炫は倒れてしまっていた。そしてうわごと混じりに楊花津で見たことを口にした。その話を聞いた瞬間、ソックは身の毛がよだった。

――楊花津で殺人とは。どうして昔と同じことが……。

すぐにでも漢陽を離れたかったが、光炫が寝込んでいるので動くこともできず、数日はここにとどまるしかない。ソックはもどかしさに頭を振りながら、光炫の寝ている部屋に入っていった。

とぼとぼと来た道を引き返しながら、ヨンダルは涙をこらえ切れなかった。親のいない卑しい官奴という悲しい運命は、立って歩くより前からヨンダルの心に深く刻み込まれた。漢陽に逃げ、橋の下の子どもたちと家族のように暮らすようになったのも、そのせいかもしれない。だが、こうして直接その話を聞かされると、忘れようとしていた記憶が胸に鋭く突き刺さった。とくに、露骨に迫ってきた新任の郡守の息子のことが頭に浮かんだ。そんなことを考えていたせいで、ヨファンを先頭にチンピラたちが近づいてくることにも気づかなかった。妙な気配を感じたヨンダルが顔を上げたときには、もう遅かった。ヨファンが黄色い歯をむきだして笑った。

「ノリゲを忘れていったな」

チンピラたちはヨンダルにすっぽりと袋をかぶせた。周囲を行き交う人たちが不審の目を向けたが、ヨファンがせいせいしたという顔で「逃げた奴婢をやっと捕まえた」と言ったため、もう誰も注意を向けなくなり、立ち去っていった。

丸一日寝込んだ末にようやく起き上がった光炫は、漢陽を離れる前にヨンダルに別れの挨拶をしたいと言い張った。ソックは仕方なく、日が暮れる前に帰るよう言い聞かせて光炫を送りだした。小広通橋に駆けつけた光炫だったが、橋の下の小屋にヨンダルの姿は見えなかった。小屋は壊され、ブタもさんざん殴られたのか額と目にひどいあざをこしらえていた。子どもたちは恐怖におびえるばかりで、ブタもヨンダルの行方がわからないと言った。怒った光炫は、ブタの襟首をつかんで怒鳴りつけた。

「この前みたいにやられたいのか?」

「実は昨日、おまえに会いに行くと言って出ていったきり、戻ってないんだ。本当だよ。ヨンダルがおまえのところに行ったあとで楊花津のチンピラたちが来て、ヨンダルはどこに行ったと言って暴れ回ったんだ」

あわてて事情を打ち明けたブタの襟首を放してやると、光炫がつぶやいた。

「楊花津だと……」

どうやって調べたかわからないが、楊花津のチンピラたちが、ヨンダルがひそかに現場を目撃したことを割りだしたのは明らかだった。光炫はブタをその場に残して、あわてて走りだした。

光炫が出ていくと、ソックも旅籠屋を出た。廃墟になった姜道準の家の前に立ったソックは、過ぎた歳月の重さと同じほど大きな悲しみに捕らわれた。十二年前のことが昨日の出来事のように生々しく思いだされた。妻の死、姜道準の一家を襲った不幸、恩を返すために自分の娘と姜道準の息子を取り替えたこと……。結局、娘は官奴の身分となって地方に行ってしまった。そして自分は姜道準の息子を育てた。どっと押し寄せてきた過去の記憶に耐えきれず、ソックの目から涙があふれ出た。涙を飲み込んだ彼は、壊れた門に向かって話しかけた。

「儒医の旦那。ずいぶん時間がたちました。旦那の息子さんは、私がしっかり育てています。ところが、たまにもめ事を起こすのはどうしてでしょう。旦那の子どものころもそうだったのでしょうか。ともかく立派に育て上げますので見守っていてください、旦那」

言葉を終えたソックが袖で涙を拭って振り向くと、人の声が聞こえてきた。道ばたの石に腰掛けて休んでいた家の仲買人が、仲間に何やら話しかけていた。

「おれがあの家を売るためにどれほど苦労したことか。おまえさんも知ってるだろう。忠清道《チュンチョンド》から上京した両班に売れる寸前だったのに、伸冤《シヌォン》〔過去の冤罪を晴らし、名誉を回復すること〕されてしまうとはな……」

すると、仲間の男が舌打ちした。

「こいつめ。自分の家でもないくせに。それに大逆の罪人とされて皆殺しにされた家を、いったい誰に売るつもりだったんだ?」

「いずれにせよ家が伸冤になったのだから、ここの一族もこれからは運が開けるだろうよ」

残念そうに語る仲買人に、男が首を振った。

「男たちはみなあの世に行き、女たちも売られて官奴になったのに、誰が残っているってんだ？それに財産もそっくり没収されて一文無しになったんだし」

「それでも両班は両班だ」

仲買人は悔しそうな口調で言い捨てて立ち上がった。そうして居酒屋で一杯やろうと言って立ち去った。ぼんやりとその話を聞いていたソックの前に、ひさしの狭い笠に白い武官服を羽織った漢城府《ハンソンブ》〔ソウルの行政・司法を司った官庁〕の使令《サリョン》〔下級官吏〕たちが押しかけてきた。彼らは姜道準の家の門に縄を張ってふさいだ。あっけにとられたソックは、人のよさそうな使令に近づいて小声で尋ねた。

「あのう、この家が伸冤になったという話は本当ですか？」

「だからわれわれが来たのだ」

「では、この家の人たちもみな、もとどおりになるんですね？」

「それはそうだが、残っている人がいるかどうかはわからんな」

忙しいのに邪魔をするなと言う使令にぺこぺこと頭を下げると、ソックは旅籠屋にとって返した。

旅籠屋に戻った彼は、女将を捕まえて尋ねた。

「女将、うちのせがれはどこにいる？」

「さあね。まだ帰ってきてないみたいだけど」

「まだ帰ってないって？」

釜のふたを開けて汁の味を見ていた女将が、ソックの問いにうなずいた。

「半刻もあれば帰ると言っていたのに。やはりいっしょに行けばよかった」

「ヨンダルに会いに行ったのなら、小広通橋に行くといいよ。そこで暮らしてるから」

女将の話を聞いたソックは、感謝の言葉を残して表に出ていった。


ヨファンはヨンダルを捕らえたことを報告するため、李明煥のもとを訪れた。すると李明煥が、もう一人の子を探せと言って一枚の紙を差しだした。その紙に描かれている顔と、捕まえたヨンダルの顔はあまりによく似ていた。しかしヨンダルは男で、絵に描かれているのは女だ。

「似ている……」

ヨファンが戸惑った口調でひと言つぶやくと、李明煥が尋ねた。

「いま何と言った？」

「あのう、つまり捕まえた子どもと、この絵の子どもが似ているので……」

それを聞いた李明煥が、ドスンと床を踏み鳴らした。ヨファンは自分が罪を犯したわけでもないのに、思わず首をすくめた。目を閉じてしばらく考え込んでいた李明煥は、ヨファンにいくつか指示を下した。李明煥の指示を頭にたたき込んで部屋を出たヨファンは、扉の外で待機していたチンピラたちに命じた。

「洞窟に閉じ込めておいたヨンダルのやつを、楊花津のおれの客主に連れていけ。急ぐんだ。あとで旦那がいらっしゃるそうだ」


倉に閉じ込められた子どもは、人相書きとそっくりだった。扇で顔を隠し、窓からなかをのぞき込んだ李明煥が目配せをすると、ヨファンが倉のなかに入っていき、子どものチョゴリを脱がせた。子どもは驚いてもがいたが、後ろ手に縛られていてどうにもならない。膨らんだ胸は、女に間違いなかった。あとは最後に確認すべきことが残っていた。李明煥が目配せすると、ヨファンが子どもの髪をつかんだ。

「おまえが楊州の役場から逃げてきたことは、もうわかってるんだ」

「違います。私はそこがどこかも知りません」

目隠しされた子どもは否定したものの、恐怖に引きつった顔と身ぶりは、それがうそであることを物語っていた。

「おまえを手配した人相書きが、もう漢陽のあちこちに貼りだされているんだ。本当のことを言わなければ、橋の下に住むやつらも無事ではすまんぞ」

「なぜですか？　あいつらには何の罪もありません」

「大ありだ。逃げた奴婢をかくまった者たちも、同じ処罰を受けるという国法を知らんのか。事実をありのままに言えば、おまえが捕まるだけだが、うそを言えばあいつらまで捕まるぞ」

「いけません！　そうです、私が楊州の役場から逃げた奴婢に間違いありません。ですから、あの子たちには手を出さないでください」

屈服した子どもは、素直にすべてを打ち明けた。李明煥はチンピラの頭《かしら》とヨファンを呼んで、やるべきことを指示した。彼らが倉にかんぬきを掛けて退くと、李明煥は客主の入口に出て、漢城府の使令たちを待った。やがて六角棒と軍刀で武装した使令たちが到着し、かんぬきを壊して倉のなかに踏み込んだ。なかにいた子どもは目隠しされたまま、自分の今後の運命のことなど夢にも知らず、泣き叫ぶばかりだった。使令たちが縛られていた子どもを引きずりだし、客主の庭に座らせた。

すると、外からようすを見ていた李明煥がついに姿を現わした。

「皆の者！　ぞんざいに扱うでない」

そう言うと、まだ恐怖におびえている子どもに近づき、縄を解いてやった。そして人相書きを子どもの目の前に突きだして、震える声で言った。

「おまえだ。おまえに間違いない」

訳もわからず、きょとんとしている子どもを抱きしめて、李明煥は涙を流しはじめた。

「おまえを捜してどれほど苦労したことか。十二年前におまえの父親が罪人の汚名を着せられた。

家は取りつぶされ、おまえも官奴にされたのだ。だが、もうすべてが終わった。国王陛下が逆賊の汚名を雪《そそ》いでくださったのだからな。すべて終わったのだ」

黙ったまま目を丸くして彼を見つめている子どもに、李明煥は優しく話しかけた
「いっしょに漢陽に行こう。行ったら、すべて教えてやる。知寧《チニョン》よ」

「知寧?」

「そうだ、姜知寧。それがおまえの名だ。私は李明煥。死んだおまえの父親の友人だ。これからは私が面倒を見てやる。だから、何も心配するな」

知寧と名乗ることになった子どもを抱きかかえ、駕籠《かご》に乗せると、李明煥は会心の笑みを浮かべた。

——次はこの子と我が運命を取り換える番だ。


日暮れどきになると、洞窟の前で見張っていたチンピラたちの数がしだいに減っていき、誰もいなくなった。近くの草むらに隠れて暗くなるのを待っていた光炫は、用心深く茂みをかき分けて洞窟へと近づいた。洞窟のなかにはこの前と同様、かますをはじめとして荷物がぎっしり積まれていた。慎重に荷物をあさっていた光炫は、初めて見る薬材に首をひねった。

「これは何に使うものかな?」

くまなく捜してみたが、洞窟のなかにヨンダルの姿は見えなかった。がっかりして洞窟の入口

へと歩いていこうとしたところ、チンピラたちと鉢合わせしてしまった。

「誰だ?」

先頭にいたチンピラが光炫をじろりとにらみながら尋ねた。光炫は答えるかわりに、チンピラの向こうずねを蹴飛ばして、一目散に駆けだした。背後から「あいつを捕まえろ」という声が聞こえてきた。光炫は夢中で逃げた。


ヨンダルは突然の展開に戸惑った。父の友人という人は、自身を李明煥と名乗った。彼とともに駕籠に乗せられて着いた場所は、漢陽にある大きな瓦屋根の家だった。駕籠が門をくぐって前庭で止まると奴婢が集まってきて挨拶をしたが、その数およそ十人は下らなかった。李明煥が、そのなかからいちばん年上と思われる女の奴婢を呼んだ。

「麻浦宅《マポデク》〔麻浦から嫁いできた女性という意味〕、この子をきれいに洗って、着替えさせてやってくれ。それから母屋に連れていくんだ」

「十歳にもなる男の子の裸を見るなんて、そんなことはできません」

麻浦宅が手を振りながら拒むと、李明煥は笑いながら、こんな格好をしていても女の子なのだと説明してやった。麻浦宅はヨンダルの手を引いて、裏の棟の台所に連れていった。台所だけでも掘っ立て小屋よりずっと広い。その突き当たりには、人が楽に入れるほど大きなおけがあった。

ヨンダルの服を脱がせながら、麻浦宅がつぶやいた。

「本当に女の子だったのね」

そして彼女を抱き上げて、お湯を張ったおけのなかに入れてやった。ヨンダルは一瞬びくりとしたが、麻浦宅に肩を押さえつけられて身動きできなかった。脇にある焚《た》き口には大きな釜がかけられている。麻浦宅は釜からぐらぐら沸いているお湯をひしゃくで汲んで、おけに入れながら舌打ちをした。

「まあ、もうお湯が真っ黒だわ」

ヨンダルは風呂から上がると、台所脇の小部屋で、赤い結びひものついた黄色のチョゴリと薄緑色のチマに着替えた。麻浦宅がチョゴリのひもを結んでやっているあいだに、若い女の奴婢が入ってきて髪を結った。着替えが終わって部屋を出ると、靴脱ぎ石の上に先端が反って雲の文様のある靴がきちんとそろえてあった。麻浦宅が言った。

「これは雲鞋《ウンヘ》っていうのよ。とても高級なんだから。人の運命というのは、わからないものね」

ヨンダルは履き物を履いて母屋に向かった。小さな垣根に囲まれた母屋は、広く豪華だった。広間に出て待っていた李明煥が、彼女を見てにっこりと笑った。

「きれいに洗ったらやはり違うな。さあ、上がれ。紹介したい人がいるんだ」

母屋には、銀のかんざしを挿して大きなかつらを載せた四十代とおぼしき女性と、ヨンダルと同じ年格好の男の子がいた。女性は冷たい視線で、男の子は好奇心に満ちた目で、彼女を迎えた。赤い絹の座布団に座ったヨンダルは、慣れない雰囲気にいたたまれなかった。李明煥が深刻な表情で敷物に腰を下ろした。

「まだ何が何だかわからないだろうから、私から詳しく説明しよう。十二年前、おまえの父親の姜道準は無念にも処刑された。奸臣の金自點によって、昭顯世子殿下を毒殺したとの汚名を着せられたのだ。反逆罪にあたるため、家門の男たちはみな処刑され、女たちは官奴にされた。生まれていくらもたたなかったおまえも、楊州に送られた」

感極まったのか、しばし声を詰まらせた李明煥が、重い口調で話を続けた。

「おまえの父親の姜道準と私は同門で、無二の親友だった。だから私は、おまえの父が無念の死を遂げ家門が滅びたことを、ずっと嘆いてきた。そして新しい国王陛下が即位されて以来、誤解を解こうと手を尽くしてきた。そうしたところ、おまえの父親は無罪だから伸冤させて家門を復権させよとの国王陛下の御命が下された。そこで楊州に使いを送ったが、おまえが消えたとの話を聞いた。人手を使って調べたところ、ならず者に連れられていったというので、急いで捜したのだ。事情はわかったか?」

彼女はこくりとうなずいた。実際、うなずく以外に何もできなかった。満足げな表情を浮かべた李明煥が、隣りに座った年輩の女性に目をやった。

「この子は竹馬の友の唯一の忘れ形見だ。だから、実の娘のように面倒を見てくれ」

「おっしゃるとおりにいたします」

女性はそっと頭を下げて答えると、ヨンダルを鋭い目つきでにらんだ。向かい側に座った男の子は、依然として好奇心いっぱいの目で彼女を見つめている。ひとつせき払いをすると、李明煥は彼女に言った。

「おまえの名は知寧だ。姜知寧。おまえが楽に暮らせるよう私が責任を持つから、おまえも私のことを実の父のように信じて頼ればいい」

「知寧……」

彼女は小さな声で、慣れない自分の名をつぶやいた。続けて李明煥は夫人と息子に、知寧と二人で話があるから席をはずすようにと告げた。夫人は息子の手を取って、小さくなって座っている知寧をにらみつけてから部屋を出ていった。しばし黙っていた李明煥が、彼女に言った。

「おまえはいまや堂々たる両班家の娘として振る舞うべきだ。だから、わずかでも欠点があってはならない。どうして楊州から逃げたかは聞いた。そのことは何としてでももみ消すが、今年の春からこれまで漢陽でどう過ごしていたかは知らん。それと、なぜ楊花津のならず者たちに捕まったのだ？」

李明煥の問いに、知寧はヨンダルとして暮らしていた時期のことをひとつひとつ語りはじめた。

チンピラたちの追跡をかろうじてかわした光炫は、闇に包まれはじめた山のなかで道に迷った。そのうち光炫は疲れきって木の根元にぺたりと座り込み、いつの間にかこくりこくりと居眠りを始めた。夢のなかで、光炫は父に会った。押し寄せる波にのみ込まれたとき、抱きしめてくれた父の胸の暖かさを思いだした光炫は、何かに押されるように眠りから覚めた。そして足元に伸びたかすかな影を見て、つぶやいた。

「父ちゃん？」

影の正体はチンピラの一人だった。体の大きなチンピラが研ぎ澄まされた短刀に手を掛け、首をかしげながら近づいてきた。

「おまえ、何のために洞窟をのぞいてたんだ？」

「友達が捕まっているからだ！」

光炫は強がって叫んでから、しまったと思って手で口をふさいだ。だが、大柄のチンピラはわかったという顔つきで言った。

「やっぱり、おまえか。あの夜、ヨンダルといっしょにおれたちのことを見たのは。そうでなくても、探していたんだ。ちょうどよかった！」

手につばを吐いて短刀を握りしめたチンピラが、光炫に迫った。そのとき、何かを見てぎくりと驚いた。後ろを振り向いた光炫が、思わず叫んだ。

「父ちゃん！」

林から出てきたソックは、短刀を手にしたチンピラに言った。

「久しぶりだな、コンボ」

「おまえは？」

「くどくど言わん。こいつはおれの息子だから、そのまま連れていく。そうすれば、互いに血を見ることもないだろう」

ソックは落ち着いた目で光炫を見下ろすと、起き上がらせた。光炫が立ち上がろうとした瞬間、コンボと呼ばれたチンピラが荒い息をしながら飛びかかってきた。ソックはとっさに光炫を脇に押しのけると、横っ飛びにコンボの攻撃を避けた。コンボが振り向いて言った。

「こう見えても楊花津では頭なんだ。おとなしく引き下がるわけにはいかねえんだよ」

体勢を低くしたコンボが、ソックの周囲をぐるぐる回りながら、すきをうかがった。ソックは山のようにどっしり構えて立ち、コンボの攻撃を待った。コンボがいきなり土をひとつかみ握ると、ソックの目に向かって投げつけて飛びかかった。土に気を取られたソックは、コンボの短刀で脇腹を切られた。ソックの白いチョゴリが血で染まる。それを見た光炫が悲鳴を上げたが、ソックは顔色ひとつ変えなかった。余裕を取り戻したコンボが短刀を逆手に持って振り回した。身を左右にひねって刃先をかわしたソックだったが、さらに肘と肩を刺されてしまった。ソックがよろよろと後ずさるのを見て、コンボが皮肉った。

「ずいぶん老いぼれたようですね、兄貴」

「おまえも腕が上がってないな」

ソックがあざけりで返すと、コンボが悪態をつきながら襲いかかった。立ったまま短刀を受けたソックは、両手でコンボをさっと持ち上げ、地面にたたきつけた。

「かっかとすると見境がなくなるのも昔のままだ」

下腹に刺さった短刀を抜いて放り投げながら、ソックがつぶやいた。丸腰になったコンボがふたたび飛びかかったが、ソックが腰をつかんで持ち上げ、投げを打った。頭から落ちたコンボの首から、何かが折れるような音が聞こえた。

「父ちゃん、血がいっぱい出てるよ」

光炫は恐怖におびえた表情で、いまにも泣きだしそうに言った。

「大丈夫だ。さあ、行こう。やつらがまた追ってきたら大変だ」

光炫はふもとの村に降りていこうとしたが、ほかの仲間に見つかる恐れがあるからとソックが引きとどめた。二人は山のなかをさまよっているうちに小さな洞窟を見つけて、そのなかに身を隠した。光炫は洞窟のなかに横たわったソックの傷をふさごうと必死になったが、どうにもならなかった。しだいにソックの意識が遠ざかっていく。光炫は洞窟の外に出て、薬草になりそうなものを探してみた。しかし医書など見たこともない光炫の目には、どの草もみな同じに見えてしまった。結局、あきらめて戻ってきた光炫は、ほとんど意識のないソックを抱きかかえ、夜を越すしかなかった。熱の高いソックは、「姜道準」という聞いたことのない名前と、「娘に会いたい」といううわごとを繰り返した。挫折感と申し訳なさに夜を明かした光炫は、日が昇るやいなや医員を捜しに村に降りていった。

尾根に沿ってしばらく降りていくと、客主のある村が見えた。村に降りた光炫は村人に聞いて、やっと医員のいる場所を探し当てた。道に面した部屋で四方冠《サバングアン》〔方形の冠〕をかぶり、チョゴリの上に長い褙子《ペジャ》〔袖なしの防寒衣〕を羽織って、押切で薬材を刻んでいる老いた医員の姿を見つけると、光炫はわっと泣きだした。薄汚い子どもがいきなり涙を見せたので、老医員は仕事の手を休めた。光炫は悲痛な表情で医員にしがみついた。

「父ちゃんを助けてください。けががひどいんです」

「どこでそんなけがをしたのじゃ？」

「チンピラの刀で刺されて、動けないんです。どうか助けてください」

老医員は押切を脇に片づけて言った。

「わかった。用意してくるから、ここでちょっと待っておれ」

そうしてすだれの掛かった母屋に入っていった。やれやれ、助かったと安心した光炫だったが、おやと思った。母屋のほうから、医員が誰かと話を交わす声が聞こえてくる。抜き足差し足で近づいてそっと扉を開けると、老医員が男の奴婢にこう話しているのが聞こえた。

「すぐに呉捕校《オポギョ》〔犯罪の取り調べに当たる下級役人〕のところに行け。捜していた子どもがここにいると伝えるのじゃ」

光炫は思わず耳をそばだてた。老医員がまた奴婢を呼んだ。

「ああ、それよりも宋《ソン》客主に行けば、ならず者たちがいるはずじゃ。そいつらが金をくれると言っていたから、まずはそこに知らせてから呉捕校に知らせよ。わしが時間を稼いでおくから急げ」

光炫は息を殺し、後ずさりで扉から外に抜けだした。逃げようとしたとき、開けっ放しになっている薬材の倉が目に入った。光炫は倉のなかにある薬材を適当に手にとって、医員の家を飛びだした。どういう理由かわからないが、軍卒やチンピラまでがぐるになって追っているのは明らかだ。無我夢中で路地を走っていると、槍を手にした軍卒たちの姿が見えた。すばやく垣根の陰に身を隠した光炫は、軍卒の姿が見えなくなるまで待ってから一目散に駆けだした。

「父ちゃん、もう少し待ってて。おいらがこの薬できっと治してあげるからね」


話を終えた知寧に、李明煥が確かめた。

「本当に楊花津で人が殺されるのを見たのか？」

「はい、この目ではっきりと」

知寧の答えを聞き、李明煥がうなずいた。

「わかった。明日にでも人を送って調べてみよう。いっしょに見た者はいるか？」

「白光炫という、田舎からきた子もいっしょでした」

「その子はいま、どこにいる？」

「お父さんといっしょに小広通橋の近くの旅籠屋に泊まっていますが、田舎に帰ると言ってました。おじさまは力がおありですか？」

知寧の問いに、李明煥は鍼筒から鍼を取りだし、文机の上にばらまいた。

「これが私の力だ」

そして、そこからもっとも長い鍼を手に持ち、知寧に示した。

「この鍼の前では、白丁《ペクチョン》であれ王であれ、みな一人の患者にすぎない。誰を治療するかによって、力が生まれる。私はこの国でもっとも高い地位にあらせられる国王陛下の病を治療した人間だ。私が持つ力がわかったか？」

知寧はこくりとうなずいた。

「でしたら、橋の下に住んでいる子どもたちを助けてください。それから、楊花津のチンピラに奪われた、私の友達のサンゴのノリゲを取り戻せますか？」

「ちょうど、あたりを捜索していた捕校がこれを見つけた。おまえのものだな？」

李明煥が布の包みを知寧に見せた。包みをほどき、サンゴのノリゲを確かめた知寧が、首を振った。

「これは私のものではなく、光炫のものです。返さなくては……」

「まずはおまえが持っておけ。旅籠屋に使いを送ろう」

「ありがとうございます。ご恩をどうお返ししたらいいか、わかりません」

ノリゲを受け取った知寧が礼を言って下がると、李明煥は裏の扉を開いた。そして、外に立っていた下男に、ヨファンを呼ぶよう言いつけた。

夜が明けるとヨファンがやってきた。知寧が母屋にいるのを確かめた李明煥は、ヨファンを客間に呼んで指示を下した。

「現場を目撃した子どもを割りだした。名は白光炫。小広通橋の旅籠屋に父親といっしょにいるから、消してこい。それと小広通橋の下に住む物乞いの子どもたちも捕らえて、遠くに売り払え。

知寧がヨンダルだった痕跡をすべて消すのだ」

「ちょうどその問題に関して申し上げることが……。昨日、頭が死にました」

ヨファンが落ち着いた口調で話した。

「何があった？」

「その光炫とかいうやつが洞窟に姿を現わしたので、頭が捕まえようとしたところ、そのような結果に……」

「十歳になるかどうかのチビにやられたというのか？」

するとヨファンは、光炫の父親が現われた話を付け加えた。

「とにかく捕まえるのだ。もしこのことが知られたら、われわれは破滅だ」

「ご心配なく。白光炫の父親も深傷《ふかで》を負っており、港と漢陽に上る通りはふさいでありますから、遠くに行くことはないでしょう」

そう大口をたたくヨファンに不安をぬぐいきれない李明煥は、楊花津の鎮長《チンジャン》〔軍営の長〕に宛てた書状をしたためてヨファンに託した。合わせて、今後は楊花津のチンピラは家の近くに姿を見せないよう命じた。ヨファンはうなずくと引き下がった。

吐く息がしだいに熱くなると、ソックは自分に残された時間があまりないことを直感した。これまでの人生を思い起こすと、寂しさに襲われた。妻のこと。恩人の子を助けるために官奴となった、顔も知らない娘。そして光炫のことを思うと、涙と悔恨が込み上げた。涙と鼻水で顔をぐしゃぐしゃにしたソックは、一度も見たことのない娘に小さな声でわびの言葉を言った。下腹の深い傷から、ふたたび血が流れだした。ソックは体をよじると、下腹をぬらした血を指につけた。そしてすぐ横の岩に指を伸ばした。意識が遠のき、指が震える。ソックは気を確かに保とうとして、ぎゅっと舌をかんだ。そして呉壮博に字を習った息子から教わりながら一人で練習してきた文字を書いた。最初の文字をやっと書き終えると、耳の後ろを針で突き刺したような痛みが襲った。

「光炫よ！　いや、若旦那。必ずここに戻って来てくださいよ。きっとですよ」

ソックは歯を食いしばり、二つ目の文字を書いた。

「妻よ。長いこと待たせたな。おれもいまから行くぞ」

苦痛が波のように押し寄せ、感覚がしだいに薄れていく。途切れそうになる意識を何とかつなぎ止めて、ソックは最後の文字を書いた。

「娘よ！　一度だけ、一度だけでも抱きしめたかった。この愚かな父を許してくれ。どうか……」

白い霧のようなものが押し寄せると、最後に残されたソックの意識を運び去った。ぶるぶると震えていた血まみれの手が、ゆっくりと動きを止めた。

「父ちゃん！　戻ったよ」

両手に薬材を抱えた光炫が、洞窟に足を踏み入れながら叫んだ。だが、横たわったソックからは、何の返事もなかった。光炫は急に怖くなり、薬材を放りだして父のそばに駆け寄った。ぬくもりのかわりに、氷のような冷気だけが伝わってくる。光炫は体温を失った父の体を揺さぶりながら泣き叫んだ。

「父ちゃん、目を開けてよ。薬を持ってきたよ。おいらがこの薬で治してあげる。だから起きて。もうわがまま言ったり、逃げたりしないよ。おいらが悪かったよ」

文字を習えという父に口答えしたこと、仕事から帰った父と裏庭でいっしょに水浴びしたこと……。さまざまな記憶が、涙のあいだをよぎっていった。勉強をしない息子にむちを振るうときでも、父は光炫の涙を見るとたちまち気弱になり、むちを置いて暖かく抱きしめてくれた。だが、いまはいくら泣いても抱いてもくれず、目を開けてもくれなかった。光炫は初めて、自分の世界に大きな穴が空いたことに気がついた。呆然と座り込んだ彼の目に、岩に血で書かれた文字が映った。父の指が血で染まっているところから見て、父が書き残したもののようだ。光炫は涙を拭うと、のそのそと岩の近くにはい寄って字を読んだ。幸い、難しい漢字ではなかったので、すぐに読むことができた。

「姜道準？」

首をかしげた光炫の耳に、木の枝が折れる音が聞こえた。ハッとした光炫は、外に出てようすをうかがった。やぶのあいだから、槍を持った軍卒とチンピラたちの姿が見えた。そのとき、赤い房の付いた兵帽をかぶり兵服を羽織った太った捕卒と目が合ってしまった。光炫が身をひるがえしてあわてて逃げだすと、背中から「捕まえろ！」という叫び声が追いかけてきた。光炫はやぶのあいだを夢中で駆けていく。捕卒を率いる呉捕校が、息を切らしながら泣き言を言った。

「あのガキ、何て逃げ足が早いんだ」

「もう少しです。あちらは川岸の崖っぷちですから、もう袋のネズミですよ」

肩で息をする呉捕校に、ヨファンが余裕の表情で言った。

やぶを抜けると、海のように広い川が目の前に現われ、故郷の島にあるような絶壁が光炫を阻んだ。光炫はあわてて方向を変えようとしたが、チンピラたちに道をふさがれてしまった。そのなかでも、すばしこそうに見えるチンピラが前に進み出た。

「ネズミみたいにチョロチョロ逃げやがって。だが、もうおしまいだ」

光炫はじりじりと後ずさり、ついに絶壁の端まで追い詰められた。かかとで蹴飛ばした石ころが、はるか下の青い川面を目がけて落ちていった。ぞっと鳥肌が立った光炫がまた前に進み出ると、チンピラが腰から鋭い短刀を抜いた。

「おまえには恨みはないが、これがおれの仕事だからな」

にっちもさっちもいかなくなった光炫は、父といっしょに古今島《ゴグムド》の絶壁から飛び降りたときのことを思いだした。

「何だ、これくらい。飛び降りてやる」

にやりと笑った光炫は、わらじを脱ぎ、そこへ拾った石を入れてから、じりじりと迫ってくるチンピラに向かって思いきり投げつけた。油断していたチンピラの鼻にわらじが当たり、それを見たほかの軍卒やチンピラたちがケラケラと笑った。顔を真っ赤にしたチンピラが、短刀を握りしめて光炫ににじり寄る。絶壁の縁に立った光炫の耳に、どこからか父の声が聞こえてきた。

「思いきり息を吸え」

「はい、父ちゃん」

「父ちゃんを信じるんだ」

「もちろんさ。おいら、父ちゃんの息子だよ」

そして、絶壁の下に向かってひらりと身を投げた。数歩前まで迫ったチンピラが手を伸ばして光炫を捕まえようとしたが、間一髪でその手を逃れた。光炫は涙の粒が落ちるように、川面へと落ちていった。


申《さる》の刻のころ［午後四時前後］、典医監を退出した李明煥が雲従街の薬材商に現われた。すると待っていたヨファンがさっと立ち上がり、これまでの経過を報告した。

「手下を連れて一日中、川岸を捜し歩きましたが、白光炫の死体は見つかりませんでした。また、洞窟のなかでそいつの父親の死体を発見しました」

「子どもの死体は見つからなかったのか」

「ご心配なく。子どもが飛び降りた場所は百丈〔一丈は約三メートル〕を超える絶壁なので、生きて戻ることはできないでしょう」

「そうか」

死体が見つからなかったことが気にかかったが、李明煥はこれ以上捜すのは無理だと考えて自分を納得させた。

――そうだ、大丈夫だ。もう問題はない。知寧と暮らしていた小広通橋の子どもらも昨日、漢城府に捕らえられて地方の官奴として送ったというから、これですべて片づいたわけだ。

家に帰ると、意外な人物が李明煥を待っていた。彼が客間に入ると、長衣を肩からかけた張仁珠が立ち上がった。十二年ぶりの再会だった。

「久しぶりだな」

張仁珠はこわばった声で答えた。

「姜道準を伸冤させ、彼の家門を復権させるのに力を尽くされたと聞きました」

「姜道準はおれたちの竹馬の友じゃないか。無実の罪で非業の死を遂げた友人を助けるのは当然だ」

「聞くところによれば、姜道準の娘を捜しだして面倒を見ているとか」

「楊州の役場で官奴をしていて漢陽に逃げたというので、もう見つからないと思っていた。幸いなことだ」

「その子に両班の子にふさわしく、文字や礼儀作法を教えているとも聞きました」

「家門が滅びたとはいえ、姜道準の家はれっきとした士大夫の家柄だ。当然、それに合わせて育てるべきだろう」

昔と違って堅苦しい敬語を使う張仁珠に、李明煥は一抹の寂しさを感じた。一時は思いを寄せたこともある彼女が、いきなり現われて他人行儀な態度を取ることが信じられなかった。

「漢陽に戻ってきたのか。どこに泊まっている？」

「なぜそんなことを？　泊まる場所がなければ、家でも用意してくださるのですか？」

「ああ、家などどうにでもなる」

その言葉が終わるより先に、目の前で何かが光った。彼女が抜いて振り下ろした銀粧刀《ウンジャンド》〔女性用の懐刀〕が文机に突き刺さっていた。あっけにとられた李明煥が目を見張ると、彼女が震える声で言った。

「何の魂胆があるのか、はっきり言ったらどう？」

「言っただろう。無念の死を遂げた友のためだ」

「だったら、いまからでも自分の罪を告白して罰を受けるべきよ！」

「何の罪だ！」

張仁珠が声を高めると、李明煥も負けずに叫んだ。

「おれはすでに罰を受けている。毎日たっぷりとな。だから、おれの罪を掘り返すために来たのなら、それは必要ない」

張仁珠がどんどん遠ざかるような気がして、李明煥は思わず彼女に手を伸ばした。すると張仁珠が冷たく言い捨てた。

「相変わらずね。もしやと思って来てみたけれど、やっぱりあなたの言うとおり、そんな必要はなかったわ」

張仁珠は長衣をすっぽりかぶると、扉を開けて客間を出た。そのとき、ちょうど本を脇に抱えた知寧の姿が見えた。知寧が丁寧にお辞儀をすると、張仁珠はあとから出てきた李明煥をにらみつけた。

「この子ね」

「ああ」

張仁珠が、やっと合点がいったというように言った。

「つまり、この子を息子と結婚させて、息子を両班にするつもり?」

李明煥は肯定も否定もしなかった。すると、張仁珠がふっと微笑を浮かべて言った。

「だったら、無理な相談ね」

その言葉を残して、張仁珠はその場を立ち去った。

一人残された李明煥に、知寧が近づいた。

「大丈夫ですか？　私をお呼びになったと聞きましたが」

「ああ、そうだった。入れ」

部屋に入った知寧に、李明煥が声の調子を整えて話しはじめた。

「以前に言っていた小広通橋の子どもたちだがな。漢陽の城外にある寺の和尚が預かってくれるとおっしゃるので、そちらに送った。布施をはずんだので、しっかり面倒を見てくれるだろう。そう心配するな。そして楊花津の鎮将から、殺人のようなものは起きていないという書状が届いた。おそらく借金を返せない両班が高利貸しにとっちめられたのを、見誤ったのだろうということだ」

「あ、はい」

「それから、白光炫という子どもは父親に連れられて故郷に帰ったようだ。だから、おまえも昔のことはもう忘れるんだ」

知寧が部屋を出ると、李明煥は思いにふけった。

——これで終わった。姜道準の家は復権され、知寧は手に入れた。邪魔者の李馨益は消したし、それを目撃した白光炫の親子は死んだ。すべてが完璧だ。しかし、張仁珠は「無理な相談」だと言った。いったい何が問題なのか……。

考え込んだ李明煥の部屋の明かりは、夜が深まっても消えなかった。

「適当にやってくれ」

牧者から馬に水を飲ませていいかと聞かれて、チュ・ギベは生返事をした。四十代にもなると、司僕寺《サボクシ》〔宮中の車や馬に関する業務を司る官庁〕の役人と夜中まで飲んだ翌朝はどうにもつらい。チュ・ギベは笠を脱いで、平らな岩の上に寝転んだ。どのみち箭串牧場《サルコジ》〔朝鮮王朝初期にソウルの東郊に設立された国立牧場〕までは小半日もあれば行けるから、日暮れ時に合わせて向こうに着くには、ゆっくり出かけたほうがいい。うとうとしていたチュ・ギベは、牧者たちが騒ぐ声で目が覚めた。笠をかぶり直し、牧者たちが集まっている川岸に向かった。

「どうした?」

すると牧者頭《がしら》のファン氏が、水辺に浮かんでいる岩のようなものを指さした。

「馬に水をやろうとしたら、人が流れてきたんでさあ」

重いまぶたをこじ開けると、本当に人が浮いている。流れてきた人をファン氏が棒きれで遠くに押しやろうとするのを、チュ・ギベは舌打ちして止めた。

「ちょっと待て」

しばしためらっていたチュ・ギベだったが、パジの裾をまくって川に入り、流れてきた人の襟首をつかんで引っ張り上げた。そして岸に横たえ、胸に耳を当てた。

「息があるぞ」

十歳を超えたくらいの男の子だった。顔色と唇が真っ青だったが、頬に少し赤みが差しているのを見ると、死んではいないようだ。

牧者たちが、横から声をかけた。

「鍼でも一発打ってやれば、目を開けるんじゃないですか？」

「放っておいて早く出発しましょう。水はほかの場所で飲ませればいいし」

気の弱いチュ・ギベは、牧者たちにからかわれても黙っていた。そもそも司僕寺から追いだされた身の上なので、牧者からバカにされても仕方がなかった。

「こいつはどうしますか？」

ファン氏が意識のない少年を見下ろして尋ねると、チュ・ギベは水にぬれたわらじをパンパンとはたきながら答えた。

「手足ががっしりしているから、牧場に連れて帰って働かせよう」

「連れて帰って、そこで死んだら責任取れるんですか？」

チュ・ギベが無視しているとファン氏はフンと鼻を鳴らして、ほかの牧者たちといっしょにぐったりしている子どもを牛車に乗せた。それを確かめると、チュ・ギベはゆっくりと歩きだした。

楊州の峨嵯山《アチャサン》のふもとにある箭串牧場は、王室が直接運営する馬の牧場で、従六品の官吏である監牧官《カンモックァン》が治めていた。山のふもとの牧場は馬泥棒を防ぐために境界に石垣をめぐらせ、さらに柳を密に植えた二重の並木で囲われていた。監牧官は丸く脂ぎった顔の三十代半ばの男で、自分はこんな場所で腐るような人間ではないと嘆いていた。だがチュ・ギベの目からは、司僕寺を追われた自分も、蔭補《ウンボ》〔高官の子弟が科挙を受けずに官職に就くこと〕でいまの地位を手に入れた監牧官も、変わらないように見えた。

司僕寺に馬を引き渡して文書を受け取った監牧官は、牧者たちが牛車の上でぐったりしている子どもを引きずり下ろすのを見て舌打ちした。

「おい、なぜ死体なんか持ってきたんだ?」

「生きていますよ。まだ子どもなのに、みすみす見殺しにするわけにもいかないじゃないですか」

チュ・ギベの答えが気に入らなかったのか、監牧官が薄目でにらみつけた。チュ・ギベがしらばくれて黙っていると、監牧官は文書を手に華陽亭《ファヤンジョン》〔県監や両班ら楊州の有力者が宴を開くあずまや〕に向かった。チュ・ギベはぶつぶつ言いながらファン氏のほうを振り向いて言った。

「子どもの面倒をよろしく頼む」

チュ・ギベが姿を消すと、ファン氏がペッとつばを吐いた。

「馬医の分際で、礼儀も知らんのか」

そばにいた牧者がぐったりとのびている子どもを見て、あごをしゃくり上げた。

「こいつはどうしますか?」

意識の戻らない子どもを見下ろしながら、ファン氏が言った。

「もう暗くなったから、まずは馬小屋に連れていけ。明日まで目が覚めなければ、捨てに行こう」

ファン氏が舌打ちして場をはずすと、若い牧者二人が子どもの手を一本ずつ持ってズルズルと引きずり、丸太で組み上げた馬小屋の隅に放り投げた。小屋の端のほうにいた灰色の馬がびっくりしたような目をして、そのようすを見つめていた。扉を閉めてかんぬきを掛けた牧者が、急に思いだしたようにもう一人の牧者に言った。

「おい、あのなかにいた馬、このあいだ子馬が死んだ雌馬じゃないか？」

「そうだ。それがどうした？」

「気が立って蹴飛ばしたりしないだろうな」

「どうせ死んだも同然さ」

気のない返事をした牧者がすたすたと歩いていくと、かんぬきを掛けた牧者も手を払って立ち去った。


馬は隅に横たわっている少年に近づいた。数日前に産んだ子馬が冷たくなったまま、人間に引っ張りだされていなくなって以来、初めて現われた生き物だった。子馬がまた戻ってきたかと思ったら、連れられて来たのは子馬ではなかった。腹を立てたのか、雌馬は前脚を上げて少年を踏みつけようとした。その瞬間、雌馬はその生き物の目に浮かぶ涙に目を留めた。子馬も死の直前に涙を浮かべていた。雌馬は、持ち上げた前脚を下ろすと、生き物に近づいて涙をなめた。するとその生き物は両手を伸ばし、涙をなめる雌馬の頭を引き寄せた。雌馬はそっと近づき、子馬にそうしたように少年に寄り添った。少年も子馬のように雌馬にぴったりとくっついた。夜が深まり、草むらの虫たちも声をひそめた。

「早くしろ！」

頭《かしら》のファン氏がむちを手に声を上げると、牧者たちがあわただしく走り回った。箭串牧場の朝は、馬小屋の扉を開けてなかから馬を引っ張りだし、体調を確かめてから牧場に放すことから始まる。そして馬が出ていった馬小屋を掃除し、草を取り換えるまでが午前中の仕事だった。

牧者たちが忙しく動き回る光景を見守っていたファン氏の目に、あくびをしながらとぼとぼと歩いてくるチュ・ギベの姿が映った。早く来いとファン氏が小言を言おうとした瞬間、人々の驚きの声が聞こえた。馬小屋のかんぬきを開けた二人の牧者が、呆然と立っているのが見えた。子馬を失って気が立っている灰色の雌馬を隔離してある小屋だ。あわてて走ってきたファン氏が、牧者たちを叱りつけた。

「馬が暴れたら、とにかく手綱を引けと言っただろう。ぼやぼやするな」

「そうではなくて、あの……」

牧者の一人が馬小屋のなかを指さした。だが、真っ暗でなかが見えない。ファン氏は、あたふたと駆けつけたチュ・ギベとともに小屋のなかに入った。そうっとに足を踏み入れた二人の目に、雌馬の胸に抱かれて眠っている子どもの姿が映った。

「何だ、あれは？」

ファン氏があきれたように声を上げると、雌馬が首をもたげた。続けて馬の懐に抱かれて寝ていた子どもが目を開けた。まるで深い眠りから覚めたような、元気な子どもの姿を見たチュ・ギベが、信じられないという表情で声をかけた。

「大丈夫か？」

「ここはどこですか？」

子どもの問いにチュ・ギベが答えた。

「箭串の牧場だ」

「牧場？」

子どもはまだぼんやりした顔で、目をぱちくりさせた。そのようすを見ていたファン氏が、馬小屋の入口で見物していた牧者からほうきを取り上げ、子どもに放り投げた。

「そうだ。ここがこれからおまえが住む家だ」

「家に帰ります。父ちゃんが待っているんです」

ふらふらと立ち上がった子どもは、訳のわからないことを言うとまた座り込んだ。ファン氏の表情がこわばるのを横目で見ながら、チュ・ギベがあわてて口を出した。

「長いこと気を失っていたからだろう。おれがちゃんとなだめるから、もう少しようすを見よう」

ファン氏の気持ちが変わらないうちにと、チュ・ギベは急いで子どもの手を取って馬小屋から出ていった。太陽の光のまぶしさに、子どもは思わずまぶたを閉じた。

「名は何と言う?」

チュ・ギベの質問に子どもが答えた。

「光炫です。白光炫」

「どうして川に落ちたんだ?　家族は?」

その問いに、光炫は黙ってうつむいた。

「まあ、訳ありでない人間などいないからな。さあ、行って飯でも食おう」

チュ・ギベは手を伸ばして光炫の頭を軽くなでた。だが、光炫はその手を振り払った。

「すいませんが、おいらにはやらなくっちゃいけないことがあるんです。命を助けていただいて、ありがとうございます」

チュ・ギベに礼を言い、光炫が背を向けて立ち去ろうとすると、待ち構えていたファン氏が立ちはだかった。

「何て無鉄砲なやつだ。どこに行くつもりだ?」

「邪魔しないでください。やることがあるんです」

ファン氏は横を通り抜けようとした光炫の襟首を捕まえ、持ち上げて地面に投げ飛ばした。目を回している光炫の耳に、ファン氏の声が突き刺さった。

「言ってもわからんようだな。こいつの目が覚めるまで、馬小屋に閉じ込めておけ」

牧者たちが集まってきて反抗する光炫を捕まえ、馬小屋に放り込んだ。立ち上がった光炫は、固く閉ざされた馬小屋の扉をたたきながら叫んだ。

「出してください。扉を開けてください」

だが扉の外から聞こえるのは、あざけりの笑い声だけだった。

「あんまり騒いでると馬に蹴飛ばされるぞ」

牧者たちがいなくなると、馬小屋のなかから奇妙な音が聞こえてきた。光炫は急に怖くなって何とか外に出ようと扉を押してみたが、外側からかんぬきが掛けられているのか、びくともしない。恐怖にとらわれた光炫は、必死で扉をたたきながら叫んだ。

「開けてください。なかに何かいるみたいなんです」

夢中で扉をたたいていると、首筋にべたべたした感触を覚えた。びっくりして振り返ると、そこに一対の目があった。青く光る目を見て、光炫は幽霊でも見たように肝をつぶした。ところが、その目の光からは憎悪や凶暴さではなく、温かみが感じられた。

「ああ、そうだ。今朝見た馬だ」

光炫が安心すると、灰色の雌馬も長い舌で光炫の顔をなめた。光炫も手を伸ばして馬の顔をなでた。

「温かい」

光炫のつぶやきを理解したかのように、灰色の雌馬は長い首を上下に揺すりながら鼻を鳴らした。光炫は雌馬の目をじっと見つめて言った。

「おまえも、おいらのように家族をなくしたのか?」

雌馬は答えるかわりに馬小屋の奥へと顔を向けた。光炫は馬が示したほうにそろそろと歩いていった。そこには何もなかったが、わらが敷いてあることから見て、何かが寝ていた場所であるのに違いなかった。

光炫は片膝をつき、わらの山に手を伸ばしてから雌馬のほうを振り返った。雌馬は彼に横になれというように、首を縦に振った。光炫がわらの上に横たわると、雌馬も待っていたかのようにその隣りに横たわった。光炫は馬の丸い横腹に頭をもたせかけると、目をぎゅっとつむった。すると、冷たい洞窟のなかで血を流しながら死んでいった父と、チンピラに連れていかれたヨンダルの姿が、順々に目の前に浮かんだ。閉じた目から流れた涙を、横に寝ていた雌馬が舌でなめ取った。

下都監《ハドガム》〔首都の警備にあたる訓練都監《フルリョンドガム》の分営のひとつで、ソウルの東大門付近にあった〕近くの訓練院《フルリョンウォン》〔軍士の採用や訓練を担当した官庁〕の並びにあるクッパの店は、いつも繁盛していた。味がよいと評判の白菜と干葉《ひば》をたっぷり入れ、牛の胸肉をじっくり煮込んで味噌を溶いた汁に、飯を混ぜ入れて食べると最高だからだ。付け合わせには、往十里《ワンシムニ》〔ソウル東郊の街〕で取れた大根を漬けた酸味のあるカクテギと、おいしいセリのおひたしも出される。国王もお忍びで訪れたというほどうわさが高い店なので、客足が途絶えることがなかった。

だが、張仁珠がこの店に来るときには、いつも静かな裏部屋を使うことができた。楊州から逃げたソックの娘を探しにやってきた際に、たまたまクッパ屋の女主人であるチュ・イノクの夫、パク・チャンネが腹痛をおこし、それを治してやったからだ。パク・チャンネはいまは家の売買仲介の仕事をしているが、一時は行商人として働いていた。その縁故を通じて、古今島《コグムド》に住むソックに連絡を取る道も開けた。張仁珠はパク・チャンネに頼んで、姜道準の家門が伸冤されたので光炫を連れてすぐに漢陽に上るようにと、ソックに伝えてもらうことにした。その間に李明煥がソックの娘を連れていくというあきれた事件が起こったが、ソックが上京して真相を明かせばとくに問題はないと思っていた。ところが、行商人を通じてソックと光炫が二人とも姿を消したという知らせを受け取った。その話を耳にした瞬間、張仁珠は思わず大声を上げてしまった。

「何ですって?」

パク・チャンネはまるで自分が悪いことをしたかのように首をすくめた。

「それが……一カ月ほど前にその家の息子が漢陽に行くと言って家を飛びだし、父親があとを追ったんだそうです」

「どうして漢陽に?」

「村人の話では、島流しにされていた呉壮博《オ・ジャンバク》という別監《ピョルガム》に息子がたぶらかされ、家にある金目のものを全部持って逃げたので、父親が捕まえようと追っかけたとか」

「じゃあ、漢陽にいるということですか?」

「そうでしょう」

「捜す方法はないかしら」

張仁珠が聞くと、パク・チャンネは手を横に振った。

「漢陽とその周辺まで含めれば、二十万人を超えます。偶然ぶつかりでもしないかぎり、捜せませんよ。本当に漢陽に来たかどうかもわからないし」

「どうしても捜さないといけないんです」

二人の会話は、チュ・イノクが食事の膳を持って入ってくるまで続いた。

「何の話か知らないけど、ご飯を召し上がりながらにしたら？　それと先生、うちの大望《テマン》は見込みがありますか？」

「薬材の勉強は少し遅れていますが、手先が器用なので鍼はかなり上手です」

「だったら鍼医になれますか？」

「ええ、いまは医科の採用でも鍼術が試験科目に入りましたら、期待できるでしょう」

張仁珠の頼もしい話を聞いたチュ・イノクは、礼を言って部屋を出ていった。張仁珠はパク・チャンネに頼んだ。

「大事な話です。二人を必ず捜しだせるよう、お助けください」

「まずはソックという人の息子をたぶらかして逃げたという、呉壮博の行方を追ってみます。そうすれば二人がどこにいるのかわかるでしょう。ですから、あまりご心配なさらず、ゆっくり食事を召し上がってください」

「よろしくお願いします」

何度も頭を下げた張仁珠は、さじを手にクッパをすすった。その家の一人息子の朴《パク》大望は、離れで勉強中だった。張仁珠が医女だという事実を知ったチュ・イノクは、息子の勉強を見てくれと頼み込んだのだ。勉強に精を出す朴大望を見ると、姜道準や李明煥と過ごしたころのことが思いだされた。

「こいつを打ちのめせ！」

監牧官の怒号とともに、こん棒を手にしていた牧者たちがむしろ巻きにされた光炫をたたいた。むしろから頭だけ出していた光炫は、こん棒でたたかれながらも声を上げた。

「奴婢でもないのに、なぜ捕まえておくのですか？　おいらは平民の子です」

「まだほざくか、こいつめ！　何度言えばわかるんだ。国法では親を亡くして捨てられた子を連れ帰って面倒を見れば、奴婢として使えることになってるんだ。なのに三カ月に十回以上も逃げようとしやがって。恩を仇で返すとはこのことだ」

監牧官が怒って足を踏み鳴らしたが、光炫も負けてはいなかった。

「やらなきゃいけないことがあるんです。どうかおいらを放してください」

「まだわからんようだな。ただでさえ物騒なことが起こっているのに逃げだすなんて。もう許してはおけん。ひっぱたいてやれ！」

監牧官の怒鳴り声に、ふたたび牧者たちがこん棒を振り下ろした。遠くで見守っていたチュ・ギベが駆け寄って、監牧官の腕を取った。

「監牧官どの、殺す気ですか」

「こんな恩知らず、生かしておく必要はない。そもそも、こんな頭痛の種を連れてきたのは誰だ？　おまえだぞ」

「こんなことをしていたら、本当に死んでしまいます。私がちゃんと言い聞かせますから」

チュ・ギベが頼み込むと、監牧官は戦笠をかぶった頭を抱えた。

「こいつを馬小屋に閉じ込めろ。おれが命令するまで、水一杯飲ませるな」

監牧官の命令で牧者たちがむしろ巻きの光炫を持ち上げた。チュ・ギベは牧者たちに付き従い、むしろから飛びだしてぶらぶらしている光炫の頭を支えてやった。

「こいつめ！　こんな調子で突っぱっていたら、本当に殺されてしまうぞ」

「おいらには、やらなくちゃいけないことがあるんです。父ちゃんの敵《かたき》を討ち、ヨンダルも探さなくっちゃ」

「そんなふうに我を張ったら、その前に命がないぞ」

チュ・ギベが光炫をいさめて言った。牧者たちは馬小屋の前でむしろをほどき、光炫を馬小屋に放り込んで扉にかんぬきを掛けた。誰もいなくなるのを待って、チュ・ギベがなかに向かってささやいた。

「あとで例の穴からにぎり飯と水を差し入れてやるからな。痛いだろうが、ちょっと我慢していろ」

馬小屋のなかでぐったりとのびていた光炫が、そっと近づいて傷をなめてくれる灰色の雌馬の頭をなでた。

「また捕まっちゃったよ。今度こそ成功すると思ったのに。馬で追いかけられても逃げられるほど足が速ければなあ」

灰色の雌馬が頬をなめると、光炫はくすぐったそうに顔をしかめた。そして左肘に目をやった。赤く腫れた傷の中央が黄色く膿んでいる。

「くぎでけがをしたところが膿んでいるな」

傷に触れた光炫は、痛みで思わずうめき声を上げた。すると雌馬が膿んでいる左肘を舌でなめてくれた。光炫が馬の頭をなでながら言った。

「わかったよ。いっそ、ここで飯を食わせてもらって働いたほうがましだってことだろ。だけど、そういうわけにいかないんだ」

顔を背けた光炫の目に涙が浮かぶと、雌馬は泣くなと言うように首を振った。光炫は手を伸ばして雌馬のあごをなでてやった。

「変だな。ここでは人間よりおまえのほうが話が通じるよ。それはそうと、おまえ、腹が出てきたな。食べすぎなんじゃないか？」

そんなふうに馬と話をやりとりしていると、ギギィとかんぬきが開かれる音が聞こえた。顔を上げた光炫が、首をかしげた。

「もう出してくれるのか？」

馬小屋の扉が開かれたかと思うと、誰かがなかに放り込まれ、馬小屋の隅に頭から転げ込んだ。ふたたびかんぬきを掛ける音の向こうで、牧者たちのあざけるような声がした。

「お騒がせ者同士で仲良くするんだな」

好奇心に勝てず、光炫は痛む体を起こして隅に転がっている人影に近づいた。わらの山に突っ込んだ頭が出てくると、その顔を見て光炫はあっと驚いた。

「おまえは！」

頭についたわらを払っていた相手も、光炫に気づいて目を丸くした。


「それは確かですか？」

「私がどうしてうそを言いましょうか」

張仁珠の問いに、呉壮博は両手をこすり合わせながら平身低頭した。呉壮博は光炫から盗んだ飾り物を使って、奇別庁《キビョルチョン》［承政院で作った官報を発行する官庁］に入ることができた。望んでいた別監の地位は得られなかったが、景福宮《キョンボックン》［一三九五年に建造された朝鮮王朝の正宮］のなかで働けるので胸を張って歩くことができた。ところが、しばらく前に張仁珠という恵民署所属の医女が現われて、ソックと光炫のことを聞いてきた。悪事がばれたに違いない――。そう直感した呉壮博は自分から悪かったと頭を下げたが、幸いにも彼女は二人の行方にしか関心がなさそうだった。呉壮博はつてを頼って二人を捜すかわりに、飾り物を盗んだことを許してもらった。足元に火がついた呉壮博は、人脈を総動員して手を尽くした結果、ついに行方を捜し当てた。

「というと、ソックは去年の夏に楊花津付近の洞窟で死体で発見され、子どもは姿を消してしまったというのですか？」

「そうです。当時、楊花津の鎮将が二人を捕まえよとの命令を下したのだそうです」

「いったい何の目的で？」

張仁珠の問いに、呉壮博が首を振った。

「わかりません。ちょうど楊花津の鎮将の下で働いている捕校が、私と遠縁に当たるので聞いてみましたが、逃げた奴婢を捕らえよとのことだったそうです」

「あの二人は奴婢ではありません」

「港のあたりではよくあることです。借金を抱えて逃げたりすると、顔見知りの役人を使ってそんなふうに手配令を下させて捜すのです」

「誰の仕業でしょう？」

「そこまでは私にも見当がつきません」

呉壮博の説明に、張仁珠がもどかしそうな顔で言った。

「では、子どもを捜す方法はないのですか?」

「消えてしまったそうです。もしかして川に落ちたのかもと思って隅から隅まで捜したけれども見つからなかったと。ですから、あきらめたほうがいいでしょう」

「だったら、あなたが何をしでかしたか、承政院《スンジョンウォン》に知らせることにします」

「そんなこと言わないでくださいよ。話を最後までお聞きください。ですから、捜すのが容易でないという話です」

背を向けようとした張仁珠の腕をつかんで、呉壮博が言った。賄賂を使ってやっと手に入れた地位だ。これすら失ったら、もう行く当てもない身の上になってしまう。

「時間がどれほどかかろうが、必ず捜しだすのです。どういう意味かわかりますね?」

「はい、はい、わかりましたよ。ですから、信じてください。必ず捜しだしてみせます」

「わかりました。信じましょう」

長衣を頭からかぶった張仁珠の後ろ姿を見つめていた呉壮博は、こらえていた息を吐きだした。

「まったく困ったもんだ」

呉壮博は数日前に楊花津まで行って捕校に会ったときのことを思いだした。遠い親戚だとはいえ、一面識もない間柄なので、少なからぬ賄賂を渡さねばならなかった。金をたんまり握らせ、居酒屋で濁り酒を飲ませると、口を固く閉ざしていた呉捕校はこっそりと話を打ち明けはじめた。

「つまりだな、鎮将があの日の朝、一通の手紙を受け取ったのがすべての始まりだったのだ。あの手紙、どこからのだと思う？　それに楊花津を仕切っていたチンピラどもまでが動きだした。鎮将は死体でもいいと言ったが、つまり、もし生きて捕らえても殺すという話だ。おれの言いたいことがわかるか？」

「すると、あの二人を殺せという命令が下されたと、そういうわけですね？」

「そうだとも。やはりおぬしは頭の回転が速い。男は洞窟のなかで死に、子どもは逃げて絶壁から川に落ちた。おそらく死んだのだろう」

呉捕校は気分がよくなったのか、からからと笑いながら聞いてもいないことにまで答えた。

「あとで鎮将が手紙を燃やすよう命じたのだが、戸房《ホバン》〔戸籍や食糧に関する業務を司る下級官吏〕が李明煥という名を見たそうだ」

「李明煥？」

「しっ。誰かというと、内医院の御医を務めた人だ。楊花津のやくざ者の面倒を見ているとも言うし。その背後に誰がいるかというと……」

興に乗ってしゃべる呉捕校は、居酒屋に戸房が入ってくるのを見て口を閉ざした。そして残った酒を飲み干し、そそくさと席を立った。別監生活が長かった呉壮博は、すぐに状況を飲み込むことができたが、その話を張仁珠にすべて言ってしまうと、問題がどこに飛び火するかわからない。むしろ適当に隠して言いつくろうほうがよさそうだった。

「おれもこれ以上は手を貸すことはできん。だから、おとなしく言うことを聞くんだ。何をするにも命あっての物種だろう」

チュ・ギベは監牧官が待っている華陽亭に、光炫とブタを連れていきながら言った。先日、二人は馬小屋で出くわしてびっくり仰天した。ブタの話によれば、ヨンダルが姿を消して数日後に漢城府の使令たちに襲われ、小広通橋の子どもたちは皆、連れ去られてしまった。その後、子どもたちは全員、地方の官奴にさせられたという。

「食べるものもくれずに仕事ばかりさせられるんで、だから漢陽に帰ろうと何度か逃げて、そのたびに捕まったんだ。ここにも売られてきたのさ」

同病相憐れむ二人は、すぐに無二の親友のようになった。そんなころ、牧場では馬といっしょに飼っている羊や豚が次々と盗まれる事件が起こっていた。ついには病死して埋められた馬と羊の死骸が掘りだされ、ばらばらになったまま発見されることまであった。そのため、牧者たちは夜間も目を皿にして牧場の見守りに立つ羽目になった。

「おれの言いたいことはわかったな?」

チュ・ギベのもどかしそうな話を聞いていた光炫が尋ねた。

「どうしておいらを助けるんですか?」

「悪あがきをするところが、若いころの自分を見ているようでな」

チュ・ギベの話を聞いた光炫は、答えるかわりに、こくりとうなずいた。

牧場の仕事をすませ、簡単な夕食をとった光炫とブタに、牧者頭のファン氏が夜中に泥棒を見張るよう命じた。

「居眠りしたら、明日の飯は抜きだからな」

二人はわらで作った粗末な小屋に入った。脅し文句を並べたファン氏がいなくなるやいなや、眠気が襲ってきた。光炫とブタはお互いをつねりながら眠気を追い払った。光炫がブタに言った。

「絶対にここから逃げだして、ヨンダルを捜すぞ。そして、父ちゃんの敵《かたき》を討ってやるんだ」

「おれもヨンダルに会いたいよ」

話をやりとりしているうちに、先にブタが眠ってしまった。光炫も疲れていたが、左肘の痛みのせいで眠れなかった。赤く腫れた部分は石のように固くなり、黄色い膿がたまった中央の部分はブヨブヨしていたが、どちらも手で触ると痛かった。眠るのをあきらめた光炫は地面のわらをかき集めて、体を小さく丸めているブタにかけてやった。

去年、呉壮博について島を抜けだして以来、さまざまなことが起こった。その間、島で学んだよりも多くのことを学んだ。島の人たちを信じるように他人を信じてはならないという事実、そして自分があまりに無力だという事実を知った。光炫は自分の手のひらをじっと見つめた。漢陽に来た翌日、橋の上から見た闘鶏で負けて首をひねられた鶏のことや、そして洞窟のなかで姜道準という名を書き残して世を去った父のことを思い起こした。

相反する二つの死を思い浮かべた光炫が、あれこれ思いに浸っているあいだに、闇が訪れた。

そのとき、闇のなかからガサッという音が聞こえた。光炫は身をかがめた。月もない夜なのでよく見えなかったが、目が闇に慣れると音がした場所がわかった。数日前に病気で死んだ羊を埋めた場所を、何者かが掘り返している。光炫は恐ろしくなったが、動くようすからそれが人だということがわかった。くわのようなもので土を掘り返していた人影は、死んだ羊を掘りだすとズルズルと引っ張って闇のなかに消えた。

光炫はそれを見て直感した。どうやら、牧場の死んだ家畜が消えたり、ばらばらにされて捨てられたこの数カ月の出来事と関係がありそうだ。ブタはいびきをかいて熟睡している。しばし考えてから、光炫はそろそろと小屋からはいだした。犯人さえ捕まえれば、もう徹夜で番をすることもなくなるだろう。光炫は腰をかがめて、影が消えた場所へと走った。暗闇のなかで何度も影を見失ったが、何かを引きずった跡を見て逃げた方向を見定めた。

曲がりくねった山道を登っていくと、洞窟が見えた。光炫はぜいぜいと息をつきながら、物音を立てないように洞窟のなかへと足を踏み入れた。たいまつをともしているのだろうか。奥のほうから明かりが漏れてくる。洞窟の入口には、羊の死骸の頭やら、きれいに切り取った牛の太ももやらが、いっぱい散らばっている。気がつくと、洞窟の奥から何か音が聞こえてきた。光炫は何かに引き寄せられるように、音のするほうへ抜き足差し足で近づいた。穴の空いた古びたチョゴリを着た人影がしゃがんで何かしている。さらに近寄ると、低く奇怪な声が聞こえてきた。

「やはり羊は脾臓《ひぞう》が小さいな。どれどれ、これが心臓か？」

その恐ろしい姿にうろたえた光炫は、うっかり石を蹴飛ばしてしまった。音がすると、背を向けていた人影がこちらを振り返った。揺らめく明かりの下に、返り血を浴びた、しわくちゃの小さな顔が見えた。

「うわっ！」

悲鳴を上げながら思わず後ずさりした光炫だったが、足がもつれてあおむけに倒れてしまった。尻餅をついた光炫の目の前に、血まみれの内臓を両手で持った老人の姿が迫る。光炫は悲鳴を上げながら、手を振り回した。だが、光炫の手首は老人の頑丈な手によってがっしりとつかまれてしまった。逃げようともがいた光炫だったが、洞窟の奥へとずるずる引きずられていった。洞窟のなかにはさらに多くの動物の死骸が切り刻まれ、あちこちに肉片や骨が散らばっていた。

老人は、ぶつ切りにされた羊の肉と内臓が広げてある平らな石の上に、光炫を横たえた。そして腰のあたりから鍼を取りだし、その刃物のように鋭い先端で光炫の左肘の腫れ物をつついた。

「だいぶ膿んでおるな。じっとしておれ」

恐ろしい外見とは逆に、柔らかな口調で言うと、老人は刃先のような形の鍼の先で腫れ物をぐさぐさと刺した。目をつむったまま悲鳴を上げていた光炫だったが、片目をそっと開けてつぶやいた。

「あれ？　痛くない……」

「当たり前じゃ。わしは朝鮮で最高の鍼師じゃからな」

黄色い歯を見せながら調子よく笑う老人は、鋮を指ではじきながら言った。

「これは披鍼《ひしん》といってな、長さは四寸、幅は二分五厘で、先が刃先のようになっていて、膿んだ箇所を切開するのに使うのじゃ。披鍼で腫れ物を切る際には、思いきって根っこまで一気に取り去らねばならん」

老人は光炫に披鍼の先にぶら下がった腫れ物の膿を見せながら笑った。

「腫れ物というのはしつこいやつでな、骨と肉のあいだに少しでも残っていると、また息を吹き返すのじゃ」

そう言うと、欠けた器に入れてある干した薬草を石でこね回した。一日中悩まされていた肘の痛みがうそのように消えている。光炫は目を丸くして傷を見つめた。そのあいだに老人はこねた薬草をくちゃくちゃとかんで、つばをつけてから、腫れ物の上にぺたりと貼り付けた。

「腫れ物を取った場所にはこうやって薬草の汁を塗るのじゃ。あるいは小便でぬらした布をぎゅっとしばりつける」

「どうしてですか？」

しだいに怖さが消えた光炫が尋ねると、老人が鼻で笑って答えた。

「傷が汚れると、また腫れ物ができるからな。とくに腫れ物の膿を絞るために肉を切ったときには注意が必要じゃ。おまえ、箭串牧場で働いておるのか？」

「はい」

「その牧場で飼っている山羊と牛が、なぜしょっちゅう死ぬのかわかるか？」

光炫が首を左右に振ると、老人がやはりという表情をした。

「木を伐採するときに、鎌で適当に切るからじゃ。動物の足や下腹がとがった木の先で傷つくと、そこに腫れ物ができ、それが長引いて死んでしまう。それに馬が鼓腸症《こちょう》〔胃に食物の発酵によるガスがたまる病気〕によくかかるところを見ると、馬のえさの管理もちゃんとしてないようじゃな」

「どうしてそれがわかるのですか？」

「当然だ。わしにはひと目でわかる」

老人は胸を張ってそう言うと、光炫に対する興味を失ったのか、後ろを振り向き、先ほど解体した羊の内臓を見つめた。その隙に光炫はそろそろと後ずさりして老人から遠ざかり、洞窟から抜けだして山を下りていった。山のふもとに、闇に沈んだ箭串牧場が見えた。そのとき光炫はひとつの事実に気がついた。何カ月も夢にまで見た牧場からの脱出が、どさくさ紛れに成功したのだ。うれしさのあまり、光炫は声を上げた。だが、何も知らずに寝入っているブタのことが思いだされた。もし一人で逃げたら、ブタがどんなひどい目にあうかわからない。思い悩んだ末、光炫は牧場の方向に足を向けた。そして不思議な老人が羊の死骸を掘りだした穴を適当にふさぎ、小屋に戻った。幸い、彼が牧場を抜けだしたことに誰も気づいていないようだ。ブタも何も知らずに眠りこけていた。そうして数日が過ぎた。

いつもと同じく、朝日が昇るとともに牧者たちが馬小屋から馬を引っ張りだした。光炫もブタといっしょに馬小屋のかんぬきを開け、馬に声をかけた。

「よく寝たか？　さあ、外に出るぞ！」

ところが、ふだんならすぐに飛びだしてくる灰色の雌馬が、なぜか隅っこで身動きひとつしない。変に思った光炫が、馬に近づいた。

「どうした？」

雌馬は横になったまま、力なく首をもたげて光炫を見つめた。光炫が馬の異変に気づいたのはそのときだった。腹がいまにもはじけそうなほど膨れている。光炫は大声で叫びながら表に飛びだした。

「おっさん、大変だ！」

呼ばれて駆けつけたチュ・ギベは、雌馬の膨れた腹をぐいぐいと押してから、首を振った。

「鼓腸症だな。つらいだろうに」

「治してやってください。このままじゃ死んじゃいますよ」

「これを治すには馬をじっとさせないといけないが、さあて」

「じゃあ、治しているあいだ、馬が動かないようにおいらが押さえつけておきます」

「バカを言うな。そんなことをして、ひづめで蹴られたら、おまえがけがをするぞ」

泣き顔になった光炫の肩をたたくと、チュ・ギベが立ち上がった。そして馬小屋を出ていきながら、馬にしがみついて泣いている光炫に声をかけた。

「監牧官に伝えるから、馬のそばにいてやれ。いまは誰よりもおまえの助けが必要だろうからな」

光炫は横たわっている雌馬のそばに座って、一日中涙を流していた。ブタが持ってきてくれたにぎり飯にも目もくれず、こうつぶやくばかりだった。

「おいらが絶対に治してやる。おまえまで失いたくないんだ」

だが、時間とともに馬の意識は遠ざかり、光炫の心には悲しみが押し寄せた。父、ヨンダル、そして今度は灰色の雌馬まで……。自分にとって大切な存在が消えていくのは、耐えがたい苦痛だった。泣き疲れて眠ってしまった光炫が、しばらくするとぱちりと目を開けた。

「そうだ。なぜもっと早く思いつかなかったんだろう」

光炫は静かに起き上がると、馬小屋の扉をそっと開けた。もう日が暮れてかなりたつのか、あたりは暗くなっていた。扉を大きく開いてから雌馬のところに戻った光炫は、その耳元でささやいた。

「おいらのこと、信じているだろう？　おまえを治してくれる人がいるんだ。でも、ちょっと歩いていかなくちゃいけないけど、動けるか？」

だが、雌馬はぴくりともしない。光炫はもどかしさに手綱を引っ張ったり背中を押したりしたものの、どうにもならなかった。とうとう光炫は疲れて、泣きだしてしまった。

「おまえまでいなくなったら、おいらはどうすればいいんだ。どうか立ち上がってくれよ」

　すると雌馬は最後の気力を振り絞るように、よろよろと立ち上がった。手綱を握ると、光炫は馬を連れてそろそろと外に出ていった。牧場は馬泥棒を防ぐために石垣と柳の並木で囲まれていたが、数カ月をそこで過ごした光炫は抜け道を知っていた。雌馬はいななきひとつ上げずに、黙ってついてくる。崩れた石垣のあいだを抜けた光炫は、あの風変わりな老人がまだいてくれることを願いながら、暗い山のなかへと向かった。

　月明かりに頼って、暗闇のなかでもなんとか道を探しだすことができた。灰色の雌馬があまりに苦しそうで、途中で何度か休まなくてはならなかった。汗びっしょりになった光炫の頬を、そよ風がなでていく。幸い、洞窟には明かりがともっていた。険しい山道を歩いて息を切らせている雌馬を励ましながら洞窟へと向かった光炫は、奥に向かって叫んだ。

「おじいさん！　なかにいるの？　おじいさん！」

「こいつめ！　わしの耳はまだ遠くないぞ」

　拳で腰をトントンとたたきながら洞窟から出てきた老人が、ぶっきらぼうな口調で答えた。指で耳の穴をほじっている老人の前に、光炫がひざまずいた。

「おじいさん！　お願いがあって来ました。この馬を治してやってください」

「馬じゃと？　わしは人間を治す医員だ。馬医じゃあないぞ」

「でも、動物を切り刻んでいたじゃないですか」

「あれは人間を解剖するわけにいかぬから、動物を使って研究していたのじゃ。もう用は済んだから帰ろうと思っていたところじゃ。邪魔をしないで、帰るがよい」

「おじいさん！」

光炫は背中を向けた老人の足にしがみついた。

「そんなこと言わないで、どうか一度だけ助けてください」

「いやじゃ。人間でもない馬を、なぜわしが診なくてはならん」

光炫の手を振りほどいた老人に向かって、光炫が叫んだ。

「人間でも馬でも、同じ大切な命です。おいらの大事な馬なんです」

「うるさい。早く帰れ。わしのような名医、いや、神医に向かって、たかが馬を治療しろというのか。華陀《かだ》に笑われるわい」

老人は鼻で笑うと、背中で手を組んで洞窟のなかに入っていった。すると光炫の表情が変わった。

「自信がないなら自信がないと言えばいいでしょう」

「何じゃと？」

老人が振り返ると、光炫が続けた。

「口先では華陀も顔負けの神医だと言っていながら、いざとなると動物だからと逃げだすなんて。華陀が患者を選んだという話を聞いたことがありません」

「こいつ！　わしをバカにするのか？」

「あーあ、せっかく遠くから来たのに。やっぱりうちの牧場の馬医に診てもらうか」

光炫が背中を見せて手綱を取り、わざと聞こえるように大きな声で言った。すると背後から雷のような怒鳴り声が聞こえてきた。

「待て！」

老人が怒鳴りつけると、光炫は仕方がないというように振り向いた。老人は怒りの表情で、拳をぎゅっと握って叫んだ。

「しばらく待っておれ」

洞窟のなかに入った老人は、まもなく何かを革でぐるぐる巻いたものを脇に抱えて出てきた。そして洞窟の前の空き地に座り、革を広げた。そこからは大きな鍼と刃物が出てきた。チュ・ギべが持ち歩いていたものと似ている。

「動物は人間と違うので、治療に使う道具も違う。だからこの前、市場に行って買ってきたのじゃ。馬を連れてこい。わしの腕前を見せてやる」

小躍りした光炫は灰色の雌馬の手綱をとって引いたが、なぜかぴくとも動かなかった。振り返ると、馬の目が恐怖におびえている。光炫は馬の頬をなでながら怖がるなとなだめたが効果はなく、逆に切り立った崖のほうへ後ずさりしていった。光炫が泣きっ面で哀願したが、馬は一歩も歩こうとしない。そのようすを見ていた老人が、鍼と刃物をしまった。

「患者が治療を拒否しておるんでは仕方ないな。もう、わしにつべこべ言うな」

あわてた光炫は、立ち上がろうとする老人に大声で言った。

「どうやって治療したらいいか教えてください。そしたら、おいらが自分でやってみます」

「おまえが？　ツボの位置を知っておるのか？　脈の取り方を習ったことがあるのか？　それに馬は人間より皮が厚いので、熟練した馬医でなくては脈も取れぬぞ。くだらんことを言わずに帰るがいい」

「このまま見殺しにはできません。絶対に」

光炫がきっぱりと言うと、老人がふたたび施術の道具を広げた。そして、そこから木の柄がついた細く長い鍼を取りだした。

「まず脈をとらねばならん。双堯《サンブ》に触れてみよ」

「双堯とはどこですか？」

光炫の問いに、老人が雌馬の胸を指さした。

「胸と首がつながる部分を静かに抑えてみると、骨のように固いところがあるじゃろう。そこが血と気が通う場所じゃ」

光炫は老人の説明を聞くと、指で雌馬の胸をあちこち触ってから首をかしげた。

「わかりません」

「だから言ったじゃろう。馬は人間より脈を取るのが難しいと！　目をつむり、息を整えてから、そっと押さえてみよ。焦りは禁物じゃ」

目を閉じた光炫は、息を整えてから指で馬の胸を探った。すると、目をつむった闇の向こうから、ドキドキと脈打つ感触が伝わってきた。目を閉じたままうなずくと、老人の声がふたたび聞こえた。

「そこから指尺でひとつ分ほど右のほうに、もう一カ所、脈が触れる場所がある。動きがわかるか？」

「さっきの双鳬の脈より、ずっと弱い感じです」

「そこがすなわち肺と大腸の脈じゃ。腹が膨れあがり、そちらのほうの脈が弱いのを見ると、腸満〔腹が張った状態〕に違いないて」

「うちの牧場の馬医も鼓腸症だと言っていました」

「治療をするには、患者が動いてはならん。ところが馬は人と違って、刃物を見ただけで恐れるのじゃ。だから馬を落ち着かせるには、鍼で眠らせる必要がある」

「どうするのですか？」

光炫が尋ねると、老人が答えた。

「先ほどの鍼で双鳬を刺してみよ。そうすると馬がおとなしくなるはずじゃ」

「おいらが鍼で刺すって言うんですか？　そんなことをして、けがでもしたら……」

「こいつめ！　さっきはわしのことをからかってまで、助けたいと言っておったではないか」

老人の怒鳴り声に汗だくになった光炫は、雌馬の顔に頬ずりしながらふたたび双皛を探った。そして鍼で刺そうとしたところで首を振って言った。

「とてもできません」

「この夜中にここまで来た決心は、どこに捨てたのじゃ？　馬を救いたくないのか？」

「助けたいです。こいつまでいなくなったら、おいらは……」

「助けたいという真剣な思いを、鍼の先に込めるのじゃ。そうすればきっとできる」

老人の言葉を聞いた光炫は、額の汗を拭いながら、雌馬に言い聞かせた。

「おいらはこれまで、自分のまわりの人を誰も守れなかった。でも、おまえだけは助けたいんだ。だから、おいらを信じてくれ。わかったか？」

灰色の雌馬はわかったというように首を縦に振ると、頭をもたげた。目をつむった光炫は、ふたたび双皛の脈を探り、慎重に鍼を当てた。腰をかがめてそのようすを見守っていた老人が言った。

「右手で鍼を持ち、左手で脈を確かめよ。鍼は垂直に立てて、深すぎず浅すぎず刺すように気をつけるのじゃ」

目を閉じた光炫の指先に、皮を突き破って刺さった鍼が双皛の脈に触れるのが感じられた。すると、打っていた脈がしだいに静まっていき、雌馬は眠ったように首を寝かせた。鍼を打ち終えた光炫は、ゆっくりと後ずさった。老人が光炫の肩をたたいた。

「あとはわしがやるから、おまえは下がっておれ」

馬の尻のほうに回った老人がぶつぶつ言った。

「わしのような天下の名医が、たかが馬の糞詰まりの治療とはな。話にならん」

老人はそう言いながらも、すばやい手つきで竹筒を馬の尻に差し込んだ。そして光炫に命じた。

「洞窟のなかに、取っ手の取れた木の箱があるから持ってこい。それと、たいまつもな」

洞窟に駆け込んだ光炫が木の箱とたいまつを持ってくると、老人は箱のなかから黄色い紙と薬材の粉を取りだした。

「これは人間にもめったに使わない貴重な薬じゃ」

そう言うと紙の上に粉薬を載せ、光炫から受け取ったたいまつの火を近づけた。粉薬が少し焦げ、周囲に臭いが立ちこめた。老人は粉薬が付いた紙を馬のへその下に貼った。馬はぴくりと動いたが、光炫がなだめた。老人は馬の腹に粉薬のついた紙を何枚か貼り付けてから、手を払って立ち上がった。

「あとはようすを見ればよい。こいつに生きる気があれば、半刻のうちに腹にたまった糞をひりだすじゃろう」

「それで治るのですか？」

「わしを誰だと思っておる。朝鮮最高の鍼師、舎岩《サアム》とはわしのことだ。弟子には恵まれんかったがな。おまえ、名は何と言う？」

「光炫、白光炫です」

「牧者の分際で、名前だけは立派じゃな」

カラカラと笑いながら、老人は洞窟の奥に入っていくと、簡素な鍼の道具をぶら下げて出てきた。

「どこに行かれるのですか？」

「足の向くままさ。久しぶりに漢陽にでも寄ってみるとするか。では、達者でな。縁があったらまた会おう」

山道をとぼとぼと登っていく老人に向かって、光炫はひざまずいて礼をささげた。


「今度は馬まで連れて逃げるとは、何たることだ？」

監牧官がカンカンになって怒ると、笠をかぶったチュ・ギベは身をすくめた。夜が明けて、光炫が灰色の雌馬とともに姿を消した事実が発覚すると、牧場は大騒ぎになった。チュ・ギベは監牧官の怒りを必死でなだめた。

「馬はどうせ鼓腸症にかかってましたから、売るわけにもいきませんよ」

「国から預かった馬だぞ。それが消えたのに何を言う！　明日までに探しださせなかったら、司僕寺に報告するから覚悟しろ！」

握り拳をぶるぶる震わせて怒鳴る監牧官の前に、チュ・ギベは顔も上げられなかった。そのとき、チュ・ギベとともに呼びだされたブタが叫んだ。

「あそこに光炫の姿が見えます」

振り向いたチュ・ギベは、光炫が灰色の雌馬にまたがって山道を駆け下りてくる姿を見て目を見張った。昨日まで鼓腸症で動けなかった雌馬は、石垣を軽々と跳び越して牧場のなかに入ってきた。光炫はチュ・ギベの前に馬を止めると、笑顔で言った。

「馬が治りましたよ」

「どうやって治したんだ?」

チュ・ギベはようやく気を取り直し、光炫に尋ねた。

「仙人が治してくれたんです」

「仙人だと?」

チュ・ギベはいぶかしげに聞き返すと、馬に近寄ってあちこち目で確かめた。そして首をひねりながら監牧官のほうを振り返った。

「全快しています」

「ともかく帰ってきたし、馬も治ったようだから、今回は許してやる。だがふたたびこんなことがあったら、二人ともただではおかぬからな」

監牧官が二人をどやしつけて去ると、チュ・ギベがため息をついて光炫に言った。

「何があったのかはわからんが、ご苦労だった。今日は帰って、明日また話をしよう」

「おいら、馬医になります」

「おまえのようないい加減なやつに、馬医が務まるもんか」

チュ・ギベがあきれたように、せせら笑った。ところが、光炫はさらに言い張った。

「どうせ馬医がもう一人必要でしょう？　おいらがやります」

「馬医だなんて、無理に決まってる」

真顔になったチュ・ギベは言い聞かせたが、光炫も負けてはいなかった。

「では、許してくれるまで、これからも逃げますよ」

するとチュ・ギベが硬い表情で尋ねた。

「馬医になったら一生牧場から抜けられんぞ。もうあきらめたのか？」

「いいえ、挑戦します」

光炫は短く答えて、チュ・ギベを正面から見据えた。にらみ合いの末、チュ・ギベがため息混じりに言った。

「明日、監牧官に話をしよう」


寒さの和らいだ街は、かなりの人出だった。混み合う雲従街を避け、避馬通り《ピマッキル》を歩いて恵民署まで来た張仁珠は、やかましく言い争う声に眉をひそめた。恵民署は漢陽の貧民と親のない子たちの面倒を見る場所なので、いつも多くの人でごった返し、ときにはケンカも起こる。しかし安静にすべき病人や子どもたちがいるので、そこでケンカするのは好ましいことではなかった。恵民署に復職した張仁珠が最初にしたのも、患者の前で声を荒らげたりケンカをしたりしないよう、医員や医女たちに注意することだった。張仁珠は駆け寄ると、医員たちを叱りつけた。

「いったい何ごとですか」

彼女の声に、騒いでいた医員たちが待ち構えていたかのように一斉に愚痴をこぼした。

「ちょうどいいところにいらっしゃいました。おかしな老人が来て、病者の診察をさせろと言って診療の邪魔をするのです」

「騒ぎと起こしたのは誰ですか？」

張仁珠が聞くと、医員たちはみすぼらしい身なりの老人を指さした。

「あそこで倒れている老人です」

医員たちに踏みつけられたのか、古びたチョゴリのあちこちに足跡がついた老人が、張仁珠を見てニヤリと笑いかけた。張仁珠はあわてて長衣を脱ぐと、地面にひざまずいて頭を下げた。

「いらっしゃいませ、先生」

驚いた医員たちが、ぽかんとしてお互いに顔を見合わせた。

「いらっしゃるならいらっしゃるで、ご連絡いただけたらよかったのに」

チュ・イノクのクッパ屋に舎岩道人を連れていくと、張仁珠が言った。だが、舎岩道人は耳を貸さず、ひたすらクッパをかき込んでいた。

「この間《かん》、どちらにいらしたんですか？　もうお年なのですから、どこかに落ち着かれたほうがよろしいのでは？」

「風とともに生まれたから、風のように生きるだけさ。心配せんでいい」

「都には何のご用で？」

「本を書こうと思ってな」

「鍼術のご本ですか？」

彼女の質問に、舎岩道人は大きなげっぷをすると、にんまりと笑った。

「当然じゃ。わしのような名医が次にいつ生まれるかわからんから、本でも残しておかんとな」

「恵民署に静かなお部屋と筆記用具をご用意しておきましょう」

「そうか、それは助かる」

「本をお書きになるついでに、弟子をお育てになっては？」

「弟子を育ててどうなる？　一人はわしより先にあの世に行き、もう一人は嫁にも行かずに年増になった。さらにもう一人は……」

腹を立てたように、舎岩道人がさじを置いてそっぽを向いた。師匠の偏屈な性格をよく知る張仁珠は、怒りが治まるまで待った。まもなく、そっとこちらに向き直った舎岩道人が口を開いた。

「あいつだったらいざ知らず……」

「あいつ、と言いますと？」

「箭串牧場で出会った牧者のことじゃ。名は何と言ったか……。ともかく、目の輝きがふつうではなかった。自分が大事にしている馬を助けるために、わしがいた深い山奥まで来たが、一発で脈を取り、鍼を打った」

「まさか」

張仁珠が信じられないという口調で聞いた。

「ずば抜けた手並みと目を持っていることは間違いない。ともかく、あいつならわしのような鍼師になれるじゃろうて」

「どうしてわかるのですか？」

「あいつの眼光を見ればわかる。やつはきっと鍼師になるに違いない。死につつあった生命が息を吹き返す瞬間に立ち会った者は、それを絶対に忘れられんものじゃ。さらに、この舎岩の神技を見たからには、それが脳裏に刻まれんわけがない」

「それほど賢い子なら、弟子にしたらいかがですか？」

「ごめんこうむる！　弟子なんぞにして、わし以上の名医になったらどうする」

張仁珠には、すねるように言う師匠の心中が透けて見えた。愛弟子たちの苦難を見守ってきた師匠は、もう弟子を取るのが怖かったのだ。「久しぶりに漢陽に来てみたら美人が多くて驚いた」などと軽口をたたいていた舎岩道人は、彼女が思ったとおり、最後に本音を打ち明けた。

「ともかく見守ることにしよう。何年かして馬医でもしていたら、弟子にしてやる。ああ、名前が思いだせん。わしも、もうろくしたようじゃ」

「何をおっしゃいますか。まだ、かくしゃくとされていますのに」

張仁珠は久しぶりに会った師匠と、時間がたつのも忘れて話を交わした。

第三章

馬医

「うわあっ！」

光炫《クァンヒョン》が悲鳴を上げながら馬小屋から飛びだしてくると、仕事に精を出していた牧者たちは皆、やっぱりという表情で舌打ちをした。あわてて逃げだす光炫のあとから、興奮した馬が追いかけてくる。必死で逃げていた光炫だったが、足がもつれて馬糞の山に突っ込んでしまった。近くで働いていたブタが駆け寄って興奮した馬の手綱《たづな》をつかんだため、ひづめで蹴られることは免れた。

馬をなだめながら、ブタが光炫に言った。

「馬医になって八年もたつのに、いつもこんな調子なんだから。けがはないか？　チュ・ギベのおっさんが捜していたぞ。ヨマギのとこの豚が、産んだ子に乳をやらないらしいんだ」

もう二十歳になったブタがすっかり伸びた鼻ひげをぴくぴく震わせながら、光炫を見下ろした。馬糞の山から起き上がった光炫はいたずらっぽく笑っていたが、馬を見つめる目には真剣味と愛情があふれていた。

「こう見えても、ずっと具合が悪かった馬が元気になったのは、おれのおかげだぞ。ヨマギのとこだって？　よし、命をもうひとつ助けに行くか！」

チュ・ギベと光炫を豚小屋に案内したヨマギが、縄で首を縛られた豚を指さした。

「一日中こんな具合なんです」

「なぜ乳をやらないのでしょうか」

光炫が尋ねると、ヨマギが答えた。

「出産直後にはたまにこんなこともありますが、もう二日目です」

「一度、子豚をあてがってみてください」

光炫の言葉に、ヨマギがまだ目も開かない子豚を一匹、母豚の脇に置いた。だが、母豚は大きな口で子豚を横に押しのけてしまった。ヨマギがため息をつきながら、光炫に言った。

「こんな調子です。このままでは子豚がみな飢え死にしてしまいます」

ヨマギが心配そうに言うと、チュ・ギべも歯がゆそうな表情になった。

「これは薬や鍼で治るものではないからな」

「お二方がいなければ出産も難しかったでしょう。お恥ずかしい話ですが、もう一度だけお助けください」

ヨマギが哀願するあいだに、光炫は豚小屋のなかでぐったりと横たわっている母豚に目をやった。

「頑張って産んだ子なんだから、しっかり育てなくちゃな。不細工な子だから、かわいくないのか?」

鼻歌を歌いながら豚に話しかけた光炫は、豚小屋のなかを見回してからチュ・ギべのもとへと戻ってきた。

「いい方法があります」

深刻な表情で話し合っていたチュ・ギベとヨマギが、光炫を見つめた。

「そのまま飲ませるのではなく、飼い葉と混ぜて与えてください。酒は体を冷やす性質があるので、出産直後の体には合いません」

光炫が言ったとおりヨマギは近所の酒屋に行って、酒をひしゃくに一杯買ってきた。

「こんなものを与えて、子豚に乳をやるようになるでしょうか？」

首をかしげていたヨマギは、光炫が説明するまま、炊いたばかりの飼い葉に酒を注ぐと、柵の前に置かれた飼い葉おけに入れてやった。すると横になっていた母豚が臭いをかぎつけ、鼻をクンクンさせながら起き上がり、飼い葉おけに口を突っ込んで食べはじめた。しばらくするとフラフラと元の場所に戻り、またうつぶせになった。光炫は母豚が眠ったのを確かめると、乳首が見えるように横向きに寝かせてから、子豚を一匹その前に連れてきた。腹が空いていた子豚は乳首をくわえて夢中で乳を吸ったが、酒に酔って寝ている母豚はぴくりともしない。いつの間にか村人たちが集まり、垣根越しにその光景を見守っていた。母豚がじっとしているのを確かめると、光炫がヨマギに言った。

「腹を空かせた子豚があわてて乳を飲むと、腹をこわすこともありますから適当に調節してください。あと、酒の量はだんだん減らしたほうがいいでしょう」

「ありがとうございます」

光炫は母豚にちらりと目をやってから前庭に出た。前庭は村人たちでいっぱいだった。それぞれ自分の家の家畜を連れてきている。

「おじさん！　うちの子犬を診てください。昨日から後ろ足を引きずっているんです」

「若いの！　この雌鶏じゃが、このところ卵を産まないんじゃ」

「うちの旦那さまが飼っているフナが、ケンカでもしたのか背中のうろこが全部はがれてしまったんです」

光炫が困ったような顔をしていると、遠くでそれを見ていたチュ・ギベが舌打ちをした。

高く浮かんだ月を見上げていて石ころに蹴つまずいたチュ・ギベが、長衣の裾を払いながらぶつぶつ言った。

「犬ころに雌鶏、さらにはフナまで、いくら身分の低い馬医とはいえ、あんまりじゃないか」

「おれは好きですよ」

「だからバカにされるんだ。ありがたがるのは、そのときだけ。背中を向けたとたんに、みんな後ろ指をさしてるんだぞ」

「ひねくれないでくださいよ」

雌鶏の主人のおばあさんからもらった卵の包みを抱えた光炫が、ぶらぶらと歩きながら言うと、チュ・ギベがあきれたような顔で首を振った。

「毎日変なやつらばかりいじり回しているから、手並みが少しも上達しないじゃないか。おまえのように進歩のない馬医は見たことがない。もう二十歳なんだから大人になれ」

「でも、この前はヨマギさんとこの豚が妊娠したのを、一度触っただけで当てたと言って、とても褒めてくれたじゃないですか」

「腕がいいのは認めるが、馬医はそれがすべてじゃない」

「それはわかってます。でも、おれは馬や豚を治してやるのが好きなんです」

「動物の治療が好きな馬医は、朝鮮全土を捜したっておまえだけだ」

「動物もおれも同じ身の上じゃないですか」

歩みの遅いチュ・ギベを待っていた光炫が、後ろ手を組んで月を見上げながら答えた。

「どこに行ってたんだ？　こんなに遅くまで」

夜更けなので監牧官はもう寝ていると思ったら、まだ起きていて牧場に帰ってきた二人を見てカンカンになって怒った。その監牧官は光炫が牧場にやってきた明くる年に全羅道のどこかの県監になると言って小躍りして牧場を出ていったのに、数カ月もしないうちに収賄《しゅうわい》のかどで免職されてしまった。その後、どういうわけか今年の春にふたたび牧場に舞い戻ってきた。今度はずっとここに居座ろうという魂胆なのか、上級機関である司僕寺《サボクシ》の官吏の前では小さくなっていた。

おかげで箭串《サルコジ》牧場の牧者と馬医たちはいっそう息苦しくなった。

「黄斑馬《ヌルンマル》がまた倒れたぞ。明日、司僕寺に連れていかなきゃならないのに、どうする気だ！」

「さっきまでは元気だったのに……。私が治してみましょう」

チュ・ギベがぺこぺこすると、監牧官はやっと機嫌を直して「しっかりやれ」と叱りつけると去っていった。チュ・ギベはため息をつくと、光炫をともなって馬小屋に向かった。ほかの馬よりひと回り大きく、足も太い黄斑馬は、清に献上するためにとくに大切に扱われていた。問題は、黄斑馬が自分が大事にされていると知ってか知らずか、何かというと下痢をしたり、食べたものをはいたりし、薬を与えてもそっぽを向いて飲まないことだ。

「馬のくせに主人面しやがって……」

チュ・ギベはぶつぶつ言いながら馬小屋のかんぬきを開け、足に引っかかったわらを払うと怒りを爆発させた。

「新しいわらに取り換えるようファンのやつに言っておいたのに、これはどういうことだ」

文句を言うチュ・ギベをよそに、光炫は馬小屋の隅につながれた馬に近づいた。毛色が黄色くて尻と足に黒い斑《ぶち》があるため黄斑馬と名づけられた馬は、鼻息も荒く寝たり立ったりを繰り返した。そっと近づいて手綱をとった光炫が、垂れ下がった馬の下腹を確かめた。

「腹がちょっとおかしくないですか？」

チュ・ギベはせき払いをしながら近づくと、馬の腹を手で触りながら光炫に言った。

「何か変なものでも食べたのだろう。ともかく、ひと目見ただけで症状を把握するおまえの能力には感心するよ。このような症状を何というかわかるか？」

光炫が頭をかいて首を振ると、チュ・ギベはやっぱりという表情で舌打ちをした。

「こいつのように腹が膨れ、寝たり起きたりを繰り返して鼻息が荒いのは、中結〔大腸の中間が詰まる症状〕と言うんだ。何度も言っただろう」

「とにかく腹が痛いのは当たってましたよね」

光炫の答えに、笠を脱いだチュ・ギベが答えた。

「いい気なもんだ！　まずは馬を寝かせるから、手綱を引け」

二人はうんうん言いながら、馬を横にしようと踏ん張った。だが馬は抵抗し、後ずさりするばかりだ。業《ごう》を煮やした光炫が馬の鼻面を拳で軽くたたくと、馬は荒い鼻息を吐きながら光炫に頭をぶつけてきた。光炫が目をむいて拳を振り上げると、チュ・ギベが口を出した。

「今度は馬を相手にケンカか？」

「こいつが馬ですか？　主人面しやがって。足でも折ってしまえばいいんだ」

長衣を脱ぎ捨てたチュ・ギベが、馬とにらみ合っている光炫に言った。

「おまえも服を脱げ」

「どうしてですか？」

「中結だと言っただろう。肛門に手を突っ込んで、大腸の途中で詰まっている糞を取りだすんだ」

「おれにやれって言うんですか？」

「だったら、馬医経験二十年のおれにやらせるのか？」

結局、チョゴリを脱ぎ捨てた光炫は、チュ・ギベが持ってきた油を腕と肩に塗り、残った油を馬の肛門にかけた。チュ・ギベが光炫に声をかけた。

「手を入れたときに馬が驚いて動くだろうが、それでも怖がらずに手をぐっと突っ込むんだ」

「わかりました」

光炫は気の乗らない表情で、横に寝転んだまま油を塗った右手を馬の肛門に突っ込んだ。苦しそうにしていた馬はビクリとしたものの、チュ・ギベに手綱を握られて暴れることもできなかった。

「うわっ、くせえ！」

光炫が顔をゆがめて横を向くと、チュ・ギベが叱りつけた。

「こいつ！　動物があれほど好きだと言っていたくせに、たかが臭いで目を離すんじゃない。まっすぐ見て、手を奥に入れろ。手に触れるものがあるか？」

「おや？　松ぼっくりのようなものがあります」

「そうだ、それだ。それが大腸をふさいで病気のもとになったんだ」

「これを引っ張りだせばいいんですか？」

右手を肩まで突っ込んだせいで、馬の尻に顔がぴったりついた光炫が聞くと、チュ・ギベは首を振った。

「ただ抜くんじゃなく、ゆっくりともんで、つぶすんだ。ゆっくりな」

チュ・ギベが言うとおり、光炫はゆっくりと手を抜いた。そうして馬小屋の隅に走り逃げ、わらで腕を拭った。チュ・ギベは鼻をつまんだまま馬の肛門を確かめ、光炫に近づいた。

「ご苦労だった。次は腹を温める番だ。硫黄を塗った紙を腹に貼ればいい。明日の朝、具合を見て馬価丸《マガファン》を飲ませて、蹄頭《チェドゥ》［ひづめのすぐ上のツボ］から少し血を抜くから、日の出前に起きてこい」

「臭いが抜けそうにありませんよ」

泣き面の光炫がわらにまみれた右手をチュ・ギベの顔の前に突きだして、愚痴を言った。チュ・ギベが鼻をつまんで手を振りながら言った。

「かわりに明日、ブタといっしょに漢陽《ハニャン》に連れていってやる」

「本当ですか?」

パッと顔をほころばせた光炫が、馬の肛門に突っ込んだ右手でチュ・ギベの手をがっしりと握り、肩を抱いて喜んだ。手を洗ってくると言って、チョゴリを持って井戸端に飛んでいく光炫の後ろ姿を見ていたチュ・ギベは、臭いのする手を見下ろしてつぶやいた。

「どうみても、これはわざとだな」

崇礼門《スンネムン》を抜けたとたん、牛車に腰掛けていたブタが大声で叫んだ。

「うわあ、久しぶりの漢陽だ」

顔には出さなかったが、光炫も何となく胸が躍った。そんな二人のようすに、チュ・ギベが小言を言った。

「浮かれるんじゃないぞ。黄斑馬を司僕寺に届けたあとも、寄るところがたくさんあるからな」

監牧官は漢陽に向かうチュ・ギベに、要職にある大監《テガム》〔正二品以上の高級官僚〕たちに渡す贈り物もいっしょに持っていくよう指示した。威張り散らす司僕寺の官吏だけでなく、主人の威を借りて大きな顔をする下僕たちにまで頭を下げなければいけないと思うと、チュ・ギベは頭が痛くなった。あれこれ考えごとをしていると、ぽつぽつと雨が降りはじめた。チュ・ギベはあわてて竹の骨に油紙を貼った雨具を笠の上に広げ、あごの下でひもを締めた。光炫とブタは荷台の贈り物をむしろでおおった。


どしゃぶりの雨が軒丸瓦を伝って、小さな滝のように流れ落ちる。だが、張仁珠《チャン・イ・ジョン》は降る雨も気にせず、医女たちへの授業を続けた。

「鍼は人の経穴を刺激して抵抗力を高めることで、病を治す治療法です。すべての病気を治すことはできませんが、灸《きゅう》や薬と併用することでよい効果が得られます。そのためには、何よりもまず鍼をうまく打たねばなりません。鍼は右手で持ち、左手で鍼のツボを探ります。鍼は右手の親指と人差し指で持ち、ゆっくりと回しながら刺します」

説明を終えた張仁珠は、左手に持っていた綿の塊に鍼をそっと突き立てた。すると、それを見ていた医女たちも一斉に綿に鍼を刺した。張仁珠はにっこりと笑って、説明を続けた。

「みなさん、よく練習をしてきましたね。鍼を打つときにいちばん注意すべき点は、刺すときの深さです。患者の体質と栄養状態によって、同じ病気でも鍼を打つ深さは違います。同じ症状の患者が二人いて、一人は太っておりもう一人はやせているとしたら。鍼を刺す深さはどうすればいいでしょうか?」

彼女の質問に、いちばん前に座っていた医女が手を挙げて答えた。

「太っている人は深く刺し、やせている人は浅く刺すべきだと思います」

「そうです。では、太った患者が病気になって中脘穴《ちゅうかんけつ》［へそとみぞおちの真ん中］に鍼を打つには、どのようにすればいいでしょう」

具体的な事例を問う張仁珠の質問に、医女たちは答えられなかった。すると、いちばん後ろの席からはっきりした声が聞こえた。

「八分を基本にして、固い感じがするまで鍼を刺します。そうして患者が痛がったり体を動かしたりしたら、そこがもっとも正確な深さです」

首を伸ばして誰が答えたかを確かめた張仁珠は、短いため息をついて説明を続けた。

「そうです。そして頭や顔に鍼を打つときは、深く打ってはいけません。また、まだ肉と骨が発育していない子どもや、意識のない患者の場合も同様です。ですが、それよりも大切なのは、鍼を打つ医員の経験です。患者を直接診療する際は、本で学んだのとは違うところがたくさんあります。失敗を減らすためには、失敗を恐れてはなりません。鍼を打つ練習はたくさんしましたから、二日後に恵民署で働く正式な医女を選ぶ試験を行ないます。試験科目の鍼術をしっかり勉強してくるのですよ」

授業の終了を告げると、医女たちは靴脱ぎ石の上に置かれた履き物を履いて、本を傘がわりに頭にかざして部屋へと走っていった。文机の上を整理していた張仁珠は、先ほど質問に答えた女性に尋ねた。

「なぜ来たの?」

「医術を学びたいのです」

「両班のお嬢さまが医術ですって? それに、朝鮮随一の医員を養父に持っていながら、たかが恵民署の医学教授に学ぶ必要はないでしょう」

張仁珠はあきれたように答えると、本を片づけて席を立った。その女性は、張仁珠が前を通り過ぎるのを待って尋ねた。

「どうしたら認めてくださいますか?」

「真剣さがわかったら考えてもいいわ」

「父とお知り合いだと聞きました。なのに、なぜ私を憎むのですか?」

「ずいぶん昔のことだから、覚えてないわ。雨が降っているから、気をつけてお帰りなさい」

雨にぬれて歩きながら、張仁珠は揺れる気持ちを落ち着かせようとした。李明煥《イ・ミョンファン》が姜道準《カン・ドジュン》の娘だと思い込んで育てているソックの娘を見るたび、胸が痛かった。まだ三人の話は決着が着いていなかった。ところがそこへソックの娘、知寧《チニョン》が医術を学びたいと張仁珠のもとを訪ねてきたのだ。先日、内医院の御医として復職した李明煥が恵民署を訪ねてきたとき、いっしょに連れてきた知寧が目を輝かせているのを見た。運命なのか、偶然なのか——。その目を見た張仁珠は、ほろ苦い笑みを浮かべた。そして予想したとおり、彼女は医術を学びたいと言って自分を訪れてきたのだ。だが、張仁珠は冷たく拒絶した。知寧を受け入れることで、自分の決心が揺らぐのを恐れたからだ。雨に打たれて歩いていた張仁珠が振り向くと、知寧はまだ授業の終わった広間にじっと座ったまま、動かなかった。

ひとしきり降っていた雨がやむと、チュ・ギベは司僕寺に黄斑馬を引き渡し、監牧官が紙に書いてくれた家々を探し回りながら贈り物を渡した。日暮れ時まで監牧官からの贈り物の半分も配れなかったチュ・ギベは、牛車を引いてついてくる光炫とブタに言った。

「どうせ今日中に配り終えることはできないし、旅籠屋《はたごや》でひと晩泊まって続きは明日にしよう」

「うわー！」

二人が手を取り合って喜ぶと、チュ・ギベがニヤリと笑った。

「そんなにうれしいか。さあ、行こう。今日はご苦労だったから、おれが酒を一杯ずつおごってやろう」

旅籠屋を探していたチュ・ギベに、光炫が尋ねた。

「あちらの道に行ったらどうですか?」

「そちらに行くと小広通橋《ソグァントンギョ》を渡ることになるぞ。こちらのほうが早い」

チュ・ギベは後ろも振り返らずに答えたが、ブタまでがいっしょになってせがむので、仕方なく言った。

「こだわるやつらだな……」

舌打ちをしたチュ・ギベが小広通橋のほうへと足を向けると、牛の手綱を握っていた光炫とブタが互いに目で合図した。

「ほとんど十年ぶりだ」

「そうだな」

「あいつらは元気でやってるかな?」

忙しく行き交う人々の隙間から小広通橋が見えた。石造りの橋は、以前と変わりなかった。牛車の速度をできるだけ落として橋を渡っていた二人は、首を伸ばして下をのぞき込んだ。もう誰も住んでいないように見えた。下を見下ろしていた二人がしばし足を止めると、後ろから来た行商人たちが早く行けと怒鳴りつけた。二人は頭を下げてあわてて牛車を進ませ、チュ・ギベのあとを追った。急ぐあまり、危うく四人轎《サインギョ》〔四人がかりで担ぐ輿《こし》〕にぶつかりそうになった。輿を率いていた両班家の下人が激怒した。

「こいつら、どこに目をつけて歩いてんだ」

「申し訳ありません」

光炫とブタが思わず頭を下げると、下人はさらに声を荒らげた。

「この輿に乗ったお嬢さまが誰だか知ってるのか？　役場にしょっ引かれて尻でもたたかれなきゃ、わからないようだな！」

うろたえている二人に下人がさらに詰め寄ると、輿のなかから小さなせき払いが聞こえた。下人は輿のそばに行って戻ってくると、目をむいて言った。

「お嬢さまが許してやれとおっしゃるので、今日のところは帰してやる。これから気をつけるんだな」

下人が荷物を背負い直して輿のほうに戻ると、光炫がぶつぶつ言った。

「たかが下人のくせに……」

「だから気をつけろって言っただろう。さあ、行こう」

遠くでようすを見ていたチュ・ギベがせかすと、二人は牛車を引いてあとを追った。最後に小広通橋を見るために振り返った光炫の目に、橋の横に止まっている四人轎が見えた。さっき怒鳴っていた下人が輿の前扉を開くと、美しく着飾った女性が輿から降りてくるのが見えた。

ノリゲを手にした知寧が輿を降りた。小広通橋は昔のままだった。こけむした柱は同じ場所にそのまま立っており、雨風を防いでくれる屋根がわりだった橋桁も懐かしかった。しばらく立っていると、橋ぐいのあいだに建てられた掘っ立て小屋と、そこに住んでいた子どもたちの顔が一人ずつ思いだされた。そして子どもたちの楽しそうな声が聞こえてくるようだった。そのなかでもとくに記憶に残っている顔が目に浮かんだ。

「光炫」

だが、返事は聞こえず、橋の下の子どもたちは一人ずつ去っていき、掘っ立て小屋も消えてしまった。誰もいない橋の下を寂しく見つめていた知寧は、ノリゲを握りしめたまま、輿に乗り込んだ。

旅籠屋に部屋をとった三人は、熱々のクッパと酒で疲れをほぐした。夜が更けるまで飲んでいたチュ・ギベは、部屋の隅に置かれた布団を枕がわりに、いびきをかいて寝てしまった。チュ・ギベが寝入ったのを見たブタが、光炫に言った。

「夜が明けたら南山《ナムサン》［ソウル旧市街の南部に位置する小高い山］に遊びに行こうか」

「どうしてだ？」

「明日は端午の節句だろ。朝からブランコや相撲でにぎやかだぞ」

「そうだな」

二人は何も知らずに寝入っているチュ・ギベに目をやると、くすくすと笑った。こうでもしなくては、やるせない気持ちを抑えられないような気がした。

輿に乗って家に帰ってきた知寧は、母屋に帰宅の挨拶に行った。すると靴脱ぎ石に鹿皮鞋《ノクピヘ》〔地位の高い人が履いた鹿革の靴〕が脱いであるのを見て、思わず部屋のなかに飛び込んだ。母屋で母親とお茶を飲んでいた聖夏《ソンハ》が、がらりと扉を開いて入ってきた知寧を見て、目で挨拶をした。二十歳を超えた聖夏は父親の角張ったあごを受け継いではいたが、目つきが柔和で肌が白く、穏やかな印象だった。

「元気だったかい？」

「ええ。病気はよくなったの？」

「田舎で療養したら、ずいぶんよくなったよ。餅でも食べるか？」

聖夏が餅を載せた盆を知寧の前に差しだすと、母がちらっとしかめっ面をした。ぺたりと座り込んだ知寧が「いただきます」と言って、きな粉のついた餅をつまんだ。

「いい娘がどこに出歩いてるの？　家でおとなしくしていなさい」

母の言葉に聖夏が笑顔で口をはさんだ。

「いま出歩かなかったら、いつ外を見物できるのですか？」

「早くから遊び歩いていたら結婚してからどうなることか。目に見えるようだわ」

母の小言に、部屋のなかがぎこちない雰囲気になった。聖夏が母親に挨拶をして座をはずしながら、知寧に目配せした。丁寧に挨拶をして、続けて部屋を出た知寧は、離れの横にある聖夏の部屋に向かった。

「まあ、本がいっぱい。休んでいけと言うから来てみたら、勉強しに来たみたい」

部屋の隅に積まれた本の山を見た知寧の言葉に、聖夏が明るく笑った。

「そう言えば、ここにも名高い学者先生がいらっしゃったな」

「とにかく、あなたは本の虫ね」

「知寧だって。恵民署に行ってきたと思ったら、医女になると言って父上をびっくりさせたらしいな」

「実は今日も恵民署に行ってきたの」

「授業を受けたのかい?」

聖夏の問いに知寧が目を輝かせながら答えた。

「そうよ。医学教授の質問に誰も答えられなかったから、私が答えたの」

「やっぱり朝鮮最高の医員の娘だ」

聖夏の褒め言葉ににっこり笑った知寧は、すぐにしょげたような顔つきになった。

「そんなこと言ったって、お母さまは毎日結婚しろってうるさいし、お父さまは耳を貸してくれないし」

知寧の愚痴に、聖夏が彼女の手をそっと握った。

「元気を出すんだ。おれがいるじゃないか」

そっとうなずいた知寧が、すぐに手を引っ込めた。二人のあいだにぎこちない空気が流れると、聖夏が明るい声で言った。

「明日の端午の節句は、南山見物にでも行こうか」

「ほんと？　お父さまはだめだとおっしゃると思うけど」

「おれがいっしょに行くと言えば許してくれるさ」

うきうきと知寧が部屋を出ていくと、微笑を浮かべていた聖夏の表情にほろ苦い影が差した。


朝早く、まだ眠りから覚めないでいるチュ・ギベを残して旅籠屋を抜けだした光炫とブタは、南山の登り口に集まる人波を見てあっけにとられた。一方ではチマの裾を握りしめた娘たちが板跳び《ノルティギ》〔板の両端に人が乗って交互に飛び上がるシーソーのような遊び〕をし、その横の砂場では上半身裸のたくましい男たちが相撲を取っている。山の中腹では高い木に綱を掛けて、きれいな髪飾りを垂らした娘たちが思いきりブランコをこいでいる。さまざまな遊びに見物人が押し寄せ、そこに飴売りをはじめ物売りが集まって、宴会でも開かれているような雰囲気だった。

「へえ、あの高い木にどうやってブランコの綱を掛けたんだろう」

光炫がぽかんと口を開けて感心する一方、ブタはブランコをこぐ娘たちのひるがえるチマに目が釘づけだった。あちこち見物して回っていた二人は、大きな笠をかぶった飴売りから飴を一個ずつ買ってほおばると、相撲を見にいった。竹で編んだ笠をかぶり下着が見えるほどチマをたくし上げた妓生たちを、赤い道袍《トポ》に黄色いわらの笠をかぶった別監《ピョルガム》たちがからかっている。牧者と家畜ばかりの牧場では想像もつかない風景だ。相撲を幾勝負か見物すると、光炫の脇腹をブタがつついた。

「あっちに行ってみよう」

「どうしてだ？　相撲がいいとこなのに」

「闘犬をやっているらしい。早く来い」

ブタは光炫の腕を引っ張った。光炫も闘犬という言葉に心が引かれ、ブタのあとを追った。

朝早くから身繕いをすませた知寧は、聖夏《ソンハ》が李明煥の許可をもらうとすぐさま輿に乗り込んだ。大切にしているチョゴリは橙色に唐草模様で、それに青のチマを合わせ、金の髪飾りをさして、チョゴリの結びひもには丸い玉《ぎょく》のノリゲを下げた。聖夏はひさしの狭い笠をかぶり、動きの楽な空色のチョルリク【上下つなぎの武官服】を着て、その上に裾の長い袖なしの官服を羽織った。つま先の反った黒の革靴は底にびょうが打たれている。その姿を見た知寧が、ため息をついた。

「わあ、漢陽一の美男子ね」

「通りすがりの犬にも笑われるよ。外に出ると気分がいいだろう？」

「うん」

子どもたちが投壺《トウホ》〔矢を投げて筒に入れる遊び〕に興じる姿を見ていた知寧が笑顔で答えた。娘たちがブランコをこぐのを見物した二人は、誰かが闘犬を見にいこうと相談する声に耳をそばだてた。会話の主たちのあとをつけた知寧と聖夏は、大きな岩陰に人が集まっている場所にやってきた。

派手な格好をした別監や妓生、さらには乳飲み子をおぶった女衆までが丸くなって集まり、木を結び合わせた柵のなかで犬同士が闘う姿を見物していた。犬たちは柵のなかで必死にかみつき合い、見物人たちは流血の闘いに興奮して大声でわめき立てている。最初は恐る恐るだった二人も、しだいに目を離せなくなった。闘いが終わると、勝ったほうの犬の主人があたりを歩き回りながら金を集めた。すぐ横では、骨牌《こっぱい》〔カルタ〕のようなものを配りながら金を受け取っているところだった。

「金を賭けてるようだな」

ようすを見ていた聖夏が言った。

「犬がかわいそう」

「でも面白いだろ?」

聖夏が聞くと、知寧がコクンとうなずいた。柵のなかに入った男が砂をまいて流れた犬の血をおおっているあいだに、次の闘いが準備されていた。

「おまえはどちら側だ?」

いまの試合の興奮がまだ冷めないのか、ブタが震える声で聞いた。

「金でも賭けるつもりか？　落ち着けよ」

光炫が笑いながら言うと、ブタがあごで犬たちを指して言った。

「負けたほうが牧場への帰りに車を引くってのはどうだ？　おれはあっちの黄色い犬だ」

「本当か？　じゃあ、おれは黒いやつ」

何日もえさをやっていないのか、目を光らせた二匹の犬が柵のなかに入るやいなや、お互いに向かって飛びかかった。犬の主人たちはまわりをぐるぐる回りながら、声をかぎりに叫んでいる。二人のうち黄色いチョゴリを着た黄色い犬の主人の後ろ姿を見て、光炫は見たことがあるような気がした。勝負は思ったよりあっけなかった。図体の大きな黒い犬は黄色い犬の攻撃をかわすと、首筋にがぶりとかみついて、それきり放さなかった。首をかまれた黄色い犬は体を揺すって逃げようとしたが、ますます黒い犬はがっしりと首に食いついた。黄色い犬のほえ声はしだいに悲鳴に変わり、赤い血が砂地にしたたり落ちた。声をからしてはやし立てていた見物人たちも、そのようすにしんと静まりかえった。主人たちが出てきて両方の犬を引き離したが、首をかまれた黄色い犬は立ち上がれなかった。ぐったりした犬のようすを確かめていた主人は、がっくりと膝をついて頭を抱えてしまった。前を横切る人たちの隙間からでも、光炫はそれが誰だかすぐにわかった。もう行こうと言うブタの声をよそに、光炫はその男を目がけて駆け下りていった。そして「おれの犬を助けてくれ」と周囲に訴えている男の襟首をつかんだ。呉壮博《オジャンバク》だった。いきなり現われた光炫が何者かわからない呉壮博が、目をむいて怒った。

「こいつ、何者だ！　おれが誰だと思ってる……」

そう言いかけて光炫と目が合うと、呉壮博は口をつぐんだ。光炫は呉壮博の顔に向けて拳を見舞った。あごに拳を受けた呉壮博は、倒れている犬の横にひっくり返ってしまった。

「もう終わった話じゃないか」

「おれの父ちゃんが死んだのは、あんたがおれを漢陽に連れてきたせいだぞ」

呉壮博を殴りつける光炫を、駆けつけたブタが止めに入った。

「いきなり何をする！　落ち着け」

「放せ！」

興奮して暴れる光炫を、周囲の人たちまでが加勢して押さえつけた。そのすきに涙と鼻水で顔をぐしゃぐしゃにした呉壮博が、苦しそうにあえぐ黄色い犬へとにじり寄った。反対のほうからは美しく着飾った若い女性が駆けつけ、傷ついた犬を見つめて泣きだしそうに叫んだ。

「医員はいませんか？　犬がけがをして大変です」

するとブタが光炫を指さした。

「ここにいますよ。こいつが馬医です」

その言葉を聞くや、呉壮博が光炫の横に近づいて、いきなりひざまずいた。

「おれが悪かった。だから、この犬を治してくれ。おれの全財産をはたいて手に入れたんだ。こいつが死んだら、おれも路頭に迷うことになる」

怒りが収まらない光炫は呉壮博を足蹴にしようとしたが、いつの間にか近づいた女性が彼の前を遮《さえぎ》った。

「何があったかは知りませんが、まずはけがをした犬を治療してください」

光炫はその声に耳も貸さずに、そっぽを向いて立ち去ろうとしたが、女性が腕を広げて前をふさいだ。着ているものや雰囲気から見て、両班家の令嬢のようだ。光炫は仕方なくうなずいた。

「では、診てみましょう」

光炫は腕まくりをすると、荒い息をついている黄色い犬の横に立て膝をついた。首に深傷《ふかで》を負い、出血している。胴体と足も相手の犬の爪にひっかかれ、傷だらけだ。

「思ったより傷が深いな」

隣りにしゃがんだブタがそう言うと、光炫も同意してうなずいた。呉壮博が頭に巻いていた頭巾を犬の首に巻いてみたが、傷口が開いたままなのでどうにもならなかった。頭巾はたちまち血まみれになり、呉壮博はいっそう泣きっ面になった。

「血が止まらないな。だが、方法がない」

あごの下に流れ落ちる汗を手の甲で拭いながら、光炫がつぶやいた。それを聞いた女性が、身につけていた金の髪飾りと玉《ぎょく》のノリゲを光炫に投げてよこすと、こう叫んだ。

「これを削って粉にして。そうすれば止血できるはずです」

いきなり金の髪飾りと玉のノリゲを受け取った光炫がためらっていると、彼女が急《せ》かした。

「時間がないわ。急いで」

光炫は脇に転がっていた石で金の飾りを削った。そして玉のノリゲをブタに手渡した。ブタがすばやくノリゲを削って粉を作った。光炫は呉壮博のチョゴリのひもをほどくと、金の粉と玉の粉をそっと載せてから、近くにあった酒瓶に残っていた酒を少し注いだ。酒で湿したひもに金と玉の粉が染む込むのを待って、光炫は傷ついた犬の首に巻きつけた。まだ血が染みてきたものの、先ほどのようなひどい出血がおさまったのを見て、呉壮博がほっと息をついた。光炫の顔にも余裕が戻った。

「応急措置はすませました。近くにノアザミがあれば掘ってきてください」

「わかった」

座り込んでいた呉壮博がさっと立ち上がると、人波をかき分けて走っていった。その間に光炫は、先が丸く削れた金の飾りと、あわてて削ったせいで二つに割れた玉のノリゲを両手に持ち、それを渡してくれた女性を捜して周囲を見回した。近くに立っている女性を見つけて、それを返そうとした瞬間、笠をかぶった同年配の若い両班が前に立ちふさがった。

「これは私が返しておく」

そう言うと、若い両班は金の飾りと玉のノリゲを光炫から受け取った。壁のように立ちふさがった両班におずおずと頭を下げて戻ってきた光炫に、ブタがささやいた。

「ノリゲと髪飾りを貸してくれたお嬢さんだがな、似てると思わないか？」

「誰に？」

「誰って、ヨンダルさ。あいつ、本当は女だったんだぜ」

「おまえも知ってたのか？」

光炫がにやりと笑って聞いた。

「当然さ。何カ月もいっしょに暮らしてたんだから……。みんな知らないふりをしていただけだ。ちょうどあのくらいの年だろう」

「よせよ。れっきとした両班家のお嬢さまが、まさかヨンダルだなんて」

「それもそうだ。他人のそら似ってやつだな」

二人が話をしているあいだに、土ぼこりにまみれた呉壮博が両手いっぱいにノアザミを抱えて戻ってきた。


呉壮博は傷の手当てを終えた黄色の犬を胸に抱き、楼下洞《ヌハドン》〔景福宮の西側一帯〕の裏通りにある粗末なわらぶきの家に二人を連れて帰った。戸を開けて中庭に入ると、半裸で遊んでいた二人の男の子が駆け寄ってきた。髪を結い上げた女房が、板の間に座ってキセルをくわえている。呉壮博の姿を見て、女房が舌打ちをした。

「また闘犬に行ってたのね？　それでも足りずに、居候まで連れてくるなんて。もうやってられないわ」

女房のけんまくに気圧《けお》された呉壮博は、あわてて二人を裏庭に連れていった。裏庭には木でつくった犬小屋があり、数匹の子犬がしっぽを振っている。傷ついた黄色の犬を犬小屋の横にそっと下ろした呉壮博が、光炫に向かってひざまずいた。

「おまえにこの場で殺されても仕方ない。おまえを捨てて以来、おれも気持ちが休まる日は一日たりとなかった。やっとのことで奇別庁《キビョルチョン》の木っ端役人の座を手に入れたが、最初の女房は二人の子を残して病で死に、二番目の女房はあのとおりの性悪だ。毎日が針のむしろだ」

哀れな顔で訴えていた呉壮博が、いきなり子どものようにオイオイと泣きだした。それを見た光炫は、気弱になった。

「これまでのことはまた考えるとして、まずはこの犬を助けましょう」

「恩に着るよ。ところで、どうして馬医なんかになったんだ？」

「話せば長くなります。とりあえずちゃんと止血をするために桑白皮《そうはくひ》が必要です」

「それは何だ？」

「桑の根の皮で作った薬材です。細長く切ってあり、外側は赤色、内側は褐色をしています。それを買ってこなくちゃいけません。桑白皮を二つかみと、粟《あわ》をひとさじ入れて煎じた汁を飲ませれば、出血を抑えられるでしょう」

「わかった。ちょっと待ってろ」

拳を握りしめて立ち上がった呉壮博が出ていくと、今度はブタが尋ねた。

「あの人のこと、どうして知ってるんだ？」

「訳があってな」

「それはそうと、この犬は助かるのか？」

「できるだけ手を尽くすしかないさ」

ブタの心配顔に、光炫がにっこり笑顔で答えた。

光炫に言われた材料を買って急いで戻ってきた呉壮博が、板の間に座っていた女房をせきたてて火鉢に火をおこさせ、やかんをかけた。そしてうちわでせっせと風を送った。そうやって煎じた薬を広口の器に搾り、冷ましてから犬に飲ませた。わずかに元気を取り戻した犬はやっと何口か薬を飲んだが、また横たわってしまった。いつしか日が落ちると、女房がぶつぶつ愚痴を言いながら、にぎり飯をいくつか持ってきた。にぎり飯で適当に腹を満たし、もっと薬を飲めと言って犬をせかしていた呉壮博だったが、とうとう柱の支え石に腰を下ろして、さめざめと泣きだした。

「虎のような女房に虐《しいた》げられながら、おまえを育てるのだけが楽しみで生きてきたのに……。これからどうすればいいんだ」

呉壮博のようすをうかがっていたブタが、光炫の脇腹をつついた。

「もう何もできないのか？」

光炫が首を振った。

「首の傷が深いし、出血も多かったからな。さらに薬を使うには、体がある程度受け入れなくっちゃいけないが、そんな状況じゃない。人間なら元気を出せとか、家族のことを思って頑張れと言えばいいが、動物には言葉が通じないし」

「たしかに……」

「だったら、いっそのこと毒薬をくれ。犬が苦しむのを見るくらいなら、むしろ自分の手で始末するほうがましだ」

二人の話を聞いていた呉壮博が哀願した。すると、しばし考えていた光炫が口を開いた。

「さっき桑白皮を買ってきた薬房に行けば、天南星《てんなんしょう》という草で作った薬材を扱っているはずです。もともと痰《たん》がからんだり中風になったりしたときに使う薬ですが、毒性が強いので、一度にたくさん飲むと死にます。それを煎じて飲ませたらいいと思います」

「本当に苦しまないですむのか？」

「牧場で脚の折れた馬を殺すとき、その草を使いますが、眠るようにして静かに死にます。ひと握り、いや、馬よりずっと小さいので、ひとさじほどあればいいでしょう」

説明を終えた光炫が尻をはたいて立ち上がると、呉壮博は重ねて謝意を表した。

「この恩は忘れん。どこに住んでるんだ？」

「箭串牧場です。用事があって漢陽に上ったのですが、小広通橋の横の、大きなかまどのある旅籠屋に泊まってます」

「次に漢陽に来たときはぜひ寄ってくれ。いいな?」

門の外まで見送りながら何度も念押しした呉壮博は、力なく振り向くとまた泣きだした。台所で片づけをしていた女房が、「男が泣くなんてみっともない」と小言を言った。光炫は狭い路地を歩きながら、ブタに呉壮博との因縁話を聞かせてやった。するとブタが驚きの目で見つめた。

「そんなことをされたのに、黙ったままなのか? おれだったら……」

「だけど、泣いてたじゃないか。そこに真心を感じたんだ。おれと父親にしたことを後悔しているのだろう」

「まったく、聖人君子かよ」

「さあ、早く行こう。チュ・ギベのおっさんが首を長くして待っているぞ」


二人の予想どおり、チュ・ギベはカンカンになって怒っていた。ブタが街を見物していて道に迷ったとうまく言いつくろい、なんとかその場を切り抜けた。怒りを収めたチュ・ギベは、贈り物は一人で全部届けたからもう帰ろうと言った。光炫が荷物をまとめ、ブタが旅籠屋の牛小屋から牛車と牛を引っ張りだして出発しようとしたそのとき、小さな笠をかぶり短い道袍を羽織った男が前を遮《さえぎ》った。チュ・ギベがその男を見て頭を下げた。

「ヨム主簿《チュブ》〔司僕寺に属する従六品の官吏〕殿、どうされたのですか?」

「どうしたもこうしたも、国王の馬を台なしにした罪人を捕まえに来たのだ。何をしておる！　こいつらをただちに引っ捕らえよ！」

すると司僕寺の奴婢たちが駆け寄ってきて三人を捕らえて縛り上げ、罪人のように引っ張っていった。もみ合いになった拍子に笠が壊れたチュ・ギベは、ヨム主簿に重ねて理由を尋ねたが、何の答えもなかった。訳もわからないまま連行され、司僕寺の庭にひざまずかされた三人は、そこでようやくなぜ捕まったのか知ることができた。

「そんなはずはありません。小生が黄斑馬を献上した際、元気だったのをご覧になったではありませんか？」

チュ・ギベは納得のいかない表情で、ヨム主簿に哀願した。だが、ヨム主簿は冷淡な顔で怒鳴りつけた。

「やかましい。だったら元気だった馬の腹がなぜ裂けるのだ？　硫黄を塗った紙を腹に当てて傷をこっそり閉じておいてから、こちらに引き渡した事実を知らんと思っておるのか？」

「とんでもございません」

「黄斑馬を進上すると朝廷にすでに報告してあるのに、あのようなざまでは厳罰を免れんぞ」

「お待ちください！」

横でチュ・ギベとヨム主簿のやりとりを黙って聞いていた光炫が、急に顔を上げて叫んだ。驚いたチュ・ギベが黙らせようとしたが、光炫は言葉を続けた。

「黄斑馬の腹はどれくらい裂けていますか?」

「手が入るほどの大きな傷だ」

「その大きさでは、硫黄紙を付けただけではふさがりません」

「何だと。ということは、司僕寺での馬の扱いが悪かったと言いたいのだな?」

「ああ、じれったい。馬を見せてくださいますか。そうすれば治療が可能かどうかお話しします。私たちを罰したからといって、馬が治るわけではありません」

光炫の言葉に、チュ・ギベが「もうだめだ」とでもいうように目を閉じた。ヨム主簿が笑止千万とばかりに声を上げて笑った。

「司僕寺には、わしを含めて馬医が二十人以上おる。それが全員さじを投げたのに、おぬしがどうやって治すというのだ?」

「本当に治したらどうされますか?」

光炫がぐっと頭を上げ、ヨム主簿を見つめながら言った。するとヨム主簿も真顔になって問い返した。

「おぬし、華陀《かだ》〔中国の後漢時代の名医〕にでもなったつもりか?」

「機会をお与えください。そうすれば治して見せます」

光炫がきっぱり言うと、ヨム主簿が首を左右に振った。

「いいだろう。二日後に、清国に献上する馬の点検がある。それまでに黄斑馬を治せば、これはなかったことにしてやろう。かわりに、馬を治せなかったら覚悟はよいな」

黄色い歯をむきだしたヨム主簿はそう脅すと、三人を司僕寺の裏の馬小屋に連れていった。黄斑馬はわらの山の上に横たわったまま、力のない目で三人を見つめた。下腹に巻いた布は、赤い血に染まっている。ヨム主簿が三人に言った。

「よく見たか？　今日を含め三日間やろう。どこかに逃げようなどと思うな」

ヨム主簿の姿が見えなくなると、チュ・ギベが光炫に向かって声を上げた。

「平身低頭しても足りないくらいなのに、どうしてあんなことを言うんだ？」

「だったら、されるままでいろと言うんですか？　自分らが誤って馬に傷を負わせておいて、私たちのせいにしているのに」

「ここはひたすら謝っておくべきだったんだ。これからどうしたらいいんだ？」

チュ・ギベが地面にへたり込んで天を仰ぐと、隣りに立っていたブタも子どものように泣いた。

「おれたち、どうなるんだ？」

光炫も、わざわざ事を荒立ててしまったという思いを抱きながら、馬小屋で寝ている黄斑馬に近づいた。ふだんなら、えさを与えても気に入らなければそっぽを向き、暇さえあれば寝ているような憎たらしい馬だった。ところが痛みがひどいせいか、苦痛をこらえるような目をしている。

その目を見て、光炫は思わずつぶやいた。

「待ってろよ。すぐ治してやるからな」

試験のために広間の前に集まった医女志願者たちを、張仁珠が一人ずつ見回した。医女は薬房《ヤクパン》妓生《キーセン》とも言われ、朝廷や両班たちの宴会に呼びだされて妓生の仕事もさせられていたが、恵民署に所属する医女はそれを免れることができた。だから欠員が出るたびに、多くの医女が何とか恵民署に入ることを希望した。志願者のなかに、もしやと思った顔はなかった。張仁珠はほっとすると同時に、残念な気持ちもあった。医女志願者を確認した張仁珠は、横に座っていた高朱万《コ・ジュマン》に目をやった。初老の高朱万はずんぐりした体格で、天然痘を患《わずら》ったせいで顔と鼻にあばたがあり、決して好感を与える容貌ではなかった。だが、長らく恵民署と典医監で働きながら実力と名望を積み上げ、何よりも少数の家柄が実権を握るこれまでの慣行を変えようとしていた。そもそも張仁珠が試験を担当することになったのも、そうした変化の始まりだった。高朱万がうなずいて合図をすると、張仁珠は医女志願者に向かって告げた。

「これから恵民署で働く医女の選抜試験を開始します。入口で受け取った木の札に書いてある順序どおり、広間に上がりなさい」

空色のチョゴリにお下げ髪を結った医女志願者の一人が広間に上がった。張仁珠が文机の上をおおった布を取り払うと、広間に上がった最初の志願者はもちろん、庭で待っていたほかの志願者たちも驚きに目を見開いた。張仁珠は自分の腰ほどの高さのある銅人形の横に立った。

「これは鍼術の練習に使う鍼灸銅人です。ここには十四カ所の経絡《けいらく》と左右両側を合わせて七百三十カ所の経穴があります。穴はすべて蜜蠟《みつろう》でふさがれ黄色の漆《うるし》を塗って外から見てもわからないようにしてあります。この鍼灸銅人の経絡と経穴のうち、私が指定する合計十カ所に正確に鍼を打てば、試験は合格です。この鍼灸銅人はなかに水銀を満たしているので、正確に鍼を打てば水銀が外に流れ出てきます。では、始めます」

張仁珠が目配せをすると、奴婢が広間の柱のあいだに黒い幕を張った。緊張で顔をこわばらせた医女志願者に、張仁珠が鍼を打つ経穴を指示した。

「まず、巨闕《こけつ》〔みぞおちの少し下にあるツボ〕と中脘《ちゅうかん》〔へそとみぞおちのあいだにあるツボ〕に鍼を打ちなさい」


黄班馬の状態は思ったより深刻だった。チュ・ギベの指示を仰ぎながら、急いで馬の腹を布で包み、止血のために桑白皮の煎じ薬を与えたが、馬は口にしようとしなかった。傷ついた腹を縛った布を取り換えようにも、腹に触るたびに馬が痛がるので、手の施しようがない。

「治療をするにせよ、薬を飲まなくっちゃ話にならん」

チュ・ギベがもどかしそうに言った。そうこうするあいだに日が暮れ、これといった治療法も見つからないまま、三人は旅籠屋に戻ることになった。ヨム主簿からは「逃げようなどと夢にも思うな」と釘を刺された。

部屋に入るやいなや、チュ・ギベが呆然とした顔でへたり込んだ。

「方法がない。方法が……」

「きっと治す方法があるはずです」

光炫が慰めの言葉を口にすると、チュ・ギベがここぞとばかりに怒鳴りつけた。

「どうやって？　止血の薬を飲ませないといけないのに、ひと口も飲まないじゃないか。血が止まらないかぎり、硫黄紙で傷をふさぐこともできんのだぞ」

光炫は返す言葉がなかった。罪をなすりつけた司僕寺の官吏の横暴に腹が立って口を出したものの、かえって問題がこじれただけだった。がっくり肩を落としたチュ・ギベと、怖さで青くなっているブタを見た光炫は、申し訳なさに身が縮む思いだった。それにくわえて、さっき見た黄斑馬の苦しそうな表情までが目に浮かび、光炫の心は乱れた。数年前に洞窟で馬を助けてくれた舎岩《サアム》道人の姿を見て、思わず馬医を志した光炫だったが、それ以来、時間が流れるばかりで、これということは何もできなかった。そんななかで、いきなり今日の事態と出くわしたのだ。面倒なことが苦手な性格の光炫は、なるようになれという気持ちで腕枕をしてゴロリと横になった。するとと、外で彼を呼ぶ声が聞こえた。

「光炫！　なかにいるか？」

呉壮博の声だった。がばと起き上がった光炫が扉を開いて外に出ると、呉壮博が彼をぎゅっと抱きしめた。

「ありがとう、光炫。この恩をどう返したらいいものか」

あっけにとられた光炫は、ワンワンと吠える黄色い犬を見て、やっと事情を悟った。

「死ななかったんですか？」

光炫の問いに、呉壮博がカラカラと笑いながら彼の肩をたたいた。

「まったく冗談のうまいやつだ。万一治療がうまくいかずに死んだときのことを考えて、あんなふうに言ったんだろう。わかってるさ。おまえから聞いたとおりに薬を飲ませたら、丸一日半ほどぐっすり寝て、夕方になって目を覚ました。そしたら、あんなに元気になったんだ」

「本当ですか？」

「何を謙遜している。ともかく、うれしくて走ってきたんだ」

喜ぶ呉壮博をよそに、光炫は犬のようすを観察した。首の傷がきれいにふさがっている。もう出血もなく、体も回復していた。ハアハアと長い舌を出す犬を見ると、光炫はさっと立ち上がって部屋にいるチュ・ギベを呼んだ。

「おっさん！」


日が暮れても試験は続いていた。三度目の施鍼に失敗して鍼を折ってしまった志願者が出ていくと、高朱万がため息をついた。

「容易ではないと予想はしていたが、五回連続で成功する者すらいないとはな」

「銅人腧穴鍼灸図経《どうにんしゅけつしんきゅうずけい》〔王惟一が著した中国宋代の医書〕だけを見て経穴の場所を必死で覚えても、実際に鍼を打つときにはわからないようです」

張仁珠の答えに、高朱万は同感だというように首を縦に振った。

「たしかに。典医監の医官たちも実力がしだいに落ちている。これもすべて、少数の家門が重要な地位を独占しているからだ。実力がなくても家柄を背景に地位に就くのだから、ほかの医官がやる気をなくすのも当然だ」

高朱万が顔をしかめながら言った。張仁珠もこくりとうなずいた。いくら実力があっても、代々医官を輩出する家柄でなければ、つねに出世で後れを取り、実力を示す機会も持てない。二百四十人目の志願者が入ってきた。張仁珠は緊張と疲労のせいで顔を上げるのもやっとだった。だが、志願者の声を聞いた瞬間、彼女は思わず目を見張った。軽やかな足取りで入ってきた知寧が、深くお辞儀をすると鍼灸銅人の前に座った。

「姜知寧と申します」

高朱万が座り直して、試験を始めるように言ったが、張仁珠は戸惑いの表情を見せた。そんな張仁珠を見た知寧が言った。

「実力をお見せしたら、私の真剣さをわかっていただけますか？」

「ここは医女を選ぶ試験場よ。私は試験官です。そして、あなたは試験を受けに来ただけでしょう。無駄口は慎むように」

張仁珠の冷たい答えに、知寧は静かにうつむいた。

「わかりました。実力で私の気持ちをお見せします」

「鍼を取りなさい。経穴の名を言います」

張仁珠の言葉に、知寧は文机に置かれた毫鍼《ごうしん》〔長さ三～五センチで先の細い、もっとも一般的な鍼〕を手に取った。張仁珠はゆっくりと経穴の名を挙げた。

「まず、気海《きかい》、肺兪《はいゆ》、巨骨《ここつ》、臂臑《ひじゅ》、気衝《きしょう》、髀関《ひかん》に鍼を打ちなさい」

すると知寧はゆっくりと経穴の名前を復唱しながら、鍼灸銅人の体に鍼を打っていった。そのたびにそこから水銀が流れ落ちた。楽な姿勢で座っていた高朱万が、驚きの目をして背筋を伸ばした。知寧は息を整えると、張仁珠を見つめた。張仁珠がふたたび経穴の名前を挙げた。

「兪府《ゆふ》、玉堂《ぎょくどう》、曲骨《きょくこつ》に鍼を打ちなさい」

張仁珠は体の中心線に沿って密に並んでいる任脈《にんみゃく》〔会陰部からへそを通り唇に至る経絡のひとつ〕の経穴を指定した。経験豊かな医員でも間違える場所だったが、知寧は一寸の誤差もなく正確に鍼を打っていく。高朱万の口から、小さな感嘆の声が飛びだした。首を横に振った張仁珠が、最後の場所を告げた。

「承漿《しょうしょう》」

すると知寧は、鍼灸銅人の下唇のすぐ下にある、おとがいの唇溝中央の経穴に鍼を打った。そして鍼を抜くと、今度も鍼灸銅人のなかに満たされている水銀がたらたらと流れ出た。鍼を文机に置くと、知寧が言った。

「鍼を打ち終わりました」

「ご苦労でした」

張仁珠の返事をあとに知寧が広間から出ていくと、高朱万が口を開いた。

「驚くべき実力だ。ほかの者の成績を見るまでもなく、一等だろう」

張仁珠は黙ったまま、ほほ笑んだ。


「つまり、その犬に桑白皮を煎じて飲ませても効果がないから、苦しまずに死なせるために天南星を飲ませろと言ったと。そういうことか?」

部屋に飛び込んできた光炫の説明を聞いたチュ・ギベが尋ねた。

「そうです。ところが犬は死なないどころか、あのようにぴんぴんしているのです」

「天南星をどれだけ飲ませるように言ったのだ?」

「ひとさじほどです」

光炫の答えを聞いたチュ・ギベが、そうだと思ったというように、光炫にげんこつを食らわせた。

「おまえはそれでも馬医か? その程度の量で死ぬわけがなかろう。量の調節もできんとは、何年勉強してきたんだ!」

小言を聞いていた光炫が、いきなり叫んだ。

「いま重要なのはそのことではありません」

「こいつ、誰に向かって口答えするんだ！」

「ですから、黄班馬にも同じ方法を使って治療することができるんです」

光炫の説明を聞いて、チュ・ギべが首をかしげた。

「なるほど。馬があまりに苦しがって、薬も飲めず、治療もできないでいる。だから眠る程度の天南星を飲ませてから治療をすればいいと。そういうことだな。そして、ぐっすり眠らせれば、自然に治ることもあるし」

「すぐにおわかりになるとは、さすが頭がいいですね」

光炫が笑いながら言うと、いっしょに笑っていたチュ・ギべがまたげんこつを食らわせた。

「こいつめ。しかし、言うのは簡単だが、馬にどれほど薬を与えたら眠るのかわからんだろう？それに馬が死にでもしたら抜き差しならん事態になるぞ」

「でも、このまま手をこまねいているわけにもいきませんよ。何でもやってみなくっちゃ」

「考えてみたんだがな、金で解決したほうがいい。ヨム主簿の懐にたんまり突っ込んで、馬が病気で死んだと言えばいいだろう」

「だったら馬はどうするんですか？」

光炫の反論に、チュ・ギべが拳で胸をたたきながら、ため息をついた。

「馬の心配をしている場合か？　下手をしたら、おれたち三人の人生がここで終わりになるかもしれないんだぞ。ともかく明日の朝になったら、すぐにヨム主簿のところに行って相談して金を工面するから、おまえたちはここでおとなしく待ってろ。いいな?」

　夜更けまで続いた医女の採用試験が終わると、張仁珠は知寧を呼んだ。自分が呼ばれることを予想していたのか、帰らずに控えていた知寧が部屋に入ってきた。

「今日の試験の受験者のうち、あなたがいちばん鍼がうまかったわ。十カ所どころか五カ所できた人も少なかったのに」

　話を聞いた知寧は、恥ずかしそうにうつむいた。だが、張仁珠は厳しい表情で話を続けた。

「でも、私はまだ確信が持てないの。ですから、あなたを合格者として発表するのをしばらく待つように頼んでおきました」

「なぜ私の熱意をお疑いなのですか?」

「れっきとした両班家の令嬢が、薬房妓生と後ろ指を差される医女になりたいと言うのだから、当然でしょう。それにあなたの養父が内医院御医の李明煥だという点も考えなくちゃいけないし」

「私は物心がついたときから役場の使いをしながら育ちました。親のことを話してくれる人もいませんでしたし、自分からも聞きませんでした。それに、十二歳くらいになったころ、妓生になれと言われて、漢陽に逃げました。男の格好をして橋の下に暮らしているうちに養父に出会い、元の身分を取り戻すことができたのです」

「おおよそは知っています」

「私はずっと、なぜ自分が物乞いから両班家の娘になったのかという疑問を抱いてきました。そうするうちに、実の父親が医員だったという話を聞きました」

「とてもいい方だったわ。医員としても、一人の人間としても。だからお父さまの遺志を受け継ぎたいというわけね？」

「違います。父を捨てようとして医女の道を選んだのです」

意外な答えに張仁珠が戸惑っていると、知寧が顔を上げて彼女を見つめた。

「誰も私に、なぜ生きるのか、どう生きるべきかを、話してくれませんでした。ただ年頃になったらよい相手を見つけて結婚し、子どもを産んで暮らせばいいという話しかしませんでした。ですが、私はそれが自分に与えられた人生ではないことを知っています」

「なぜそう思ったの？」

「とにかく幸せではなかったのです。ただ私を引き取ってくれた養父を喜ばせ、失望させないように無理をしてきました。私には医術以外に楽しみはありませんでした。どこに鍼を打てば痛みを抑えられ、どこに灸を据えれば体が楽になるかを学べば、時間がたつのも忘れました。そんなある日、一人の馬医が傷ついた犬を治すのを見ました。消えかかった生命を何とかしてつなぎ止めようとする馬医の姿を見て、医女の道に進むことを決意したのです」

「目新しいものへの好奇心と運命とを、取り違えているんじゃないの？」

張仁珠の質問に、知寧が首を横に振った。

「私は姜道準の娘ではなく、姜知寧として生きたいのです。そして、その人生を医女に求めようと思っているのです」

彼女の答えを最後に、しばしの沈黙が流れた。結局、張仁珠が先に口を開いた。

「耐えられるかしら？」

「何をですか？」

「医女たちが恵民署の正式の医女になろうとするのは、妓生のように宴会に呼ばれるのを避けたいからよ。ところが、あなたが急に現われてその機会を奪ってしまえば、ほかの医女たちの嫉妬は大変なものになるでしょう。そのような状況では、あなたが両班家の娘だとか、内医院御医の養女だという事実は、まったく役に立たないわ」

彼女の問いに、知寧がにこりと笑って答えた。

「私が幼いときに厳しい環境で育ったとお話ししましたよね？」

「よろしい。あなたを恵民署の正式な医女に選びましょう。ですが、覚悟をしておくのですよ」


夜が明けるやいなや、チュ・ギべは金策のために出ていった。しばらくすると、外から呼ぶ声が聞こえた。光炫は寝ているブタをそっと起こした。

「司僕寺に行こう」

「おっさんが金の工面に行くと言ってたじゃないか。ここで待ってよう」

「金を渡したら許してくれるという保証もないだろう。それに、話がうまくまとまったら黄班馬は死ぬことになるんだぞ」

「あの馬とは敵同士のようだったのに。いつからそんなに大事に思ってたんだ？」

光炫はためらうことなくブタを引っ張り起こした。

「昨日、呉壮博のおっさんに薬材を買ってくれと頼んでおいたが、持ってきたようだ。すぐに起きろ」

二人が呉壮博から受け取った薬材を持って司僕寺に行くと、ヨム主簿が疑わしそうな目つきでにらんだ。

「馬医はどこに行った。どうしておまえたちだけで来たのだ？」

「ちょっと用事があって、あとで来ます」

適当に言い逃れた二人は、司僕寺の裏の馬小屋へと向かった。黄班馬は相変わらず、わらの山の上に横たわっていた。光炫は持ってきた荷物を広げると、手を伸ばして馬の頭をなでた。

「ちょっと待ってろよ。おれが必ず治してやるからな」

ブタが旅籠屋で借りてきた真鍮《しんちゅう》の容器から、天南星を煎じた薬を皿に注いだ。ブタが光炫に尋ねた。

「どれほど飲ませたら死なずに眠るかな」

「そうだな……」

光炫は、腹の傷に貼り付ける硫黄紙を準備しながらつぶやいた。実際、呉壮博の犬が死なずに完治したのは、ほとんど奇跡だった。だが、馬は犬より体がずっと大きく、傷の大きさや症状も同じではない。急に心配になった光炫が手を休めて考え込んでいると、背中から耳慣れない声が聞こえてきた。

「毒薬を使って眠らせようとは、よく考えたな」

驚いた光炫が振り返ると、空色の道袍を着た中年の儒生が立っていた。光炫は相手が誰かも知らないまま、思わずお辞儀をした。すると中年の儒生は、隣りで卑屈な表情で立っているヨム主簿に視線を向けた。

「忙しくて司僕寺の仕事まで目が届かなかったが、よくもやってくれたな」

「いや、そうではなく……」

「そうではないなら、このざまはなんだ？　清国に献上する馬の管理もろくにできず、瀕死《ひんし》の状態に追い込んだだけでも足りず、あのような若造の手に任せるとは。あきれた仕業だ」

儒生の叱責に、ヨム主簿は顔をゆがめた。

「ただちにあやつらを追いだします」

「機会をいただけますか？」

話を聞いていた光炫が、儒生を正面から見つめて言った。すると儒生が面白いというように彼を見返した。

「機会をくれだと？」

「どうせ死ぬ運命だとお考えなら、お願いします」

光炫の話を聞いていた儒生は、じっくり考えた末にうなずいた。

「よかろう。どのみち死ぬ馬なら、そなたの手に任せるのも悪くない。ただし、すべてのことには責任がともなうものだ。馬を救えなかったら罰を与えるぞ」

片方の唇をつり上げ、儒生が冷たい声で言った。

「清国に献上する馬だ。まかり間違えれば、むちでたたかれて監獄にぶち込まれるくらいではすまぬぞ。それでもやるか？」

それを聞いたブタは、その場にへなへなと座り込んでしまった。光炫も膝の震えが止まらなかった。やはり無理だ――。あきらめの気持ちが頭をもたげようとした瞬間、馬の細い鳴き声が聞こえた。まるで自分を見捨てないでくれというようなその声に、光炫は振り返った。かろうじて頭を上げた馬と目が合うと、光炫の脳裏に灰色の雌馬のことが浮かんだ。その馬を助けるためにやったことを思いだした光炫は、鼻をすすりながら小さくつぶやいた。

「やってやろう」

そして儒生にこう答えた。

「やってみます」

「よし。明日、清に献上する馬を点検するとき、この馬がそこに並んでなくちゃいかんぞ。馬を救えなければ、相応の処罰が下されることになる」

儒生がその場を去ると、そのあとをついて行きかけたヨム主簿が、あきれたような表情で戻ってきた。

「内医院の御医にあんな態度を取るとは、気は確かか？」

光炫が黙ってうつむくと、ヨム主簿が鼻でふんと笑った。

「明日の正午に、前庭で献上馬の点検が行なわれる。元気になった馬を連れてこられなければ、三人とも覚悟するがよい」

そう言うと、後ろも振り返らずに立ち去った。座り込んでいたブタはおびえたような表情で、声も出ない。肩で息をしながら振り返った光炫は、首をもたげた黄斑馬を見つめた。馬も光炫をじっと見ている。光炫は恐ろしさをぐっと抑え、馬に近づいて頭をなでてやった。

「ケンカするほど仲がよくなると言うけど、やっぱりおまえを見殺しにはできないよ」

そう言うと、天南星の煎じ薬が入った器を、馬の鼻先に差しだした。長い鼻でクンクンと臭いをかいでいた馬は、頭を器に突っ込むようにして、ごくごくと薬を飲みはじめた。光炫は減っていく薬を見ながら、適当な分量を計算しようとした。その一方で、いま話をして立ち去った内医院御医の横顔と声に覚えがあるような気がしてならなかった。濃いひげに隠されていたものの、角張ったあごの線に間違いはなかった。

「バカ野郎！」

しばらくして戻ってきたチュ・ギベは、ブタから一部始終を聞いてカンカンになって怒った。動転したように地団駄を踏み、両手を天に突き上げてむせび泣いた。そして、なぜ止めなかったのかと言ってブタを叱りつけた。一方、光炫はふたたび馬に天南星の煎じ薬を与えた。二皿飲み干しても眠らないので、桑白皮の煎じ薬を与えてから、さらに天南星をひと皿与えた。飲みおわるとまもなく馬は眠りに就いた。たくさん飲ませすぎたかも知れない――。光炫は心配になった。ほとんど息もしていないようだ。光炫は怖さを抑えながら、まずは傷の手当てをすることにした。腹をぐるぐる巻きにした布をそうっと取り去ってみると、鋭い物が刺さったのか、指尺でひとつ分ほどの切り傷があり、その上に血が固まっている。内臓が飛びださないようブタに傷を押さえさせ、お湯に浸した布で固まった血を拭き取った。馬は深い眠りに落ちているのか、微動だにしない。慎重に傷を拭いていると、後ろから突然チュ・ギベがやってきて布を取り上げた。

「どいてろ。こんなこともできないのか？」

きつい言い方だったが、心の内はすぐにわかった。昨夜のうちに削っておいた玉の粉と金粉を混ぜて水に溶き、布の上に平らに伸ばしてから馬の腹に巻いた。そして腹を温めるために硫黄を塗った紙を腹のあちこちに貼り付けた。そうしているあいだに日が暮れた。光炫が額に流れる汗を拭っていると、チュ・ギベが言った。

「やるべきことはすべてやった。あとは目が覚めるのを待つだけだ」

「きっと目が覚めますよ」

「いつもと違って、やけに真剣だな。やっと馬医らしくなったぞ」

チュ・ギベが汗にぬれた顔で明るく笑った。


明くる日、約束の正午になっても、黄斑馬は目を覚まさなかった。するとヨム主簿は待っていたかのように三人を引っ捕らえ、飼い葉を蓄えておく倉庫に閉じ込めてしまった。光炫はチュ・ギベとブタに謝ったが、二人とも疲れているのか無言だった。やがて外が騒がしくなった。清への献上馬を点検する準備をしているらしい。突然、扉が開いて司僕寺の奴婢たちが飛び込んでくると、三人を表に引っ張りだした。黄斑馬のいる馬小屋の前には、ヨム主簿と李明煥が並んで立っていた。李明煥は引っ張られてきた光炫に言った。

「約束を守れなかったな」

「腹の傷をご覧になりましたか?」

光炫の答えを聞いた李明煥が、ヨム主簿に言った。

「馬の腹を確かめてみよ」

ヨム主簿が腹に巻いた布をはがすと、白っぽい肉がミミズのようにうねうねと盛り上がっているのが見えた。

「腹の傷は治りました」

チュ・ギベとブタは黙ってうつむいていたが、光炫は胸を張って答えた。李明煥が光炫の答えを聞いてうなずいた。

「よくやった。しかし見てのとおり、馬の意識はまだ戻っておらん。昨日、点検の際に馬が出ていなければどんな罰でも受けると、しかと約束したことを、よもや忘れておるまいな」

「もう少し時間をいただければ……」

光炫の言葉を遮った李明煥が、ヨム主簿に尋ねた。

「大国に献上する馬を傷つけたり死なせたりした場合、その者はどんな罰を受けるのだ？」

するとヨム主簿がここぞとばかりに答えた。

「むち打ち五十回のうえ、水軍に従軍させます」

「海はさぞ楽しかろうて」

あざ笑うように李明煥が言うと、ヨム主簿が奴婢たちに合図をした。光炫は引っ張られていきながらも、大声でわめき立てた。

「馬を見てください。もう目が覚めるころです」

光炫はもがきながら、黄斑馬が寝ている馬小屋から目を離さなかった。しばし考えていた李明煥は、黄斑馬に近づいて双鳧《サンブ》に手を当てて脈を取った。その瞬間、李明煥はふと、忘れていた自分の父親のことを思いだした。馬医だった李明煥の父は常々、馬は人間より皮膚が厚いので脈を取るときは気をつけるよう言っていた。李明煥は深呼吸すると、ふたたび馬の双鳧に手を当てた。

息を吸うと同時に、体が軽くなった。その軽さを保つために息を止めると、感覚が鋭くなった。そして双覓の脈に触れていた右手の人差し指をそっと離した。父はいつも李明煥に言っていた。脈は取るものではなく、感じるものだ、と。生きて息をしたいという熱望があれば、それは十分に感じることができるのだ、と。暗闇のなかで、李明煥は馬の生への欲望を読み取ろうと気持ちを集中した。どれほど時間がたっただろうか。李明煥は目を開けると、首を振った。脈はまったく感じられなかった。身を乗りだして見守っていたヨム主簿が、やはりという表情で奴婢たちに三人を連れていくよう命じた。

「もう少し時間をください！」

光炫の叫びをよそに李明煥が背中を向けた、そのときだった。馬が長くとがった下あごを震わせている姿が、李明煥の目にとまった。足を止めると、いつのまにか馬は目を開けて、頭をもたげようと力を振り絞っているではないか。李明煥はヨム主簿に声をかけた。

「しばし待て」

馬が動くのを目にした光炫は、奴婢の手を振りきって思わず駆け寄った。そして馬をなでながら、泣きそうな声で言った。

「ありがとう。本当にありがとう。生き返ってくれて、ありがとう」

光炫は袖で涙を拭うと、面食らっているチュ・ギベとブタに飛びついていった。そのようすを横目で見ながら、李明煥がヨム主簿に指示を下した。

「完治するまでには少し時間がかかるだろうが、もともと丈夫なやつだから、よく食わせればいいだろう。処罰はなかったものとする」

「かしこまりました」

「ほら、見てください。私が何と言いましたか？　あいつはきっと目を覚ますって言ったでしょう？」

光炫が喜びいっぱいの笑顔で言うと、ヨム主簿が怒鳴りつけた。

「生意気なやつめ！　いったい誰の前だと思っておる？　大声を上げやがって」

そうしているあいだに、チュ・ギベが李明煥に近寄った。二人はしばし話を交わしたかと思うと、どこかに姿を消した。


人目を避けて建物の裏に回った二人は、しばらく黙ったまま見つめ合っていた。先に口を開いたのはチュ・ギベだった。

「久しぶりだな」

「はい、兄貴《ヒョン》がうちの父の下で見習いをされていたとき以来です」

「うわさはかねがね耳にしていた。いつか顔を見ることもあるだろうと思っていたが、妙なところで出くわしたものだ」

「なぜ知らぬふりを？」

「おぬしの父上が亡くなったときに、何とおっしゃったと思う？　消息を伝えようと思うでない、おぬしに道で会っても知らぬふりをせよとな。そういえば、おぬしの父上は十年前に亡くなった」

李明煥は小さくため息をついた。養子に出されたときのことが思いだされた。十六歳のときに漢陽の李医員宅に自分を預けて出ていった父は、泣いている李明煥を一度も振り返らなかった。だが、李明煥はその震える肩を見ながら、父も泣いていることを知った。父との別れはつらかったが、チュ・ギベが父の面倒を見てくれるというので、ようやく耐えることができた。

「華陽亭の上にあるカシワの木の下に埋めた。もし近くに寄ることがあれば、行ってご挨拶するがよい」

「わかりました」

「それから、ひとつ頼みがある。先ほどのあいつのことだ。突飛なことばかりするし、やかましいうえに、いま教えてやったこともすぐ忘れるやつだが、ここに置いてやりたいと思ってな。ちょっと手を貸してくれないか」

「腕前は確かですか？」

「まったく見当がつかん。脈を取るようすをみれば、生まれ持った才能があるようでもあり、黄斑馬の治療法を考えだしたところを見れば、頭も回るようだ。確実に言えるのは、箭串牧場のようなところで腐るようなやつではないということだ」

「司僕寺に馬医の空きがあるか調べてみます」

話は終わり、二人は再会を約す言葉もなく別れた。

「司僕寺ですって？」

夢を抱いた出勤の初日、知寧は信じられないという顔で、門に貼りだされた触れ書きを見つめた。恵民署の門に貼られた触れ書きには、新たに選抜された医女たちの任地が記されていた。そのほとんどは恵民署や活人署だったが、知寧の派遣先は司僕寺となっていた。怒りがこみあがった知寧は、その足で張仁珠のもとを訪れて抗議した。

「なぜ私が司僕寺に行かなければならないのですか？」

「司僕寺では何か困ることでもあるの？」

「あそこは成績や行状が不良な医女が行くところだと聞きました」

「それは単なる慣例で、必ずしもそうと決まっているわけではありません」

張仁珠のつれない答えに、知寧は言葉を失った。

「もしや養父との関係で、私を司僕寺に送ることにされたのですか？」

「もしそうなら、あなたは恵民署に近づくことさえできなかったはずよ」

張仁珠が冷たい顔にかすかな笑みを浮かべ、知寧を見つめた。

「私の上官の高朱万医官殿とよく相談して決めたことです。恵民署にはもうあなたに関するうわさが広まっているわ。医員と官吏はあなたの扱いに困るでしょうし、医女たちがそんなようすを見たら、あなたにいっそう嫉妬するでしょう。恵民署を任されている私としては、そういう状況は容認できません」

「ですが……」

「あなたのせいではないことは知っています。そしてあなたがそんなことにめげる子じゃないということもね。あなたの養父の李明煥は、かつては馬医の子どもでした。馬医の子はいくら優れた腕前があっても、馬医にしかなれないから、彼の父親は息子を漢陽の名高い医員の養子にしようとしたの。でも、その医員から断わられてしまったのよ。すると李明煥はどうしたと思う？」

知寧が答えずにいると、張仁珠はにこりと笑って、打ち明け話を始めた。

「その医員が肝脹症《カンチャンジュン》〔脂肪肝〕にかかっているということを、ひと目で当ててみせたのよ」

「どうやって……？」

「手で脇腹をよく触診し、冷や汗をかいている症状から見抜いたの。彼は天才だわ。そうやって典医監に入ったけれど、馬医の子という身分のせいで、ずいぶん苦労したそうよ」

「まったく知りませんでした」

「両班でありながら医員の道を選んだ姜道準と、妾《めかけ》の娘だった私、そして馬医の息子だったあなたの養父がいっしょに学ぶことになったのは、ひょっとしたら必然だったのかも知れない。三人とも人と違うせいで、痛みを感じる身の上だったのだから。あなたも同じ身の上だけど、あなたのそばには手をさしのべてくれる人がいない。残る方法はただひとつ、どん底から這い上がって、実力と誠実さを示すことよ」

「そうすれば認めてもらえるのですか？」

「妾の娘だった私が医女になると言ったら、人はあざ笑って信じてくれなかったわ。ましてや、れっきとした両班家の娘で、内医院の御医の養女であるあなたは、言うまでもないでしょう。どん底から始めて、実力を示すのよ。医女・姜知寧を見ても、内医院御医の李明煥や儒医・姜道準を思いださないですむようにね」

「そのようなお心遣いがおありとは、知りませんでした」

「今日は提調殿とほかの医員に挨拶をしたら、家に帰って休みなさい。明日から司僕寺に行くのよ。うまくやれると信じています」

張仁珠の温かな笑顔を見た知寧は、感激の目でうなずいた。張仁珠に連れられて提調をはじめ医員たちに挨拶をした知寧は、同じく司僕寺に派遣される医員のホ・インジュンとともに恵民署を出た。門を出るやいなや、道ばたにつばを吐いて叫び声を上げたホ・インジュンは、居酒屋に酒でも飲みにいくと言って、あとも振り返らずに姿を消した。ひとり残された知寧は、気持ちが揺らいだ。このまま司僕寺に行かなかったとしても、誰も何も言わないだろう。しばし考えていた知寧は、さっきホ・インジュンがそうしたように、道ばたにつばを吐いてつぶやいた。

「みんな忘れているようだが、おれは漢陽の街を牛耳っていたヨンダルだ。何をこれしきのこと」

新たに選抜された医女たちの世話で、一日中忙しく働きヘトヘトになった張仁珠は、誰かが訪ねてきたと聞いて正門に向かった。門のそばまで来ると、呉壮博の姿が見えた。奇別庁《キピョルチョン》からの仕事帰りなのか、平頂巾《ピョンジョンゴン》〔中人階層の下級官吏がかぶる官帽〕に団領《タルリョン》〔丸い襟のついた官服〕姿だった。いらいらと門の前を行ったり来たりしていた彼は、張仁珠の顔を見るとうれしそうな笑顔を見せた。

「光炫を見つけました」

「本当ですか？」

張仁珠は驚きに目を丸くして聞き返した。

「本当ですとも。この目でしっかり見ましたから」

「いまどこにいますか？」

「漢陽で会ったのですが、箭串牧場の馬医として働いていると聞きました。もう牧場に戻ったことでしょう。会ったのは数日前ですが、すっかり忘れていて、今日になって思いだしたのです。だから仕事がひけるとすぐに駆けつけました」

張仁珠にはもう呉壮博の言葉が耳に入らなかった。とうとう捜しだしたという安堵とともに、元の身分に戻る知寧のことを思い起こしたからだ。張仁珠の表情に陰が差すと、呉壮博もつられて黙りこくった。

固く決心した知寧だったが、朝早く家を出て広い六曹《ユクチョ》通りを横切り、司僕寺に到着するやいなや、その気持ちも揺らぎはじめた。女性が多く、こぎれいだった恵民署とは違い、馬と荷車が出入りする司僕寺の門は大きく、塀越しに見える建物も威圧的だった。門の前でためらっていた知寧は、深呼吸すると司僕寺のなかへと入っていった。赤い頭巾をかぶった録事《ノクサ》〔中人階級の末端官吏〕たちが忙しく行き交い、一方では荷車に積まれてきた飼い葉を倉庫に入れているところだった。誰もが忙しそうにしているので、誰に声をかければいいかもわからない。もじもじしていた知寧は適当な人を捜すために、あたりを見回しながら奥へと足を踏み入れた。途中で通りすがりの録事に声をかけたが、忙しいからと目もくれずに行ってしまった。大きな殿閣の裏手に回ると、馬小屋が見えた。馬糞の甘ったるい臭いが漂ってくる。飼い葉の束が風に吹かれて飛んできて、彼女の顔に当たった。驚いた彼女は悲鳴を上げながら、飼い葉のついた顔を払った。そんな彼女の耳に、聞いたことのある声が聞こえた。

「すまん、すまん！　恵民署から来た医女だな？　こちらに来て、飼い葉の片づけを手伝ってくれ」

頭にきた彼女が怒鳴りつけようとした瞬間、声の主が飼い葉を積んだ荷車からひょいと飛び降りて近づいてきた。馬糞の臭いに、知寧は思わず手で鼻をおおった。

「どこかで会ったことがあるようだが？」

やっと気を取り直した彼女は、片目にあざをつくった光炫のふてぶてしい顔を見て、びっくり仰天した。

「おまえは……。きれいな格好をしているから、どこかの両班家のお嬢さまかと思ったら、医女だったのか？　じゃあ、あのときいっしょにいた男、あの着飾った美男子は、おまえのひもか何かか？」

彼女は一瞬怒りにかられたが、張仁珠の言葉を思いだして口をぎゅっと結んだ。すると調子に乗った光炫が、彼女の肩に手を載せた。

「心配するな。おれは口が固いから。だけど、若い娘がそんなことでいいのか？」

あきれた顔で知寧がにらむと、光炫がカラカラと笑った。

「とにかく新入り同士、仲良くしようぜ」

そう言うと、手に持っていた熊手を彼女に手渡しながら言った。

「あそこの荷車に飼い葉が積んであるのが見えるだろ？　あれをそこの倉庫に移すんだ」

「医女がなぜそんなことまでしなくちゃならないの？」

たまりかねた彼女が言い返すと、光炫が右手の小指で鼻をほじりながら答えた。

「清に献上する馬があさって出発するんだ。その前にしっかり食わせなくちゃならないから、みんな大忙しなのさ。これ以上の説明は必要かい？」

知寧が首を振ると、光炫は満足そうな顔で彼女の肩をたたいた。

「じゃあ、おれはちょっと朝飯を食ってくるから、よろしくな」

伸びをしながら出て行く光炫の後ろ姿をじっと見ていた知寧は、そのときになって初めて、彼が鼻をほじった手で自分の肩をたたいたことに気づいた。知寧は短く悲鳴を上げると、熊手を放り投げた。


「早く！　早く！」

建物の土台に腰掛けた光炫がイライラした声で呼ぶと、知寧は抱えていた飼い葉を地面に放りだして叫んだ。

「私は奴婢じゃないわ。医女よ！」

「おれだって馬医だ」

「まあ、何て口の利き方。あなた、自分がいくつだと思っているの？」

皮肉混じりの光炫の口ぶりに、知寧が怒りを爆発させた。だが、鼻をほじっていた光炫は親指と人差し指で鼻くそを丸めながら、小言を並べ立てた。

「いい年の娘がそんなに怒鳴って、恥ずかしくないのか？　おれも何が何だかわからないんだ。もともと馬を引き渡して牧場に戻るつもりだったのに、急にここに残れと言われたんだ。見習い馬医だと言うが、面倒を見てくれる人もいないし、何をしろとも言ってくれないし、だから無駄飯食い扱いされたくなければ働くしかないのさ」

鼻くそを丸めている光炫の指先をじっと見ていた知寧は、指が自分のほうに向けられると、さっと身をよけた。光炫はにやりと笑って、知寧が逃げたほうへと手首をひねると指をはじいた。

知寧がきゃっと悲鳴を上げると、光炫は笑いながら土台から飛び降りた。

「それを片づけ終わったら、馬小屋に馬糞の片づけに行こう」

知寧はすべて投げだして、家に帰りたくなった。そして養父にこの礼儀知らずの若い馬医を懲らしめるよう頼みたくなった。しかし、そうすれば恵民署で働く夢もおしまいになる。

知寧は奥歯を噛みしめると、後ろ手を組んでゆうゆうと歩いて行く光炫を追い越して、鋤《すき》を拾い上げた。すると光炫はさすがだという表情を浮かべた。荒い息をついて馬小屋に飛び込んだ知寧は、鋤で馬糞の山をすくって光炫に放り投げた。光炫は余裕の表情で馬糞をよけて知寧をあざ笑ったが、続けて飛んできた馬糞をよけきれず胸に直撃をくらった。知寧がクスッと笑って馬小屋のなかに入っていった。そして隅にある大きな馬糞を見て、にやりと笑った。

「ようし、ともかくやってみよう」

そう言うと、鋤を握り直して、ありったけの力で馬糞を掘りはじめた。だが、馬糞は思ったよりも柔らかく、体がふらついてしまう。

「まだ乾いていないからかな？」

そうつぶやいた彼女は、鋤ですくい上げたものの正体を見て、悲鳴とともに鋤を投げ捨てた。馬小屋から飛びだした知寧は、ぼんやり立っていた光炫の胸にぶつかった。そこがさっき自分が投げた馬糞が当たった場所だということに気づいて、知寧はまた悲鳴を上げた。

「鼓膜が破れそうだ。幽霊でも出たのか？」

「豚が、子豚の死体が……」

知寧は訳のわからないことを言いながら、吐き気を催したのか、光炫を押しのけて馬小屋の柱にもたれて空《から》えずきをした。そのようすを見ていた光炫が舌打ちをした。

「医女ともあろうものが、動物の死体くらいでそんなに怖がってどうする?」

「だって、初めて見たのよ!」

大声を上げた知寧だったが、ふたたび吐き気が込み上げてきて柱にしがみついた。馬小屋のなかに入った光炫は、知寧が見た子豚の死体を確かめてぶつぶつ言った。

「乳を飲めずに飢え死にしたようだ。片づけが面倒だから、誰かがそっとここに運んできたんだろう」

そう言うと、鋤で子豚の死体をすくい上げた。知寧はそれでまた意地悪をするのかと思って腰を抜かしそうになったが、光炫は彼女の横を通り過ぎ、裏庭に向かった。そうして適当な場所に穴を掘って子豚の死体を埋めると、その前にひざまずいて、しばし目を閉じて何かをつぶやいていた。意外に厳粛な姿に知寧が目を見張っていると、光炫は照れくさそうに頭をかきながら立ち上がった。

「牧場で死んだ動物たちをこうして埋葬してきたんだ」

「目を閉じて何と言っていたの?」

「次は人間として生まれて来いって、そう祈ったのさ」

光炫が子豚を埋めた場所に目をやりながら答えた。次に知寧をじっと見つめた。顔をちょっと赤らめた知寧が横を向くと、光炫が首をかしげた。

「見れば見るほど、どこかで会ったことがあるようだ。もしや……」

知寧は、自分に視線を向ける光炫の向こうずねを蹴飛ばした。

「妓房や居酒屋で見たとでも言うつもりだったんでしょう？　からかうにもほどがあるわ。ただじゃ置かないわよ」

知寧の剣幕に、光炫は顔をしかめてひと言「すまん」と謝った。


呉壮博から光炫のことを聞いた張仁珠は、その足で高朱万を訪ね、一日だけ暇を取らせてほしいと頼んだ。そして許可を受けるとすぐに、駕籠《かご》と駕籠かきを二人借りた。翌日、日の出とともに駕籠に乗った彼女は、興仁之門《フンインジムン》［ソウルの東の正門。東大門］の外の箭串牧場に向かった。

「誰を捜してるって？」

華陽亭で妓生をはべらせ風流を楽しんでいた監牧官が、うるさそうに聞いた。

「白光炫という人を捜しています。年のころは二十歳くらいです」

「この牧場には牧者が数百人いて、みな二十歳前後だ。おれがどうしてその名前を全部覚えているって言うんだ？」

「では、名前を知っていそうな人を呼んでください。大事なことなので、ぜひ確かめたいのです」

「じゃあ、人を呼んでやるから、そちらで聞いてくれ。おい！　チュ・ギベを呼んでこい」

監牧官はひとつせき払いをすると、通りすがりの牧者に告げて、そのまま華陽亭に上がっていった。大きなかつらに玉のかんざしを挿《さ》した妓生たちが、人の背丈ほどもある長いキセルを監牧官に手渡し、キャッキャと笑う姿が見えた。長衣をかぶった張仁珠が待ちくたびれたころ、小さな笠を頭に載せ、上着の裾をからげた中年の男が、息を切らせて走ってくるのが見えた。張仁珠が先に声をかけた。

「もしやチュ・ギベさまですか？」

「私だが。監牧官に呼ばれて忙しいのだ」

「私が呼んでいただいたのです」

チュ・ギベは気の進まないようすで彼女の顔を見つめた。

「いったい何のご用ですか？」

「私は尚衣院《サンウィウォン》〔王と王妃の服を作る官庁〕のお針子をしているネ・ウングムと言います。白光炫という二十歳くらいの人を捜しているのですが」

「尚方妓生《サンバンキーセン》〔尚衣院所属の妓生〕ですな。ところで、そいつをなぜ？」

「どこにいるか捜してほしいと、人から頼まれたのです。ここにいますか？」

彼女の問いに、チュ・ギベがうなずいた。

「います」

「会わせていただけますか？　お願いします」

「ついて来なさい」

せき払いしたチュ・ギベが先に立って歩きはじめた。張仁珠は、やっと白光炫に会えると思うと、指先が震えてきた。チュ・ギベは張仁珠を丘のふもとへと案内した。わらぶき屋根の家が何軒か並んでいる。チュ・ギベは少し待つように言うと、そのなかの一軒の家に入っていった。しばらくすると外に出てきたチュ・ギベが、張仁珠を手招きした。

「なかにいます。ゆっくりお話しください」

彼女は頭からかぶっていた長衣をさっと取り去ると、震える手で扉の取っ手をつかんだ。部屋の隅に二十歳くらいの男がござを敷いて座っているのが見えた。その瞬間、古い記憶がよみがえった。明るく笑う姜道準と、幼い光炫を抱いて遠くに旅だったソックの姿を思い起こすと、動揺を抑えきれなかった。張仁珠はおずおずと男に近づくと、震える声で聞いた。

「あなた、白光炫と言うの？」

「は、はい。どちらさまですか？」

「あなたのお父さまの知り合いよ。どうしてここに来ることになったの？」

張仁珠の問いに、光炫が落ち着いた声で答えた。

「ただ何となくそうなったのです」

「お父さまのお名前は白ソックでは？」

「いいえ、父の名はクマンです」

首を振りながら、光炫が答えた。

「全羅道の古今島に住んでいませんでしたか？」

「漢陽で生まれ育ち、それからここに来ました」

「もしや姜道準という名に聞き覚えは？」

「いいえ。初めて聞きました」

張仁珠は光炫の答えを聞いてがっかりした。呉壮博が会ったと言ったときに、もう少し確認しておけばよかった。後悔が押し寄せたが、どうしようもなかった。呉壮博にしても光炫と別れて十年以上になるのだから、顔がわからなくても当たり前だった。やっと捜し当てたという希望が音を立てて崩れ、絶望の涙で前が見えなくなった。彼女の涙を見て、光炫が尋ねた。

「どういうご用でいらっしゃったんですか？」

「人違いのようです。申し訳ありません」

あたふたと挨拶をすると、張仁珠は立ち上がった。扉を開けて外に出ると、さっき彼女を連れてきたチュ・ギベがキセルをくわえて立っていた。張仁珠が泣いているのを見て、チュ・ギベが聞いた。

「どうしたのです？」

「何でもありません。失礼しました」

彼女は長衣で顔を隠したまま挨拶をすると、駕籠の待つほうへと戻っていった。強い風が長衣のなかに吹き込み、涙を吹き飛ばした。彼女が遠くに消えるのを確かめたチュ・ギベが、タバコの煙を吐きだした。部屋から出てきたブタが、尻をかきながら彼に尋ねた。

「あの女、いったい何者なんですか？　どうしておれに光炫のふりをしろと？」

「何となく悪い予感がしてな」

「でも、母親や家族かも知れないじゃないですか」

ブタの言葉に、チュ・ギベが鼻で笑った。

「光炫が一人で川を流れてきたとき、家族はいないと言っていたんだ」

「それが？」

「つまり、光炫は逃亡した奴婢だという意味だ。だったら、あんなきちんとした身なりの女が、あいつの母親や姉であるわけないだろう？」

キセルでブタの頭をたたいたチュ・ギベが、つばを吐きながら言った。

「痛ッ！　どうしてたたくんですか？」

「明らかに、逃亡した奴婢を捕まえに来た主人の家の者だ」

「奴婢を追ってるですって？　あの女が？」

頭をさすりながらブタが聞くと、チュ・ギベは確信に満ちた表情で話した。

「ごついやつを送ったら、警戒して逃げるかもしれないからな」

「それはそうと、光炫はしっかりやっているんでしょうかね？」

「ああ、たぶんな。だからおまえは自分のことをしっかりやれ」

「おっさんもタバコをやめたらどうですか？」

「タバコの何が悪いのだ？　消化を助け、痰を止め、世の中の憂さも煙とともに忘れさせてくれる最高の名薬じゃないか。ぐずぐずしないで、早く馬小屋の掃除でもしろ」

　キセルをくわえたチュ・ギベがブタの尻をいきなり蹴飛ばした。ブタがぶつぶつ言いながら馬小屋のほうへ歩いていくと、チュ・ギベは漢陽のほうを見ながらつぶやいた。

「元気でやってるとは思うが……」


　馬小屋の馬糞の片づけが終わったころには、もう日が傾いていた。古いござを隅に敷き、わらを広げると、光炫はその上に馬糞を積んだ。馬糞を適当に載せてござをくるくると巻き、わらで縛るのを見た知寧は、感嘆の声を上げた。すると光炫が自慢げに言った。

「こんなの、箭串牧場では仕事のうちに入らないさ」

　一日中、光炫の偉そうな態度を見てきた知寧は、あきれたような顔で言った。

「馬糞の片づけがうまいと自慢するのは、この世であなたしかいないでしょうね」

「ともかく今日一日、無事に終わったじゃないか。医女さんよ」

「私の名は知寧よ。姜知寧」

「いい名前だ。おれの名は白光炫だ」

「白光炫?」

名前を聞いた瞬間、遠い昔の記憶がよみがえった。瞬間、小広通橋の話をしそうになった知寧は、あわてて口を閉じた。あの橋の下で暮らしていたことを知られたら、楊州の役場に火をつけた事実までが明るみに出るかも知れない——養父はそう言って、誰にもそのことを口外しないよう、口を酸っぱくして念押ししていたのだ。彼女が思いに浸っていると、背後から知らない声が聞こえてきた。

「ここで何をしている?」

光炫はすかさず頭を下げて答えた。

「ヨム主簿の言いつけどおり、飼い葉を運び、馬小屋の馬糞を片づけました」

そう言うと、知寧の肩に手を置いて付け加えた。

「こちらの医女といっしょにやりました」

知寧は光炫がさっき素手で馬糞を片づけていたことを思いだしたが、怒る気力もなかった。するとヨム主簿と呼ばれた役人は、馬小屋のなかをじろじろと確かめた。けちをつけたそうな目つきだったが、きれいに片づけられた馬小屋を見て、満足そうな表情を浮かべた。

「牧場で働いていただけあって、片づけはうまいな。ご苦労だった。帰っていいぞ」

「ありがとうございます」

光炫が元気な声で答えると、ヨム主簿の視線は知寧に向かった。

「それと、おまえが恵民署から派遣されてきた医女か？」

「はい、姜知寧と申します」

「今度は賢い女を送ってくれと言っておいたのだが、大したことはなさそうだな。二人とも明日の朝は早く出てこい。漢陽の近くで牛疫《ぎゅうえき》〔牛の伝染病〕がはやっているらしい」

「ですが、私は……」

知寧は驚いて何か言い返そうとしたが、父と張仁珠のことを思いだして、ぐっとこらえた。


「馬糞の片づけだけでも足りずに、牛疫とは。くそったれ」

重い荷物のせいで腰を曲げて歩いていた光炫は、一歩踏みだすたびに悪態をつき、愚痴を並べ立てた。ほかの馬医たちは、青二才のくせに口だけは達者だと言いたげにニヤニヤ笑い、知寧はうんざりした表情で風呂敷包みを背負って、彼のあとに従った。馬医たちは、清への献上馬の始末がやっと終わったと思ったら、またかという顔でぶつくさと愚痴った。そのうえ家畜がかかる病気とあっては、牛や馬に荷車を引かせて行くわけにもいかず、荷物はすべて人力で背負っていかなくてはならなかった。崇礼門を出て漢陽から少し離れると、わらぶきの家がぽつりぽつりと見え、道ばたに野菜の畑が広がった。にぎやかな都とは違う雰囲気に、少し気持ちのゆとりが出てきた知寧だったが、そこへいきなり光炫の憎まれ口が聞こえてきた。

「まったく、ど田舎だなあ」

ひと言叱りつけてやろうかと思った知寧だったが、光炫が鼻を掘っているのを見て身震いし、黙って歩きつづけた。司僕寺の馬医一行は川沿いの広い道をはずれ、山のなかに入っていった。

低い丘を越えるとチャンスン〔村の入口に目印として立てられた男女一対の木像〕があり、曲がりくねった道の向こうには、狭い平地に何戸か家が集まっているのが見えた。チャンスンと向かい側の木のあいだには縄が張られており、漢城府から派遣された役人と兵士たちが槍と六角棒を手に見張りに立っている。先頭に立ったヨム主簿が木札を示すと、役人が脇に退きながら言った。

「ご苦労さまです」

兵士たちが道を開けると、司僕寺の馬医と医女たちがチャンスンのあいだを抜けて村に入っていった。村の入口にある広い田はちょうど耕されている最中だったが、犂《すき》を引いているのは牛ではなく、三、四人の男たちだった。見慣れぬ光景に知寧があっけにとられていると、光炫がその隣りを追い越しながら鼻の穴をひくひくさせた。

「死んだ牛を焼いているらしい」

光炫の言ったとおりだった。道に枝を張りだした木の向こうに薪が積まれており、その上で何かが焼かれているのが見える。炎のあいだからにゅっと飛びだした牛の角を見た知寧は、ようやく何が起こっているのか理解できた。ひもがちぎれたチョゴリの前を適当に合わせ、チマもはかずに穴の空いた下着だけを着けた老婆が、燃え上がる炎をぼんやりと見ていた。知寧がその光景から目を離せないでいると、光炫が言った。

「死んだ牛を埋めると、腹が減った人たちが来て、掘って食べてしまうんだ」

「食べたらだめなの？」

知寧の問いに、光炫がうなずいた。

「牛疫にかかって死んだ牛を食べると、人間も死ぬんだ。だから病気で死んだ牛はああして骨になるまで焼かなくっちゃいけないのさ」

知寧は黙ってうなずくばかりだった。死んだ牛を見つめる老婆の横を通り過ぎた一行は、小川沿いの道を歩き、丸太を結び合わせて作った橋を渡った。村の中央の空き地には天幕がいくつか張られており、人々が荷を解いているところだった。そのうちの一人を見た光炫が、声を上げて飛びついていった。

「おっさん！」

すると荷を解いていたチュ・ギベも光炫に気づいて、天幕の外に飛びだし抱き合った。

光炫がうずうずしたように尋ねた。

「どうしてここに来られたんですか？」

「監牧官に手伝えと言われてな」

「ブタは元気でいますか？」

「しっかり働いているさ」

二人の会話が続いているあいだに、ヨム主簿が司僕寺の馬医と医女、そして遅れて合流した医員のホ・インジュンに指示を下して回った。チュ・ギベ、光炫、知寧には村にいる牛の状態を確認して報告せよとの指示が下った。三人は持ってきた荷物を天幕の隅に置くと、村のなかを見て回った。牛を失った村人たちは、誰もが沈鬱な表情だった。

「いちばん大切な財産をひと晩で失ったのだから、落ち込むのも無理はない」

チュ・ギベが顔をゆがめて言った。四軒目に立ち寄った家の牛小屋にはまだ牛がいた。だが、牛は鼻水と涙を流しつづけ、高熱のせいで目が赤く腫れていた。白髪がまばらに生えた中年の男と、六、七歳くらいで髪がモジャモジャの子どもが、牛小屋の前にしゃがみ込んで牛を見守っている。牛は飼い葉おけに頭を突っ込んで、ひたすら水を飲んでいた。生け垣の外からその光景を見守っていたチュ・ギベが、二人に説明した。

「牛疫にかかるとあのように唾と涙を垂れ流し、高熱が出て、水をたくさん飲むようになる。そしてついには倒れてしまうのだ」

「治療法はないのですか？」

残酷な光景に目を奪われていた知寧が尋ねた。チュ・ギベは首を振った。

「喉の渇きを緩和させ、熱を抑えるしかない。だが、馬とは違って牛は治療が難しいのだ」

飼い葉おけの水がなくなったのか、牛が赤く腫れた目をぎょろつかせて鳴いた。すると子どもが水おけを手に矢のように外に飛びだしていった。ようやく三人の存在に気づいた主人が、ためらいがちに声をかけた。

「どなたですかな？」

「司僕寺から派遣されてきた馬医です。ちょっとお尋ねしたいことがあって……」

チュ・ギベが慎重に口を開くと、主人は手招きをして土間に広げたござの上にどかっと座った。

部屋の縁側に腰掛けたチュ・ギベが、タバコ入れから短く刻んだタバコをひと握り取りだして主人に手渡した。

「いつから病気がはやりだしたんですか？」

タバコを受け取った主人は、土間の隅に置いてあったキセルを手に取り、親指でタバコをぐいぐいと詰めながら答えた。

「半月ほど前だったか。タルグの家の子牛が倒れたかと思ったら、それから次々とこのざまさね」

力なく答えて立ち上がった主人は、扉がはずれた台所に行くと、焚き口でタバコに火をつけて何口か吸ってから戻ってきた。

「最近、この村に牛が入ってきたことがありますか？」

「ここは不便な所だから、漢陽との往来もほとんどないな」

「豚やそのほかの家畜も来ていませんか？」

タバコの煙を吐きだした主人は、チュ・ギベの質問に首を振った。

「ここには牛しかおらん。数年前に何軒かの家で豚を飼っておったが、あまり商売にならんかった。あとは川向こうの白丁《ペクチョン》たちが鶏を少し飼っている程度だ」

チュ・ギベはさらにいくつか質問をしてから立ち上がった。もうろうとした目でタバコをふかしていた主人が、つられて立ち上がりながら尋ねた。

「あいつを助ける方法はねえか？　毎朝早いうちに飼い葉をやって、寒ければ凍え死なないようにむしろをかぶせてやり、我が子同然に大事にしてきたのに……」

主人の目からは、いまにも涙がこぼれそうだった。チュ・ギベが大きくため息をついて答えた。

「申し訳ありません」

そして生け垣の外に出た。何か言おうとした主人は、元の場所に座り込んでタバコをふかした。小川から水をくんできたのか、ウンウン言いながら水おけを運んできたモジャモジャ頭の子どもが、チュ・ギベとちょっとぶつかった。チュ・ギベはすまんと言いながら子どもを見つめたが、子どもは鼻をすすりながら脇目も振らずに、牛小屋のほうへ水おけを運んでいった。チュ・ギベは首を振りながら、「天も無情なものよ」という言葉を繰り返しながら、次の家に向かった。光炫と知寧は雰囲気に押されて黙ったままチュ・ギベのあとを追った。

村人たちの話は似たり寄ったりだった。半月ほど前から病気がはやりはじめたが、村に外部の牛が入ってきたことはないという事実を確認するたびに、チュ・ギベは首をかしげた。そして牛疫にかかった牛たちがいる家の子どもたちを観察した。

そうこうするあいだに日が暮れ、村を見て回ったチュ・ギベと二人は空き地の天幕に戻った。

天幕の隅では、石を積み上げて火をたき、牛に飲ませる薬を煎じている。チュ・ギベは天幕の奥にござを広げて座っているヨム主簿のところへ二人を連れていった。

「見て回りましたが、状況は深刻です」

「薬を煎じているから、明日飲ませれば大丈夫だろう」

本を広げて日誌を書いていたヨム主簿が目もくれずに言うと、チュ・ギベがござに座った。

「感染経路が見当たらないことが引っかかります。ほかの村から牛が入ってきたことはないそうです」

「なぜ病気にかかったのかを知るより、病気を鎮めることがわれわれの仕事だ。金生員《キムセンウォン》〔儒生や年配の人に対する敬称〕宅の門脇部屋を空けてくれるというから、そこに行って飯でも食って休め」

「じっくりとご覧になるべきだと思います。村の子どもたちを見たのですが……」

「おい！　おまえのせいで字を書き損じたじゃないか」

ヨム主簿が舌打ちをして声を荒らげると、馬医と医女たちが仕事の手を止めてこちらを振り向いた。筆を下ろしたヨム主簿が、チュ・ギベを指さしながら怒鳴った。

「仕事の手伝いをしに来たのなら、自分の仕事をしっかりやれ。牛疫がはやった理由をいま知る必要がどこにある。そんなものを調べているうちに牛が全滅し、漢陽にまで病気が広がったら、おまえの責任だぞ。責任を取れるのか？」

人前で恥をかかされたチュ・ギベは、ひと言謝るとそそくさとその場から立ち去った。そして光炫と知寧をともなって、村でいちばん大きな金生員宅の門脇部屋に行くと、わらじを脱いで縁側に腰掛けた。門脇部屋の前の縁台に置かれたかごには、にぎり飯とゆでたジャガイモが入っていた。光炫はにぎり飯とジャガイモを一個ずつ知寧に手渡すと、チュ・ギベの横に腰掛け、ねぎらいの言葉をかけた。

「あまり気にしないほうがいいですよ」

「叱られたことは別にどうでもいいが、何か不安なんだ」

しかめっ面をしたチュ・ギベは、低い塀越しに村のようすを眺めながらそうつぶやくと、知寧に声をかけた。

「今日は一日中、ご苦労だったな」

「とんでもありません。では……」

知寧はペコリと頭を下げると、女たちの宿泊場所になっているいちばん端の部屋に向かった。しばらく考えていたチュ・ギベは、光炫が取ってくれたにぎり飯をゆっくりと噛みしめた。

翌日、司僕寺の馬医たちは村を歩き回って、夜中のあいだに煎じた薬を各戸に分け与えた。薬はたちまち尽きてしまい、釜をさらに何個か火に掛けて薬を煎じなくてはならなかった。光炫は朝から晩まで山に入って火にくべる木の枝を拾い、チュ・ギベは村の子どもたちのようすを見て回り、知寧はほかの医女たちを手伝って馬医たちの食事の準備をした。夕方、馬医たちはふたたび天幕に集まり、ヨム主簿に報告をした。薬を飲ませた牛の症状が好転したと聞いたヨム主簿は、さらに二日ほど牛に薬を飲ませてようすを見るよう指示を下した。馬医たちのあいだでは、仕事がおおかた終わったという雰囲気が広がり、薬を配ってお礼にもらった酒をこっそり飲んだ。一日中、山で木を拾っていた光炫は、天幕の隅で夕食のにぎり飯をぼんやりとかじっていた。そのとき天幕の一角が急に騒々しくなったので、光炫は顔を上げた。もらった酒を飲んでいた馬医たちのところへ、ボサボサ頭で半裸の子どもたちがやってきて何か言っている。何が起こったのか気になった光炫は、にぎり飯の残りを口に押し込んでそちらに近づいた。子どもたちのうちの一人が、馬医に何か頼み込んでいた。

「うちの鶏の具合が悪いので、診てやってください」

「鶏だと？　おまえは見たところ白丁の子どものようだが、おれが馬医だからといってバカにしてるのか？」

何杯か酒を引っかけて顔が赤くなった馬医の一人が、ろれつの回らない口調で怒鳴りつけた。子どもはおびえながらも、あきらめずにほかの馬医にも声をかけた。だが、一日働いて疲れた馬医たちは、鶏と聞いて鼻で笑い、耳を貸そうとしない。がっかりした子どもは、肩を落として背中を向けた。そのようすを見ていた光炫が、子どもを呼び止めた。

「はい！」

力なく歩いていた子どもが振り返った。光炫が子どもに近づいて言った。

「おれが診てやろうか？」

子どもは目をぱちくりさせながら、コクンとうなずいた。そして続けて事情を訴えはじめた。

「うちの鶏はふだん、一日に糞をひとつかみくらい出すのに、何日か前から糞が出なくなったんです。元気もなくなったみたいで、しょっちゅう居眠りしてます」

「そうか。じゃあ診に行ってやる」

「私も行くわ」

後ろから知寧が小走りに近づいた。彼女も子どもが馬医たちのあいだを歩き回って頭を下げる姿を見ていたのだろう。光炫が子どもに案内するように言うと、子どもは顔をほころばせてピョンピョンと跳び上がった。その姿を見ていた光炫が知寧に聞いた。

「疲れてないか？」

「ご飯を作って洗い物をしてたけど、疲れるというよりイライラしたわ。これじゃ、医女じゃなくて小間使いと同じだもの」

知寧がここぞとばかりに小言を並べ立てた。光炫はケラケラ笑いながら、子どもたちのあとを追った。子どもたちの家は、牛疫がはやっている村より少し奥に入った場所にあった。さっきの村のように田を耕したり野菜を作ったりしているのではなく、明らかに牛や豚の屠畜で生計を立てている白丁の村だった。家々の庭にはまだ血の付いた牛の毛皮が干してあり、前腕ほどもある刃物が壁に掛けてある。

子どもが自分の家だと言って案内した建物の庭にも、牛や鹿の毛皮がぶら下がっていた。土間にしゃがんで砥石《といし》で刃物を研いでいた片目の男が、子どものあとから入ってきた二人に警戒の視線を向けた。光炫が先手を打って、ざっくばらんな調子で鶏のようすを見に来たと告げると、男はあごで裏庭を指し示した。子どもについて裏庭に回ると、縄で作った丸い鶏小屋が見えた。子どもは鶏小屋の前にいた黄色い鶏を捕まえると、光炫の前に突きだした。

「こいつです。えさはよく食うのに、ちっとも糞をしないんです」

光炫は真剣な顔で鶏のとさか、くちばし、脚を確かめた。そして最後に鶏をひっくり返して、脚のあいだにある肛門を確認した。光炫は指で鶏の肛門をなでたり、つついたりしてから、子どもに言った。

「細い竹の枝に古い綿を付けて、水に湿してきてくれ」

子どもがさっと走り去ってからも、光炫は鶏を注意深く観察した。縁側の端に座っていた知寧は、彼の真剣な表情を見てクスッと笑った。だが、光炫は鶏の肛門をじっと見てから口を開いた。

「自分でも思うんだ。たかが鶏一羽でこんな大騒ぎをするなんて、バカみたいだって。でも、あの子にとっては、毎日この鶏が育っていくのを見るのがいちばんの楽しみなんだろう。この鶏は自分の家族と同じくらい大切なのさ」

そこへ子どもが、人差し指くらいの長さの細い竹の先に、綿を付けたものを持って戻ってきた。指先で綿の湿り具合を確かめた光炫が、子どもに尋ねた。

「名は何という?」

「ソンボクです」

「ソンボク、おれが思うにはだな、鶏が消化に悪いものを食べて、そのせいで糞詰まりになったようだ。早く治療しないと、腸に炎症が起きて死んでしまうだろう」

「だめです！　こいつはうちの鶏のなかでも、卵もよく産むし、声だっていいんですよ」

ソンボクがいまにも泣きだしそうな顔で言うと、光炫がニヤッと笑った。

「直す方法はある。そのかわり、おまえにも手伝ってもらうぞ」

「はい」

ソンボクはそう答えると、黒く日焼けした手の甲ですっと鼻を拭った。

「おれがまず、この水で湿した綿で鶏の肛門をそっとなでる。そうすると鶏がくすぐったそうにもじもじして、詰まっていた便が出る。そうしたら治るからな。おまえは治療するあいだ、鶏が動かないよう押さえておくんだ。できるか？」

光炫が鶏を縁側の上に載せながら言うと、ソンボクはうなずいて、両手で鶏のとさかを優しくなでてやった。

「こいつは、おいらがこうしてやるとじっとしてるんだ」

「それはいい」

光炫はにっこり笑うと、水で湿した綿を鶏の肛門に当ててそっとなでた。鶏はびくっとしたが、ソンボクがとさかをなでてやると静かになった。その間に光炫は鶏の肛門をしめった綿でなでつづけた。しばらくすると、顔に微笑が浮かんだ。

「出るぞ。糞が出る！」

鶏の糞にしては大きな塊が、縁側の上にドボドボと出てきた。鶏もすっきりしたのか、羽を思いきり羽ばたかせると、裏庭に飛び降りた。ソンボクは喜びの声を上げながら、鶏を追いかけ回した。光炫は縁側に落ちた鶏の糞を竹の棒できれいに片づけながら、得意満面の笑みを浮かべた。

「飲み込んだ貝殻が肛門をふさいでいたようだ。やっぱりおれは天才だな」

そのようすを見ていた知寧は、「やっぱりね」という表情を浮かべた。光炫は鶏の糞が付いた竹の棒を垣根の外に投げ捨てると、知寧に言った。

「さあ、帰ろう」

二人が裏庭から戻ってくると、右手に刃物を持った片目の男と鉢合わせた。驚いた知寧が光炫の後ろに身を隠した。体の大きな男は、左手に持っていた卵を光炫に手渡しながら、ぶっきらぼうに言った。

「わしらのような白丁が行ったって、相手にしてくれるわけないと言ってたんだ。来てくれて助かったよ」

卵をもらった光炫が尋ねた。

「ここの牛は大丈夫ですか？」

「わしらはつぶす側だから、別に問題はないがな」

男は無愛想な顔で答えると、ふたたび土間に座って刃物を研ぎはじめた。まだぬくもりが残っている卵を手に村に戻った光炫と知寧だったが、今度は子どもたちが倒れたとの知らせを聞いた。

賓庁《ピンチョン》〔高級官僚の会議室〕に座って思いにふけっていた鄭成調は、扉を開いて入ってきた李明煥の声にまぶたを開いた。

「左議政《チャウイジョン》〔最高官庁である議政府の正一品の官職〕へのご昇進をお喜び申し上げます」

「そんな言葉を聞くためにそなたを呼んだのではない。数日前に都の近くの村で牛疫が流行し、人間までが倒れたと聞いた。いったい、どういうことだ?」

「人獣共通伝染病、つまり人と獣がともにかかる病気が流行しているようです」

李明煥の答えを聞いた鄭成調は、さらに尋ねた。

「人と獣は厳然と違うのに、どうして同じ病気にかかるのだ?」

「時折そのような病が発生します」

「国王陛下が大変ご心配されておる」

「ごもっともです。王位に就かれて以来、厳しい凶作と災害が重なり、伝染病がはやって、どれほど多くの民が命を落としたことでしょう」

「それが重要なのではない。国王陛下は今回のことをきっかけに、内医院、典医監、恵民署の三医司《サミサ》を改革するという口実で、人事権を直接行使されるお考えのようだ」

鄭成調の言葉に、李明煥も同感だというようにうなずいた。内医院であれ典医監であれ、最高責任者である都提調は、つねに正一品の官職にある大臣や前職の大臣が担ってきた。その下の座である提調も、従一品や従二品、正二品の堂上官《タンサングァン》〔宮殿に上ることを許された正三品以上の官僚〕だけが就くことのできる官職だった。そのため、どの党派に属する大臣が都提調と提調に就くかによって、内医院と典医監の運営もまた変わることになる。鄭成調は落ち着いた表情で付け加えた。

「今日、御前で国王殿下は今回の事態収拾の責任者に、典医監の高朱万を任命された」

「実力のあるお方ですから、うまく処理するでしょう」

李明煥の答えを聞いた鄭成調が怒鳴りつけた。

「わしをからかっておるのか？　国王陛下が高朱万を押し立てて三医司を掌握すれば、そなたも無事では済まぬぞ」

「伝染病というのは、簡単に鎮まるものではありません。ましてや、現在のような人と獣がともにかかる病はさらに困難です。これは一人や二人の患者を治療するのとは訳が違います。お考えください。牛疫であれ伝染病であれ、これまで医員の手によって鎮静させた例がどれほどあることか」

李明煥の答えを聞いた鄭成調は、疑わしい目つきで聞いた。

「失敗するのを待とう、という意味か？」

「まずはそれがよいでしょう」

鄭成調が指で文机をたたきながらつぶやいた。

「失敗を待つ、か……」

「まあ、医女さまもいらっしゃったのですか？」

子どもたちを診ていた知寧は、村にやってきた恵民署の医員と医女たちのなかに懐かしい顔を見つけ、笑顔を見せた。医女を率いてきた張仁珠も、知寧を見て口元をほころばせた。

「恵民署はもちろん、典医監の医員と医女もほとんど駆りだされたの。私たちが最後よ」

「最後ですって？」

「漢城府の官吏たちが厳しく見張っていてね。病気が鎮まるまでは、誰も漢陽から出られないわ」

「そんなに深刻なんですか？」

知寧が目を丸くすると、小さな笠をかぶり長衣姿のずんぐりした男が、横を通り過ぎながら口を挟んだ。

「疫病というのは最初に退治しなくっちゃ、どれほど広まるかわからん。それに漢陽は目と鼻の先だ。下手をしたら、漢陽にまで病気が入るかも知れないからな」

それだけ言うと、いずこへと去っていった。その後ろ姿を見た知寧が張仁珠に尋ねた。

「恵民署の試験を受けたときにいらっしゃった方のようですが……。あの方はどなたですか？」

「今回の事態で責任者をお引き受けになった典医監の医学教授よ。高朱万《コジュマン》医員」

村の空き地の天幕に歩いていった高朱万は、司僕寺のヨム主簿を呼んで、この間にあったことそれに対する処置を報告させるとともに、最初に村に入ってきた司僕寺の馬医たちを天幕に呼んだ。チュ・ギベと光炫も隅のほうに控えた。高朱万はせき払いをしてから、司僕寺の馬医たちに告げた。

「当初は単なる牛疫だと思っていたが、人にもうつるという報告を受けて、国王陛下が大変心配しておられる。わしもここに来る際に報告を受けたが、どうにも理解ができない部分があり、おまえたちを全員呼びだしたのだ。ヨム主簿の言葉どおりなら、最初には牛が倒れ、数日後には子どもが倒れ、さらにそのあとを追うように大人たちが倒れたという。人間と獣が同時に発病したことは数回あったが、このような順番で続いたのは初めてだ。したがって、この場で見て感じたままを話してほしい」

高朱万の話が終わってからも、司僕寺の馬医たちは互いに顔を見合わせるばかりで、口を開こうとしなかった。何度か催促されても誰も何も言わないので、高朱万はじれったそうな顔で解散を命じた。引き潮のように馬医たちが去っていくと、光炫にチュ・ギベが尋ねた。

「倒れた子どもたちはどんな具合だ？」

「高熱があり、鼻水が止まりません」

「牛の症状とまったく同じだな」

「はい、まだその程度ですが、これからが問題です」

「きっと理由があるはずだ。われわれが知らない……」

チュ・ギベが心配そうに言うと、光炫が天幕のほうをちらりと見て答えた。

「典医監だか内医院だかのお偉いさんが来たので、何か考えるでしょう」

翌日から、典医監と恵民署の医員と医女が村を見回りながら患者たちの診察にあたり、症状ごとに分けて場所を移し、治療に入った。一方、司僕寺の馬医たちは牛疫にかかった牛の診療にあたった。だが、いくら薬を与えても、人も牛も症状が好転しなかった。泣き面に蜂で、村に運んできた薬材まで切れてしまった。知寧は恵民署の医女たちとともに病気の村人を診ることになった。知寧と離れた光炫は、時間ができるたびに彼女の元を訪れてからかったが、知寧は疲れているからと相手にもしなかった。

夜遅く、知寧は仕事を終えて金生員宅の門脇部屋に帰ってきた。食事のあとで縁側に腰掛けて額に手を当てた。熱があり、体が重い。誰かに言うべきか考えていたところへ、一人の男が村人に背負われ連れられてきた。田で牛のかわりに犂を引いていて、意識を失って倒れたのだという。その話を聞いた彼女は手を貸してくれる人を捜したが、誰も見あたらなかった。自分が鍼を打つしかない。仕方なく鍼筒を手に庭に出た知寧は、男を土間に横たえてチョゴリの前をはだけ、骨ばった胸に手を当てた。付き添いの村人の話では、男はふだんから咳き込むことが多かったと言うから、痰《たん》のせいで息が詰まって意識を失ったのは明らかだった。緊張した面持ちで、彼女は医書で学んだ内容を思い起こした。

「天突穴《てんとつけつ》に鍼を打ち、詰まった息を開く。天突穴の位置は喉仏と胸の合わせ目、肩から降りてくる骨と胸の骨が合わさる場所にある」

知寧は親指で、意識を失った男の胸をぐいぐいと押した。喉仏と胸の合わせ目のくぼみを確かめた彼女は、慎重に鍼を当てた。天突穴は延髄とつながっている場所にあるので、鍼を誤って打てば命を落とすこともある。天突穴に鍼を打つ要領は、下から上に向かって斜めに刺して二寸ほど入ったら、真っすぐ鍼を立てる。知寧は頭のなかでその要領を繰り返したあと、ゆっくりと鍼を刺した。鍼先が弾力のある皮膚を破っていく。目をつむり鍼先がどこまで入ったか計算した彼女は、適切な深さに達したと判断して鍼を立てた。そして目を開けて鍼先を見つめた。何の動きもなかった。どうか動いてくれと内心で祈った彼女の目に、鍼先がゆっくりと動くのが見えた。するど、横たわっている男が首を横に回し、せきをして黄色い痰を吐きだした。背後で見守っていた村人たちが、助かったと言って喜びの声を上げた。知寧はほっとため息をつくと、鍼筒を手に立ち上がった。門脇部屋に戻ろうとすると、後ろから耳慣れた声が聞こえてきた。

「そこに鍼を打てば、気絶した人が目を覚ますのか?」

光炫の声だとわかった彼女は、振り返りもせずに答えた。

「天突穴という場所よ。急に意識を失ったり息が詰まったりしたときに打つ経穴なの。そのかわり、間違えれば命を落とすことになるから、気をつけないといけないのよ」

「へえ、かっこいいなあ。そこに打つときは、鍼をそんなに寝かせて上に持ち上げるようにするのかい?」

「二寸くらい刺して立ち上げるのよ。人に打つのは初めてだけど、うまくいってよかったわ」

「何気なく自慢してるな」

せせら笑った光炫は、知寧が頭にかぶっていた手ぬぐいを奪って走り去った。「返して」という彼女の声をよそに逃げた光炫が、誰かとぶつかって転んでしまった。かなり年齢が上に見える医女が、光炫の手から手ぬぐいを奪って小言を言った。

「村人の半分が倒れているというのに、こんないたずらをして」

そこへ息を切らして走ってきた知寧が、ぺこぺこと頭を下げた。年配の医女は知寧のことも厳しく叱りつけてから手ぬぐいを返した。困惑している知寧に、光炫が頭を下げた。

「ごめんな」

「知らない!」

怒った瞬間、知寧は片手を頭に当てたまま、がっくりと倒れてしまった。驚いた光炫が倒れた知寧の額に手を当ててみると、火のように熱くなっている。

「大変だ。医女が倒れました!」

知寧が倒れた日の夜、高朱万がふたたび天幕にみんなを呼び集めた。倒れた知寧をそばで見守っていた光炫も、チュ・ギベに引きずられていった。時間がたっても状況がよくならないため、恵民署の医員と医女はもちろん、先に来ていた司僕寺の馬医たちも神経が逆立っているようだ。前に立った高朱万にも、疲労と緊張の色がありありと見えた。話は前回と同じく発病の原因に関するものだったが、医員と馬医たちはみな、薬材が供給されないことへの不満を並べるばかりだった。高朱万は村を封鎖している漢城府の官吏に催促をしたのでもう少し待てと答えたが、医員と馬医は薬もないのにどうして治療できるのかと抗議を続けたため、雰囲気はいっそう険悪になった。いら立った光炫がチュ・ギベに言った。

「大変だと言っているくせに、みんな元気が余ってるようですね。もう帰って休みましょう」

ところがチュ・ギベが片手をさっと上げて、大きな声で言った。

「ひと言申し上げてもいいでしょうか？」

するとざわざわしていた医員と馬医たちが、一斉にチュ・ギベに注目した。疲れた表情の高朱万が口を開いた。

「何だ？」

「最初は牛疫だと聞きましたが、あとには村人たち、そして今日は医女までが倒れました。牛疫が人にうつるなどという話は聞いたことがありません」

「それは私も知っておる」

高朱万がもどかしそうに言った。

「ですから、獣と人がともにかかる病気であれば、ほかに原因があるはずです。それに病気がはやりはじめたときに外から牛や豚が入ってきた形跡もないことを考えれば、感染経路も確認する必要があります」

「牛疫なら人に感染するはずがないという話だな」

高朱万はうなずいたが、恵民署の医員たちは話にならないという表情を浮かべ、司僕寺の馬医たちですらチュ・ギベの話に耳を貸さなかった。いくつかほかの話題が出て、会議は終わった。恵民署の医員たちはチュ・ギベの横を通り過ぎながら、関係のない話をするなと言って彼を非難した。光炫が口をとがらせてぶつぶつ言った。

「何だよ、話をしろと言っておきながら……」

大きくため息をついたチュ・ギベが立ち上がろうとしたとき、後ろから誰かが声をかけた。

「お話は聞きました。ちょっとお話ししたいのですが、よろしいですか？」

ふとそちらに視線を向けた光炫は、話しかけてきた人が先ほど知寧の手ぬぐいのことで自分を叱りつけた年配の医女だと知り、びっくり仰天した。その医女は光炫をちらりと見ると、チュ・ギベに言った。

「箭串牧場でお会いした者です。私は恵民署で働いている張仁珠と申します」

するとチュ・ギベがせき払いをしながら答えた。

「こんなところでお会いするとは。ところで、あのときは恵民署で働いているという話をされなかったようですが」

「ちょっと事情がありまして。それはそうと、こちらの子の名も白光炫と言うそうですが……」

張仁珠が光炫をチラッと見ながら尋ねた。

「この前の子はクァンヒョンと言い、この子はクァンヨンと言うのですが、名前も年齢も似ていて、両方ともクァンヒョンと呼んでいました。それを確かめるためにいらっしゃったのですか?」

「いいえ、ただ気になったのでお尋ねしただけです。高朱万医員殿がお話ししたいそうです。こちらにおいでください」

二人の会話を聞いていた光炫は訳がわからずチュ・ギベの顔を見たが、黙っていろという手ぶりに口を閉ざした。張仁珠が二人を連れていったのは、金生員宅の離れだった。村に牛疫がはやって人間までが倒れると、金生員はどんな手を使ったのか、家族を連れて封鎖を破って村を出ていってしまった。空き家になった家には、自然と高朱万をはじめ恵民署の医員たちが泊まることになった。離れには高朱万が待っていた。まず、チュ・ギベが挨拶をして部屋に上がった。続けて光炫がおずおずと上がり、張仁珠とともに席に着いた。三人が座に着くと、高朱万がチュ・ギベに質問をした。

「先ほどは周囲がうるさくて話ができなかったので、わざわざ来てもらった。司僕寺で働いてどのくらいになる?」

「二十年です。ずっと箭串牧場で働いてきました」

「話を詳しく聞かせてくれるか?」

高朱万が姿勢を正しながら言った。

「馬医生活二十年のあいだ、ありとあらゆる病気を診てきましたが、このように人と獣が同じ病気にかかるのを見たのは初めてです。それに獣たちが病気になるときは必ず感染経路があるはずですが、病気がはやる以前に村に入ってきた動物はいませんでした」

「ならば、この村の人と獣がともに病気になった原因は、ほかにあるということだな」

「さようです。それを確認しないかぎり、どんな薬を使っても治療できないでしょう」

「人獣共通伝染病ではなく、人獣共通中毒症という話か。私も原因が別にあると考えておった。そなたら二人は明日からほかの仕事はせず、村と周囲を見て回り、今回の発病の原因を見つけるのだ。気候が暑くなりつつあるから、病気が拡大する可能性が高い。時間がないので、急いでくれ」

外に出ると、チュ・ギベが光炫を捕まえて耳打ちした。

「先ほどのあの女のことだがな、もしおまえがどこから来たのか、父親が誰かと聞かれたら、箭串牧場で生まれ育ったと答えるんだ」

「なぜですか？　私の父は……」

チュ・ギベは光炫の口をふさいだ。

「こいつ。とにかくおれの言うとおりにしろ。わかったか？」

光炫は口をふさがれたままうなずいた。

翌日から二人は村の内外を見て回りながら、病気の原因となりそうな手がかりを探した。だが、街道からはずれている村なので、外部との往来はきわめて少ない。病気がはやる直前に、漢陽に入る行商人が通り過ぎたことはあるが、小川沿いの道を通っただけで、村には立ち寄らなかった。チュ・ギベは真剣な面持ちで村人たちの話を聞き込み、村のなかを隅々まで見て回ったが、これといった手がかりは得られなかった。そのうち食事時になり、二人は腹を満たすために宿舎に戻った。軽く腹ごしらえをした光炫は、チュ・ギベがキセルを手に取るのを見て、そっと席を立った。知寧が寝ている金生員宅の門脇部屋を訪れた光炫はびっくり仰天した。

「あなたは……」

先日、南山で見かけた若い両班だった。聖夏は光炫に軽く会釈すると、縁側に座っている知寧に声をかけた。

「どうせここにいても役に立たないだろう。だからいっしょに帰ろう」

だが、見るからに具合の悪そうな知寧は首を振った。

「みんな頑張っているのに、私だけ出ていくなんて。そんなことできないわ」

「おまえはやるだけやった。誰も文句を言う人はいないよ」

聖夏がもどかしそうに言った。だが、知寧も頑固だった。

「発病の原因もまだわからないのよ。私が村を出て病気をうつしでもしたらどうするの？　それに、私は医女よ。病気から逃げるわけにはいかないわ」

「怖くないのか？」

「怖いけど、頑張るわ」

とげとげしい雰囲気に、光炫は門の外に出てつぶやいた。

「ずいぶん我慢強いんだな。おれだったらあとも見ずに逃げだしてるところだ」

チュ・ギベのところに戻ろうと空き地に向かった光炫は、ソンボクとばったり会った。もじもじしながら立っていたソンボクは、光炫を見ると明るい笑顔を見せた。

「おじさん！」

「まだ結婚もしていないのに、おじさんとは何だ。どうした？　鶏がまた具合が悪いのか？」

「いいえ、この前いっしょに来た医女のお姉さんが病気だと聞いたので」

「きれいだからだろう？」

光炫はソンボクのボサボサ頭をくしゃくしゃなでながら、ニヤリと笑った。

「お姉さんは大丈夫ですか？」

「大丈夫だ。それに、とてもかっこいい男が来て面倒を見ているから、心配しないでもいいぞ」

するとソンボクはきれいに磨いたアワビの殻を、光炫の手に握らせた。

「これは何だ？」

「父ちゃんが貝殻だと言ってましたが、名前はよく知りません。でも、日に当てると虹色に輝くんですよ」

ソンボクの説明を聞いた光炫はニッと笑った。

「これを知寧に贈ろうと思ったわけだな？」

「はい。でも、この村の人たちはうちの村の人間のことが嫌いなので、来ようかどうしようか迷ったんです。おじさんから伝えてください」

ソンボクは繰り返し頭を下げると、背中を向けた。遠ざかっていく子どもの後ろ姿を見ながら、光炫は改めてアワビの殻を見下ろした。十二歳まで暮らしていた古今島では、アワビがよく採れた。そして、アワビのせいでひどい目にあった記憶がよみがえった。光炫は家に帰ろうとするソンボクを捕まえて、これをどこで拾ったのか尋ねた。ソンボクによれば、漢陽に向かった行商人が川の上流の平たい岩の上にどっさり捨てていったのだという。話を聞いた光炫は、その足で高朱万の泊まっている金生員の母屋に飛んでいった。そして、ちょうど司僕寺のヨム主簿と張仁珠を交えて会議中だった高朱万に、この話を告げた。

離れの前庭に立った光炫から説明を聞いた高朱万は、何か深く考え込んでいるようすだった。張仁珠も身じろぎひとつせず、光炫の話に耳を傾けていた。最初に口を開いたのはヨム主簿だった。

「つまり小川の上流に捨てられたアワビのせいで、病気がはやったということか？」

「はい。アワビの内臓は、誤って食べると、人にも牛にも有害です。白丁たちは村にある井戸を使っていたので大丈夫でしたが、この村では小川の水をくんで牛や人の飲み水に使っていたため、病気がはやったに違いありません」

「たかがアワビの腐った内臓ごときが牛疫の原因になるなんて、何をたわけたことを言うか」

ヨム主簿が怒鳴りつけた。カッとなった光炫も負けずに言い返した。

「おれは海辺の出身なので、魚や貝のことは誰よりも詳しく知っています」

すると高朱万が尋ねた。

「それは事実か?」

「もちろんです」

光炫が胸を張って答えた。張仁珠とちらと目を合わせると、高朱万が立ち上がった。

「案内せよ」

「こいつの話をお信じになるのですか?」

ヨム主簿があからさまに不満の表情を浮かべたが、高朱万はそれを一蹴した。

「ほかに方法がないだろう。牛と人がともに倒れてから数日になるのに、まだ原因もわからないのだ。だまされたと思って行ってみるのも悪くない」

光炫は、門の外で待っていたソンボクとともに先頭に立った。チュ・ギベや恵民署の医員たちがあとに従い、司僕寺のヨム主簿も一行に合流した。ソンボクの案内で川沿いの道を上っていくと、まもなく大きな岩の上にアワビが捨てられているのが見えた。岩の上に飛び降りた光炫は、あちこちに散らばっているアワビを確かめた。日に当たって乾燥したアワビの内臓は、むかむかするような臭いを発している。光炫はそのうちのひとつを手にとって、高朱万に見せながら言った。

「ひどい臭いからして、かなり時間がたっているようです。昼間にこうして日に当たって乾燥し、夜中や明け方に水が増えた際に毒気が流れだしたのでしょう」

光炫から渡されたアワビの臭いをかいだ高朱万は、張仁珠にそれを手渡した。張仁珠も臭いをかぎ、顔をしかめた。

「臭いからして、毒性があるというのは事実のようです」

「まずはアワビをすべて片づけよ。そして当分のあいだ水を使うことを禁ずるのだ」

「ですが、村人はこの水がなければ困ります。周辺も封鎖されているので、外からも水を運ぶことができません」

黙って見ていたヨム主簿が口を挟んだ。もっともな話に、高朱万が困り顔になると、ソンボクが話に加わった。

「うちの村の井戸を使えばいいですよ」

ソンボクの案内で白丁の村に行った高朱万は、村の顔役であるソンボクの父親と顔を合わせた。水が必要だという話に、その片目の男はきっぱりと言った。

「卑しい白丁だからと言ってわしらと話もしなかったあいつらを、なぜ助けなくっちゃならないんですか?」

高朱万は重ねて説得したが、片目の男は耳を貸さず、ソンボクを連れて部屋に閉じこもってしまった。困り果てた高朱万が、家の外で待っていた一行に言った。

「まずは村に引き返そう」

光炫が高朱万についていこうとした瞬間、男の家の扉がそっと開いて、ソンボクが顔を出した。外に出ようとしたソンボクは、父親のごつい手に捕まって連れ戻されてしまった。


朝から晩まで患者を診ていた知寧は、疲れた体を広間の柱にもたせかけてウトウトしていた。人の気配に目を開けた知寧があわてて立ち上がろうとするのを制して、張仁珠が横に座った。

「夕食はとったの？」

「患者を看病していたので、まだ……」

知寧が力なく答えると、張仁珠が驚いたように言った。

「もう日が暮れてずいぶんになるのに、まだ食べてないの？」

「でも、患者たちが少しは回復したようで幸いです」

「司僕寺の馬医の話が正しかったようね。水を変えたら、村人の具合がずいぶんよくなったわ。それはそうと、誰かがあなたを連れに来たようだけど、なぜ行かなかったの？」

「仲間がみんな病と闘っているのに、私一人で帰るわけにいきません」

彼女の答えを聞いた張仁珠は、満足そうにほほ笑んだ。

「そのことに気づいたのなら、あなたも一人前の医女になったようね。この仕事が終わって漢陽に帰ったら、恵民署に復帰できるでしょう」

「本当ですか？」

柱に頭をもたせかけていた知寧の顔がほころんだ。

「最初は好奇心やほかの理由から医女になろうとしているのだと思っていたわ。でも、具合が悪いのに村人の面倒を見て、帰ることもできたのにそうしなかったところを見ると、私が知らない理由がありそうね。試験は合格よ」


数日後、ソンボクは村の入口のチャンスンが立っている場所まで出てきて、医員と医女が帰るのを見送った。大きく手を振っていた光炫は、ようやく体が回復した知寧に近づいて胸を張った。

「おれがあいつの鶏を治してやらなければ、白丁の村の水は使わせてもらえなかっただろうな」

「そのとおりね。あなたのおかげだわ」

知寧が笑顔で言うと、光炫が真顔になった。

「体の具合はどうだ？　元気じゃないとつまらないからな」

「私はもう恵民署に戻るの。馬糞の片づけや馬小屋の掃除の仕方を教えてくれてありがとう。別に役に立ちそうにはないけどね」

「本当か？　こんなに早く戻れるなんて、からかってるんじゃないだろうな」

光炫が残念がると、知寧がクスッと笑った。

「そんなに私といっしょにいたいなら、医術を学んで恵民署に来たらいいわ」

「おれに医術なんてとても……。ただ馬が治ればそれでいいよ」

光炫が口をとがらせて答えると、知寧が笑いながら相づちを打った。

「それもそうね。あなたみたいに落ち着きがなくてそそっかしい人が医員になったら、患者をあの世に送りかねないわ」

しょんぼりした光炫はチュ・ギベにいらだちをぶつけた。

「おれ、牧場に帰ります」

「こいつ、自分の思いどおりになると思っているのか。司僕寺に骨を埋めるつもりで働け」

「牧場で何の問題もなかったのに、なぜおれを司僕寺に送ったんですか？」

「何だと？　牧場に来たころ、何かと言えば逃げだしては捕まったことを覚えてないのか？　牧場はおまえの家や故郷じゃなく、監獄だ。長くいたから、わからないだけだ」

「司僕寺も監獄と変わりませんよ」

「それでもあそこは、外に出る門が開かれているじゃないか。おれはそんな牧場で二十年以上暮らした。おまえはおれのようになっちゃだめだ」

「なぜですか？」

光炫がすねたような声で聞くと、チュ・ギベはしばし目を閉じて過去を回想した。そして落ち着いた声で言った。

「人間というのはな、日に三度飯を食って寝てるだけでは、生きているとは言えんのだ。だから牧場に帰るなどと口にするな。考えてもいかん。わかったか」

厳しい表情で言い終えると、チュ・ギベはキセルをくわえてさっさと歩きだした。チュ・ギベの背中を見ていた光炫がつぶやいた。

「なぜみんな、おれに意地悪するんだよ」


恵民署に復帰して数日後、張仁珠は高朱万に面会を申し込み、小さく折りたたんだ一枚の紙を手渡した。

「これは何だ?」

高朱万が聞くと、張仁珠が答えた。

「先日、牛疫がはやったときに、なぜ薬材がきちんと供給されなかったか調査したものです」

「内医院のほうで何か手を使ったたろうことは、わしも察しておる」

高朱万は紙に目も通さずに答えた。

「そのまま放っておかれるおつもりですか?」

「泥のなかで取っ組み合いをすれば、どちらも汚れるものだ。彼らが望んでいるのは、まさにそんな争いだ。改革がなぜ難しいかわかるか? 意志と能力が足りないから? とんでもない。人は誰でも現実が最善だと信じている。だから誰かがそれを変えようとすれば、当然に反発するのだ。いま三医司を改革しようと言えば大部分の医員と医女はうるさいという反応を示し、自分の飯の種がなくなるかも知れないと思えば反感を抱くだろう」

「それでもお仕事を進めるお考えですか？」

張仁珠が聞くと、高朱万がチラッと笑みを浮かべた。

「わしの意志を確認しようというのか？　それとも方法を知りたいのか？」

「両方かも知れませんし、どちらでもないかも知れません」

「覚悟はしておる。医員がすべきことは何か。病に苦しみ、貧しい患者たちを救うことだ。だが、少数の家門が重要な地位を独占し、実力よりも縁故や派閥が幅をきかす現実を正さなければ、罪もない民だけが苦しみ、死んでいくだろう」

高朱万の話を聞いた張仁珠は、折りたたんだ紙を黙って広げた。しかし、紙には何も書かれていなかった。

「申し訳ありません。卑しい医女の分際で、医員殿のご意志を試しました」

そう言うと部屋の隅に置かれた油皿で紙に火をつけ、しびんのなかに入れた。しびんのなかで燃える炎を見ていた高朱万が、彼女に言った。

「わしの意志を知ったのだから、手を貸してくれるな」

「僭越《せんえつ》ではありますが、かつて医員殿のような方を存じておりました。いまはこの世の人ではありませんが、生きていらっしゃったらきっと同じ決定を下したでしょう」

「誰だかわかるような気がする。その方ほどではないが、わしも力を尽くそうと思っておる。まずは医科の登用試験から変える計画だ。知り合いのなかから選ぶ慣行を根こそぎにするつもりだ」

「できるかぎりお力添えします」

「長く困難な闘いになるだろう」

張仁珠は答えるかわりに大きくうなずいた。


「おや、これはどうされたんですか？」

「これから司僕寺で働くことになった」

司僕寺に帰ってからも、以前と同じく飼い葉を運び馬小屋の掃除をしていた光炫は、風呂敷包みを背負って入ってきたチュ・ギベを見て駆け寄った。そのあとから、ブタも背負子に荷物と布団を山と積んで入ってきた。

「おっさんもここで働くんですか？」

「たぶんな。この前の牛疫のせいで、司僕寺に馬医が足りないと思ったのか、来いと言われたんだ」

「うわ！　よかった」

「荷を解いたら挨拶しに回るから、夕方に会おう」

チュ・ギべは光炫のいたずらっぽい笑顔をあとに、司僕寺のなかに入っていった。光炫は喜びのあまり、床に落ちている飼い葉を空に向かって放り投げた。

「まるでお墓みたいな形ですね」

恵民署が管理する汗蒸所《ハンジュンソ》〔いまのサウナ〕を見た知寧が言った。内側に石を積み上げ外側に泥を塗った汗蒸所は、ちょうど雑草を抜いたあとの土盛りの墓のように見えた。先に立った張仁珠が振り返って答えた。

「ここは患者の体を温めて、体内にある悪い気を追いだす役割をします。薬や鍼でも効果が見られない患者が、最後に来る場所なのよ。だから、あなたの言うとおり、ここが患者の墓になることもあるでしょう。ついてきなさい」

汗蒸所の入口は、板で作った小さな部屋のなかにあった。入口の前には鍛冶屋で使うようなふいごと、瓦を積み上げた小さなかまどが見えた。張仁珠は、足でふいごを踏んで風を起こしていた僧侶に黙礼をすると、前に置かれたおけを持って汗蒸所の入口に入った。むしろでおおわれた入口は狭く、腰をかがめた人が一人、やっと通れるほどだった。張仁珠のあとから中腰でなかに入った知寧は、驚きに目を見張った。なかにいる女たちは全員、素っ裸か、むしろを一枚巻いただけの姿で、松葉の上に座ったり寝転んだりしていたからだ。汗蒸所のなかは暗かったが、床下中央に置かれた火鉢には火が入っており、顔を見分けることはできた。張仁珠は知寧に、小声で汗蒸所の内部構造を説明した。

「あの真ん中に火を入れる場所が見えるでしょう？　あそこで松の枝を燃やして熱を出し、このなかを暖めるの。あの下はさっき見たかまどとつながっていて、ふいごで吹いて熱を高めるのよ」

「熱くなりすぎたらどうするのですか？」

知寧の質問に、張仁珠は手に持っていたおけを指さした。

「水をまいて火を消すの」

そう言うと、カッカと燃える火に水を掛けた。すると霧のように濃い煙が立ち上った。知寧が手で煙を払っていると、それまでじっとしていた患者たちが集まってきて、先を争って煙を浴びた。隅に置いてあったござを持ってきて火の近くに広げた張仁珠は、戸惑っている知寧に大きな鉄の火かき棒を手渡した。

「火鉢の持ち手に火かき棒を通して持ち上げるのよ。できるかしら？」

知寧はチマの裾をたくし上げて、火鉢の持ち手に火かき棒を通した。張仁珠が反対側を持って言った。

「合図をしたら持ち上げて、ござの上に載せるのよ。一、二の三」

思いきり力を入れた知寧は、重い火鉢を持ち上げてござの上に載せた。ただでさえ暑い汗蒸所のなかで力仕事をしたので、全身が汗まみれになった。疲れたようすの知寧を見て、張仁珠がにんまりと笑った。

「なかなか力持ちね。今度は隅にある松の枝をなかに入れてちょうだい」

張仁珠と知寧が入口の横に置いてあった松の枝を、先ほどまで火鉢が載っていた穴に入れると、患者たちがその上に乗った。まだ残っている熱気と松の香りが合わさって、汗蒸所のなかに立ちこめた。知寧は張仁珠とともに、火鉢が載ったござをズルズルと引っ張って外に出た。

「あそこに灰を集めてある場所があるから、そこまで持っていって、危なくないように水を掛けましょう」

知寧は汗蒸所の横にある灰置き場にござを引きずっていくと、ひしゃくを手にその横を流れる小川から水をくんで掛けた。仕事を終えて汗蒸所に戻ると、女の患者たちが裸のまま板でふさいであった入口から外に出て、熱気を冷ましているところだった。患者たちと二言三言、会話を交わしながら体のようすを見ていた張仁珠が、表に出て汗を引かせていると、小川の向こうの縁台に座っていた僧侶たちが笑顔で挨拶をしてきた。僧侶に会釈した張仁珠が、知寧に言った。

「もともと汗蒸所はお坊さんが管理しているのだけど、女性患者がいるときはこうしてなかに入るわけにもいかないから困っていたの。これからはあなたがここを担当するのよ」

「私にできるかしら」

知寧は心配そうな目で患者たちを見つめた。汗で光る裸体からは、ただ生きたいという欲望しか感じられなかった。

「もしや失敗して患者に迷惑をかけるのではと、あなたが心配していることはよくわかっています。だから私は、あなたがこの仕事に適任だと思ったの。これまで新しく来た医女たちを連れてきて仕事をやらせてみたけど、その子たちは仕事がつらいとか言うばかりで、患者のことを心配したり面倒を見ようとしたりはしなかった。だけど、あなたは違った。仕事が大変だと言うかわりに、うまくできるか心配しているのを見ると、きっとうまくやれると信じているわ。ここの責任者の貴徳《クィドク》和尚に話しておきますから、よく見て勉強するのよ。そして三日に一度ずつ、患者の数と目立った症状を私に報告してちょうだい」

「わかりました」

知寧が目を輝かせながら答えた。

司僕寺に帰ってからも、光炫の日課はあまり変わらなかった。その日もいつもと同じく暑い太陽の下で、荷車に山と積まれた飼い葉を倉庫に運んでいた。そのとき帳簿を抱えて通り過ぎようとしたヨム主簿が、光炫に声をかけた。

「裏の馬小屋の黒馬のことだが、しょっちゅう座り込んでは下痢をしているんだ。ちょっと行って診てきてくれ」

「はい、わかりました」

ついに馬を診られるのだ。光炫はうれしさのあまり、飼い葉の上から降りようとして転げ落ちた。一回転したが、痛みも感じなかった。土間に座って酒を飲んでいた恵民署のホ・インジュン医員は、そのようすがおかしかったのか、指を差しながらカラカラと笑った。光炫はさっと起き上がると鍼筒を手に、馬小屋へと駆けていった。その黒馬はもともと清への献上馬に選ばれたものだった。ところが気が荒く、体も弱いため、最終段階で選考に漏れたのだった。馬小屋の隅に座り込んでいる黒馬に近づくと、下痢をしたあとが見えた。舌打ちした光炫は馬のようすを探り、脇腹にある帯脈穴《たいみゃくけつ》に触れた。脈が不規則に打っている。光炫がつぶやいた。

「どうやらえさをあわてて食べたせいで、腸が詰まったようだな。鬱金散《うこんさん》を飲めば治るが、もっと手っ取り早い治療法があるぞ」

こんな症状は箭串牧場で馬医をしていたとき、何百回も治療したことがある。いよいよ力の見せ所だと思いながら、光炫は鍼筒から大きな馬鍼を取りだした。

「まずは帯脈穴、次に蹄頭穴に鍼を打って血を抜いてやれば、すぐによくなるはずだ」

馬を安心させるため、鍼を背中に隠してツボのほうに回った光炫は、よろよろと近づいてきたホ・インジュンが扉の脇にもたれかかって見物しているのに気づいて、ひと言声をかけた。

「鍼を何カ所か刺せばさっと起き上がりますから、よく見ていてくださいね」

ところが、酔っ払っているホ・インジュンはろれつの回らない口調で何やら言うと、扉の脇にもたれたまま寝てしまった。光炫は左手で馬をなでながら、帯脈穴を確かめ、大きな馬鍼をズブリと刺した。黒馬はビクリとしたが、光炫がぐいと押さえていたため、動けなかった。

「痛くても我慢するんだぞ」

針を抜いて、今度は馬の足の甲にある蹄頭穴に鍼を打った。ひづめの付け根にある蹄頭穴は、人が指先の血を抜いて胃もたれを治すのと同じく、馬の腸の具合が悪いときに打つツボだ。何かおかしいと感づいたのは、前足に鍼を打ち終え、後ろ足に鍼を打つために身を起こしたときだった。ふつうなら鍼を打てばじっとしているはずの馬が、しきりに立ち上がろうとするのを見て、光炫は首をひねった。

「こいつ、どうしたんだ？」

そのとき、酒に酔って眠っていたホ・インジュンが、ろれつの回らない声で言った。

「馬医先生！　もう鍼は打ち終えたのか？　それとも、どこに打ったらいいのか忘れたのか？」

それを聞いてカッとなった光炫は、馬が足をバタバタさせているのを無視して、後ろ足の蹄頭穴に鍼を打った。ところが鍼が入った瞬間、馬がいななきながら、がばと立ち上がった。驚いた光炫は馬小屋の隅に身をよけたが、酔って扉の脇に立っていたホ・インジュンは、飛びかかった馬のひづめで胸を蹴られてしまった。幸い光炫が手綱を握って馬を落ち着かせたものの、ホ・インジュンは倒れたまま動けなかった。光炫はあわてて馬をつなぎ止めると、目を閉じて倒れているホ・インジュンを揺さぶった。しかし、彼は意識を失ったままピクリともしない。

「誰かいませんか？　人が倒れました！」

光炫があわてて叫んだが、人の気配はなかった。馬小屋のなかを見回していた彼の目に、鍼筒が落ちているのが見えた。震える手で鍼筒を開けたせいで鍼をぶちまけた光炫は、そのうちの一本をつまみ上げた。鍼を手に持ち、光炫がつぶやいた。

「この前、知寧が気を失った人を診たときは、どこに鍼を打ったっけ。たしか、天突穴と言っていたが……」

光炫は目を閉じて、知寧が鍼を打ったときの光景を思い起こした。

「胸の上のほう、首じゃなくって……。胸と首のあいだの、くぼんだところだった」

光炫はホ・インジュンのチョゴリをはだけ、胸と首のあいだをさぐった。まもなく手がピタッと止まった。知寧が言っていた胸元のへこんだ場所に触れたのだ。しかし、下手に鍼を打つと死ぬこともあると思うと、なかなか決断できなかった。みんな忙しいのか、無情にもあたりには誰もいない。そうするあいだにも、ホ・インジュンの呼吸がしだいに弱まっていくのが感じられた。悩みに悩んだ末、光炫は震える手で天突穴だと信じた場所に鍼の先を当てた。しかしゴクリと生唾を飲み込むと、鍼を持った指先が震えてきた。ふたたびためらいの気持ちが湧いてくる。そのとき、子どものころに灰色の雌馬の双鼻に鍼を打ったときのことを思いだした。舎岩先生という老人が言っていた言葉を。

「思いを込めるのじゃ。救いたいという思いを……」

気持ちを鎮めると、指先の震えがすっと止まった。光炫は息を止めると、知寧がしていたように、ゆっくりと下のほうから斜めに鍼を刺し入れた。そして脈に到達したと感じた瞬間、鍼を回しながら垂直に立てた。鍼は地面に打たれたかのように止まっていた。光炫は両手を握りしめ、真剣な目で鍼を見つめたが、鍼は依然としてピクリともしない。光炫は青くなって、ホ・インジュンの口元に耳を近づけた。息の音が聞こえない。鍼を打ち間違えて人を死なせてしまったかも知れない……。恐怖が込み上げてきた光炫は思わず後ずさりした拍子に、足がもつれて転んでしまった。そして、やっとのことで起き上がると、鍼を抜くことも忘れて馬小屋から飛びだした。悲鳴を上げながら走った光炫は、殿閣の角のところで向こうから来たヨム主簿とぶつかった。ひっくり返ったヨム主簿が、動転して叫びつづける光炫を怒鳴りつけた。

「何をしておる?」

光炫が息を整えながら答えた。

「恵民署から来た医員が死にました」

「何だと?」

「で、ですから、黒馬が急に飛びかかって医員を蹴飛ばしたのですが、倒れたまま……」

光炫がつかえながら状況を説明すると、顔色を変えたヨム主簿はすぐさま馬小屋に向かって走った。光炫もそのあとを追った。馬小屋に戻った光炫は、その光景を見て呆然と立ち尽くした。さっきまで倒れていたホ・インジュンが、立ち上がっていたのだ。片手に鍼を持って、ぽかんとした表情で立っているホ・インジュンに、ヨム主簿が声を掛けた。

「何があったんだ?」

「それが、馬に蹴られて倒れたところまでしか覚えていないのですが……」

まげがほつれてボサボサの頭をかきながら、ホ・インジュンがぶつぶつと答えると、光炫は思わず彼にしがみついてワンワンと泣きだした。

「鍼を打ったのですが、全然動かないので死んでしまったかと思いました」

「すると、おれの胸に刺さっていた鍼は、おまえが打ったのか？」

ホ・インジュンが手で天突穴のあたりをなでながら尋ねた。光炫が自慢げな顔でうなずいた。

「ハラハラしたけど、ちゃんと打ててたんですね」

光炫がほっとしたように笑うと、ホ・インジュンが頰を打った。面食らった光炫が、ホ・インジュンを見つめた。

「なぜたたくんですか？」

「こいつ、馬医のくせに、おれに鍼を打つなんて。おれを殺そうとしておきながら、何を厚かましく笑ってるんだ？」

そう言うとホ・インジュンは光炫の胸ぐらをつかんで押し倒し、足で踏みつけた。光炫は悔しそうにヨム主簿のほうを見たが、ヨム主簿は冷たく言い放った。

「馬医が人に鍼を打つとはけしからん。おまえのようなやつは痛い目にあわせてやらなくっちゃな」

汗蒸所での仕事を終えた知寧は、ちょっと考えてから長衣をかぶって司僕寺に向かった。早足で歩いた彼女は、夕日がいまにも沈もうとするころ、司僕寺の前に到着した。大きく開かれた門の前で少しためらっていた知寧は、思わず笑ってしまった。

「私、何をしてるのかしら」

長衣をかぶり直して背中を向けたとき、なかから呼ぶ声が聞こえた。知寧が振り返ると、笠をはすにかぶったチュ・ギベが息を切らせて走ってきた。知寧が笑顔で挨拶をした。

「お元気ですか？」

「元気どころか、大変なことになった」

チュ・ギベがいまにも泣きだしそうな顔で知寧に言った。

「こいつめ！　思い知らせてやる！」

ヨム主簿の怒鳴り声に、光炫はあっけにとられた。人を助けたことで褒められると思ったら反対に叱られるとは。何がどうなっているのか、わからなかった。彼が鍼を打ってやったホ・インジュンは、逆にそのせいで死ぬところだったと言ってカンカンになって怒り、ヨム主簿は馬医の分際でみだりに人の体に鍼を打ったと言って、光炫をむしろ巻きにして打ち据えた。チュ・ギベが横からヨム主簿を取りなそうとしたが、奴婢に連れられて行ってしまった。こん棒でたたかれてから納屋に閉じ込められ、夜が明けるとまた引っ張りだされてむしろ巻きにされると、怒りが込み上げた光炫が意地になった。

「いくら呼んでも誰も来なかったので、鍼を打ったんです。それがどうして悪いんですか？　こんなにたたかれるなんて」

光炫が声を張り上げると、ヨム主簿は足を踏み鳴らした。

「こいつ！　馬医なら馬医らしく馬でも診てればいいんだ。どうして人の体に手をかけたのだ！」

「では、そのまま見殺しにしろというのですか？　それに、馬医が人を診てはいけないという法がどこにありますか？」

「口答えしやがって。これでもまだ足りないか？　もっと懲らしめてやれ！」

ふたたびこん棒が振り下ろされた。むしろ巻きにされた光炫は、奥歯を噛みしめて痛みに耐えた。馬医というだけで受ける侮辱は、こん棒よりも痛かった。

「しばし待て」

痛みで意識が遠くなっていた光炫の耳に、誰かの声が聞こえた。ようやく顔を上げると、先日の牛疫治療の際に会った恵民署の高朱万、張仁珠、そして知寧の顔が見えた。ヨム主簿が気乗りのしないようすで尋ねた。

「こちらに何のご用ですか？」

「うちから派遣した医員がけがをしたとの知らせを聞いて来た」

「何でもありません。馬に蹴られて倒れたのですが、若い馬医がむやみに鍼を打ったせいで死ぬところでした。そこで仕つけ直しているところです」

「鍼を打った馬医というのは、この者か？」

高朱万があごでむしろ巻きにされている光炫を差すと、ヨム主簿が答えた。

「さようです。箭串牧場から来たのですが、わがままで行儀が悪く、どうにもなりません」

「かまわなければ、この者にいくつか尋ねたいことがあるのだが」

「そんな、わざわざ……」

「驚くような話を聞いたからだ。そなたもこちらに来い」

高朱万はにこやかに言うと、ホ・インジュンを呼んで光炫のそばに行った。ヨム主簿があごで合図をすると、奴婢たちが光炫の体を巻きつけていたむしろをほどいた。ぐったりと伸びている光炫が、腫れた目で高朱万を見上げた。高朱万は片膝をつくと、ホ・インジュンを指さして聞いた。

「そなたがこの者に鍼を打ったというのは事実か？」

光炫はゆっくりとうなずいた。

「これまで人の体に鍼を打ったことはあるか？」

彼が首を横に振ると、高朱万が驚いた表情で聞き返した。

「ところで、どうしてツボの位置を知っておったのだ？」

「こ、この前、牛疫がはやった村に行ったとき、知寧が意識を失った人に鍼を打つのを見たので、それをまねてやりました」

光炫は血まみれになった口をゆっくりと動かしながら、はっきりと言った。すると高朱万がさらに尋ねた。

「ツボの位置を正確に見たのか?」

「て、天突穴だと聞きました。消化が悪かったり、息が詰まって意識を失ったりしたとき、そこに鍼を打てばいいと……」

意識がもうろうとなった光炫が、腫れた目をまばたきさせながら、ぽつりぽつりと答えた。話を聞いた高朱万が、隣りに立っていたホ・インジュンの肩をつかんでひざまずかせた。

「もう一度、天突穴の位置を示すことができるか?」

光炫はこくりとうなずくと、右手を上げた。しかし目がうまく開かないので、位置がしっかり見えない。何度か失敗してあきらめようとしたとき、張仁珠と並んで見守る知寧の切ない瞳が目に入ってきた。知寧と目が合った光炫は、最後の力を振り絞って、ホ・インジュンの天突穴を指で示すと、そのまま意識を失ってしまった。それを確かめた高朱万は、張仁珠と知寧を呼んで光炫のようすを見るように告げてから、ヨム主簿に光炫を容赦するように言った。

「放免してやれ、ですと?　とんでもありません」

高朱万の話を聞いたヨム主簿が顔色を変えた。ホ・インジュンも不満の表情を隠さなかった。

「本来、馬医がみだりに鍼を打つことは厳しく禁じられておるが、それは経穴の位置を知らぬからだ。ところがこの者は天突穴がどこにあり、どんな状況で鍼を打つべきかを知っておった」

「まさか……。学問もない馬医に、どうして経穴がわかりましょうか。偶然の一致でしょう」

ヨム主簿が信じられないというように首を振った。

「わしもその話を聞いて、信じられなかった。だから直接ここに来て、経穴の位置を示してみよと言ったのだ。一寸の誤差もなかった。倒れて意識を失ったホ医員を救おうとしてやったことに間違いない」

高朱万が真剣な調子で言うと、ヨム主簿はあわてたように答えた。

「話になりません。人の体に鍼を打つことがどれほど難しいか……」

「ともかくそういうことだ。ずいぶんひどくたたかれたようだが、われわれが連れていって治療してもかまわんな？」

「はあ、おおせのとおりに」

ヨム主簿が渋い顔で答え、話は終わった。軽く会釈をした高朱万は、厳しい目つきでホ・インジュンをにらみつけた。

「そなたのせいで罪もない人がひどい目にあったのだぞ」

「で、ですが、私は……」

「うるさい。医員の身でありながら自分の体の経穴も知らず、このような騒動を起こしおって。そなたがどうして医員に採用されたのか、理解ができぬわ」

舌打ちした高朱万は、ぼんやりと立っていた知寧に近づいて言った。

「二人の言うとおりだ。若い馬医は経穴をしっかり知っておった」

知寧がほっとため息をついた。チュ・ギベから、光炫がホ・インジュンに鍼を打ったことで罰せられていると聞いた知寧は、その足で恵民署に飛んでいき、張仁珠にその事実を告げた。張仁珠も、数年間の修練もなくいきなり経穴を探して鍼を打ったという事実を信じなかったが、まずは高朱万に話を伝えた。そして夜が明けるとすぐに、確認のために三人で司僕寺に駆けつけたのだった。

「驚くべきことだ。れっきとした医科の登用試験を受けた医員でもなかなかわからない経穴を、肩越しに見ただけで覚えたとは」

高朱万も信じられないという顔でつぶやいた。

堅平坊《キョンピョンバン》〔朝鮮王朝時代初期からある漢城府中部八坊のひとつ。いまの鍾路《チュンノ》一街、二街、仁寺洞《インサドン》付近〕にある典医監に、医員が一人、二人と集まってきた。高朱万の待つ部屋に入ってきた医員たちは、三々五々集まっては話を交わし、ある者はキセルを取りだしてタバコをふかしている。目を閉じて座っていた高朱万は、医員が全員集まると目を開いた。すると内医院から来た医員の一人が、不愉快そうな調子で尋ねた。

「私たちを集めて、どうしようというのですか？　医員を招集する権限は首医にあるはずです」

「陛下がわしを首医に任命された。だからこうして三医司の医員を招集したのだ」

高朱万は手にしていた書状を、横に座っている内医院のチャン医員に手渡した。書状を渡されたチャン医員は、面食らったような顔で隣りの同僚にその書状を渡した。座が鎮まるのを待って、高朱万が口を開いた。

「先日、あきれた事件があった。恵民署の医員が司僕寺で馬に蹴られて気を失ったが、幸い近くにいた馬医が天突穴に鍼を打ってくれたおかげで意識を回復した。ところが意識を取り戻した医員は、馬医が正しく鍼を打ってくれたのも知らずに、みだりに鍼を打ったと言って激怒した。そのため、若い馬医は何の罪もないのにこん棒でたたかれ、あやうく命を落とすところだった」

高朱万は話しながら医員一人ひとりの顔を見据えたが、いずれの医員もとぼけたり、目をそらせたりしている。

「医科の登用試験に合格したれっきとした医員がこの程度の水準だという事実は、実に嘆かわしいことだ。問題はこれだけではない。医員は患者を診ることが第一のはずなのに、羽振りのよい者が来れば裸足で出迎え、貧しい者が来ればあれこれ口実を設けて追い返すのが常だ。医書を読んで医術を磨くことよりも、実力者に取り入って地位を守ろうとするばかりだ。だから患者が、医員にかかることを冥土の使いに会うように怖がるのも無理はない」

高朱万の言葉が終わると、部屋のなかに気まずい沈黙が流れた。活人署のパク医員がおずおずと口を開いた。

「何をおっしゃりたいかはわかりますが、ちょっとお言葉が過ぎるのではないでしょうか」

「皆が目をつむって、なあなあでやり過ごしているから、わしの話が過激に聞こえるのではないか？　今後、権力と結託して腐りきった三医司を改革し、医員たる資格のない者たちは二度と足を踏み入れることができないようにする」

高朱万の話を聞いた医員たちが、落ち着かないようすでざわめいた。部屋に充満するタバコの煙の向こうで、高朱万の意中を探ろうとする鋭い視線が行き交った。そんなようすを見守っていた高朱万が話を続けた。

「来月、礼曹《イェジョ》［儀礼・教育・科挙などを担当する官庁］の主管で恵民署の医員を選抜する登用試験が開かれる。これまでの慣例とは違い、試験をして医生を選ぶことにする」

高朱万が言い終わるのを待っていたように、内医院所属の医員が怒りの声を上げた。

「どうしてわれわれにひと言の相談もなく、勝手に変えるのですか？」

「話したところであれこれ口実を設けて反対するに決まっているからだ」

「急な変更によって混乱が起きたら、どうされるおつもりか？　これまで別に問題なくいっていたのを、いきなり変えると言えば、止めるのが当然です」

「ならば、権力に食い込んだ少数の家門の者だけが合格する現状を、いつまで放っておくのか？また、賄賂と情実はどうするのか。皆が問題ないと言うのは、自分たちの親族がたやすく合格できるからだ。その事実を、わしが知らないと思っているのか、チャン医員？」

図星を指されたチャン医員は半ばそっぽを向き、手に持っていた扇子を広げて顔をあおいだ。

高朱万はあきれたような目つきで、部屋のなかの医員たちを一人ずつ見つめながら言った。

「皆が持っているその取るに足りない権力は、哀れな患者たちを救うよりも大切なものなのか？皆の子弟と親族を医科の登用試験に合格させる喜びのほうが、患者を救う喜びよりも大きいのだろうか？　病のせいで苦痛のなかでうめきながら世を去る民の絶叫が聞こえないのか、パク医員？」

「しかし医員は少なく、患者は膨大です。どうしてそのことがわれわれだけの責任といえましょう。きつい言い方ですが、貧しさは王でも救えないという言葉があります。疾病にかかった患者もまた、医員がすべて救うことはできません」

パク医員が努めて笑顔を見せながら答えた。

「われわれの責任ではないという話は、やれることをすべてやってから言うべき言葉だ。わしは必ずや、医員らしい医員が三医司に根を下ろせるよう努力するつもりだ。その第一歩が医科登用試験の改革なのだ」


目を開くと、紙を貼った天井が見えた。カラカラに乾いた舌を動かしてみたが、言葉が出てこない。幸い、枕元にいた誰かが尋ねた。

「喉が渇いたか？」

光炫がつらそうにうなずくと、片手が彼の頭を支えた。そして水がなみなみつがれた鉢が、すっとあごの下に当てられた。光炫は震える手で鉢を受け取ると、水を飲んだ。喉の渇きが鎮まると、ようやく周囲のようすが見えてきた。司僕寺に来たチュ・ギベとブタがいっしょに寝泊まりしている小広通橋の近くの旅籠屋の小部屋だった。

「二日ぶりに目が覚めたな。大丈夫か？」

声の主はブタだった。知寧がいると期待していた光炫の意中を察したのか、ブタがニヤリと笑った。

「知寧ならさっきまでいたけど、帰ったよ。薬も持ってきてくれたんだ」

「おっさんは？」

「仕事で司僕寺に行った。高朱万とかいう人はお偉いさんらしくて、あれ以来、みんな腫れ物に触るようだった」

鼻をすすりながらブタが言った。光炫は壁にもたれたまま、二日前のことを思い起こした。気絶する直前、震える手でホ・インジュンの経穴を指さしたところまでは記憶にあった。

「おまえが倒れて大騒ぎになったんだ。恵民署から来たというその医員が、ホ・インジュンのやつを叱りつけてな。スカッとしたぜ」

ブタが楽しそうにしゃべったが、耳に入らなかった。光炫は震える手を見下ろした。厳しい仕事のせいでゴツゴツした手のひらには、網の目のようにしわが刻まれている。手をじっと見下ろしていた光炫がつぶやいた。

「二度目だな」

するとペチャクチャしゃべっていたブタが尋ねた。

「何が？」

「鍼で命を救ったことがさ。最初は灰色の雌馬で、二度目はあの医員だ。不思議だな。死にそうな命をこの手で救うなんて」

「いい子ぶりやがって」

ブタはニヤッと笑うと、小便に行くと言って扉を開け、表に出ていった。ひとり残された光炫は、ふたたび手のひらを見つめた。何も持っていない手のひらに、何かが置かれているような気がした。

「あの感じだ……」

灰色の雌馬を助けるために必死で双蹺に鍼を打った感じと、倒れた医員の天突穴に鍼を打ったときの感覚がよみがえった。弾力のある皮膚を破って刺さった鍼の先に全神経を集中し、その鍼が経穴に達して強く躍るときの快感を思い起こした光炫は、思わず全身をぶるぶると震わせた。

そのとき扉が開かれて、チュ・ギベが入ってきた。光炫が挨拶をすると、チュ・ギベがため息をつきながら尋ねた。

「大丈夫か？」

「まずまずです」

「ブタはどうした？」

「厠《かわや》にいきました。司僕寺はどうですか？」

光炫の額に手を当てながら、チュ・ギベが答えた。

「恵民署から来た偉いさんが完全にひっくり返してくれたよ。おまえが助けた医員は恵民署で罰を受け、ヨム主簿にも後ろめたいことがあるのか、最近はおとなしくしている」

その月の九日ころ、内医院と典医監、そして恵民署と活人署の医員たちが、李明煥の家を訪れた。離れに入った彼らは、座に着くとすぐに新しい首医となった高朱万に対する不平不満をこぼした。

「本来、首医は内医院の御医が就くのが慣例です。ところがいきなりその座を手に入れ、無鉄砲に跳ね上がるさまはお笑いです」

内医院所属のチャン医員に続いて、活人署のパク医員が口を開いた。

「そのうえ医員がきちんと役割を果たせず民が苦痛のなかで死んでいくなどと、とても口に出せないような言葉で脅しをかけて、勝手に医科登用試験のやり方を変えるという決定を下しました。これは御医殿を無視する振る舞い以外の何物でもありません」

李明煥は彼らが順々にひと言ずつ言うのを、黙って聞いていた。そして彼らに尋ねた。

「で、私はどうすればいいのだ？」

「御医殿が立ち上がれば、私たちも力になります」

拳を握りしめたチャン医員の答えに、ほかの者たちもうなずいた。李明煥はいきなり文机とたたくと、あっけにとられている医員たちを怒鳴りつけた。

「高朱万を首医にしたのは国王陛下のご意志だと聞いた。ところが高朱万を苦しめようとするとは、これすなわち御意に反するという話ではないか？」

「そのような意味では……」

活人署のパク医員が青くなって口を開いた。

「そして私をそのような徒党の頭にしようというつもりか？　いったい、逆賊の罪で軍器寺《クンギシ》〔兵器を製造する官庁〕前の大通りで八つ裂きにされ、家族もすべて官奴とされなければわからんのか？　まったくあきれた者たちだ」

離れのなかに沈黙が流れた。気勢を上げていた医員たちは顔を伏せたまま、互いに顔色をうかがっている。震える指先と床に下がった笠ひもがカチャカチャいう音から、彼らの恐れが見て取れた。李明煥は息を整え、穏やかな口調で言った。

「三医司を改革しようというのは高朱万の意志ではなく、国王陛下のご意志だ。不平不満がないはずはなかろうが、臣下たる者、それに従うのが道理ではないか？」

「われわれ医員が罪人扱いされたことが、あまりに無念だったのです」

活人署のパク医員が震える声で答えた。

「わかっておる。もちろん無念であろう。しかし、こうして公然と反発すれば、かえって口実を与えることにもなる。自重しながら、時を待つのだ。どういう意味かわかるな？」

するとと医員たちの顔に安堵《あんど》の色が広がった。李明煥は遠回しに言った。

「これまでも変えようという話は何度もあったが、結局は何も変わらなかった。だから気がかりではあろうが、少しだけこらえるのだ。通り雨は避けて待つにかぎる」

李明煥の言葉を聞いた医員たちがうなずいた。

「私たちが愚かで考えが足りませんでした」

チャン医員が代表して頭を下げた。


チュ・ギベとブタが司僕寺に出勤して、光炫が一人で旅籠屋に残っていると、知寧が尋ねてきた。取っ手のついたびんには、恵民署で煎じた薬が入れられていた。知寧はひしゃくのような形をしたふたに薬を注ぎ、光炫に手渡した。

「体によいものを全部入れて煎じたから、ぐっと飲んで」

しかめっ面をして、ふたに注がれた薬を飲み干すと、光炫はおおげさに言った。

「毒薬みたいだな」

「ご苦労さま。それでもこの程度で済んでよかったわ」

「おまえも感じたか？」

びんを片づけていた知寧に、光炫が尋ねた。

「何を？」

「死にそうな命を助けたときの、あの感じさ」

びんにふたをしながら、知寧がほほ笑んだ。

「もちろん、忘れられないわ。あなたは？」

「ああ、不思議なことに、時間がたてばたつほど、はっきりしてくるんだ」

「不思議じゃなくて、当然よ」

知寧の話を聞いた光炫がつぶやいた。

「この騒ぎになったのは、おれが馬医だからだろう？　馬や牛を診る者が、恐れ多くも人間さまの体に手を触れたというわけだ」

「そうね。高朱万医員と張仁珠医女が来てくださるまでは、みんな馬医が医員のまねをしたと言ってのしっていたものね」

「そうだよ。おれが医員になれば、そんなふうに言われなくても済むだろうに」

「実はそのことで来たのよ。来月、恵民署で医科の登用試験があるの」

「それに合格すれば医員になれるのかい？」

「そうよ」

彼女の答えを聞いた光炫が、何でもないというような口調で言った。

「だったら挑戦してみようかな」

するとと知寧が待ってましたとばかり言った。

「明日、恵民署の門に新しい試験科目と日程が書かれた触れ書きが貼られることになっているわ」

「おれはやると言ったらやる性格だ。馬医だからとおいらをバカにしたやつらの鼻っ柱をくじいてやる」

拳をぎゅっと握りしめた光炫が悲壮な表情で言うと、知寧が思わず笑った。

「おい、ここは笑うところじゃないぞ」

「ごめん。ともかく明日、恵民署で会いましょう」

知寧は薬のびんを手にして立ち上がると、旅籠屋から出ていった。


（中巻に続く）

本書は、韓国MBC放送ドラマ『馬医』の脚本より小説化した作品を翻訳したものです。番組の内容と異なるところがあることをご了承ください。
(二見書房編集部)

馬医《ばい》 上巻

原作　キム・イヨン
著者　チョン・ミョンソプ
　　　パク・チソン
訳者　米津篤八《よねづとくや》
ブックデザイン　河石真由美《かわいしまゆみ》（CHIP）
本文DTP　有限会社CHIP

発行　**株式会社　二見書房**
〒101-8405
東京都千代田区三崎町2-18-11 堀内三崎町ビル
電話　03(3515)2311[営業]
　　　03(3515)2313[編集]
振替　00170-4-2639

印刷　株式会社　堀内印刷所
製本　ナショナル製本協同組合

落丁・乱丁本は送料小社負担にてお取替えします。
定価はカバーに表示してあります。

ISBN978-4-576-13117-7
http://www.futami.co.jp